G
GOLDMA[...]

„... Abends, wenn ich abgespannt bin, greife ich instinktiv nach einem ‚Wallace', bin im Nu in der Handlung, vergesse den ganzen Jammer des Alltags, bin froh und mutig." ADENAUER IN RHÖNDORF

Edgar Wallace. Das Original.

Alle Edgar Wallace Kriminalromane:

1 Die Abenteuerin.
2 A. S. der Unsichtbare.
3 Die Bande des Schreckens.
4 Der Banknotenfälscher.
5 Bei den drei Eichen.
6 Die blaue Hand.
7 Der Brigant.
8 Der Derbysieger.
9 Der Diamantenfluß.
10 Der Dieb in der Nacht.
11 Der Doppelgänger.
12 Die drei Gerechten.
13 Die drei von Cordova.
14 Der Engel des Schreckens.
15 Feuer im Schloß.
16 Der Frosch mit der Maske.
17 Gangster in London.
18 Das Gasthaus an der Themse.
19 Die gebogene Kerze.
20 Geheimagent Nr. Sechs.
21 Das Geheimnis der gelben Narzissen.
22 Das Geheimnis der Stecknadel.
23 Das geheimnisvolle Haus.
24 Die gelbe Schlange.
25 Ein gerissener Kerl.
26 Das Gesetz der Vier.
27 Das Gesicht im Dunkel.
28 Der goldene Hades.
29 Die Gräfin von Ascot.
30 Großfuß.
31 Der grüne Bogenschütze.
32 Der grüne Brand.
33 Gucumatz.
34 Hands up!
35 Der Hexer.
36 Im Banne des Unheimlichen.
37 In den Tod geschickt.
38 Das indische Tuch.
39 John Flack.
40 Der Joker.
41 Das Juwel aus Paris.
42 Kerry kauft London.
43 Der leuchtende Schlüssel.
44 Lotterie des Todes.
45 Louba der Spieler.
46 Der Mann, der alles wußte.
47 Der Mann, der seinen Namen änderte.
48 Der Mann im Hintergrund.
49 Der Mann von Marokko.
50 Die Melodie des Todes.
51 Die Millionengeschichte.
52 Mr. Reeder weiß Bescheid.
53 Nach Norden, Strolch!
54 Neues vom Hexer.
55 Penelope von der »Polyantha«.
56 Der Preller.
57 Der Rächer.
58 Der Redner.
59 Richter Maxells Verbrechen.
60 Der rote Kreis.
61 Der Safe mit dem Rätselschloß.
62 Die Schuld des Anderen.
63 Der schwarze Abt.
64 Der sechste Sinn des Mr. Reeder.
65 Die seltsame Gräfin.
66 Der sentimentale Mr. Simpson.
67 Das silberne Dreieck.
68 Das Steckenpferd des alten Derrick.
69 Der Teufel von Tidal Basin.
70 Töchter der Nacht.
71 Die toten Augen von London.
72 Die Tür mit den 7 Schlössern.
73 Turfschwindel.
74 Überfallkommando.
75 Der Unheimliche.
76 Die unheimlichen Briefe.
77 Der unheimliche Mönch.
78 Das Verrätertor.
79 Der viereckige Smaragd.
80 Die vier Gerechten.
81 Zimmer 13.
82 Der Zinker.

EDGAR WALLACE

Der Engel des Schreckens

THE ANGEL OF TERROR

Kriminalroman

GOLDMANN VERLAG

Aus dem Englischen übertragen
von Friedrich Pütsch

Der Goldmann Verlag
ist ein Unternehmen der Verlagsgruppe Bertelsmann

Jubiläumsausgabe

Made in Germany · 1/90 · 21. Auflage

Druck: Elsnerdruck, Berlin
Krimi 0136
Ge · Herstellung: Klaus Voigt
ISBN 3-442-00136-6

Kapitel 1

Im Gerichtssaal herrschte völlige Stille. Die Geschworenen waren zurückgekehrt, und der Richter warf dem hochgewachsenen Angeklagten einen schnellen Blick zu. Dann legte er Akten und Papiere auf die linke Seite seines Tisches, ergriff einen Federhalter und schrieb einige Worte auf ein vor ihm liegendes Formular.

Eine atemlose Pause — jetzt nahm er die Kappe aus schwarzer Seide und setzte sie auf seine weiße Perücke.

»James Meredith, nach langer, sorgfältiger Untersuchung sind Sie des schwersten Verbrechens, des vorsätzlichen Mordes, für schuldig befunden worden. Ich stimme mit dem Urteil der Geschworenen völlig überein. Nach der Zeugenaussage der bedauernswerten Dame, mit der Sie verlobt waren, einer Aussage, die Sie hartnäckig als unwahr hinzustellen versuchten, besteht nicht der geringste Zweifel, daß Sie Ferdinand Bulford aus Eifersucht erschossen haben. Die Aussage Miss Briggerlands, Sie hätten den jungen Mann bedroht und sie selbst in einem Zustand maßloser Erregung verlassen, war nicht zu erschüttern. Ein unglücklicher Zufall wollte es, daß Sie mit Mr. Bulford vor der Tür Ihrer Verlobten zusammentrafen. In Ihrer wahnsinnigen Eifersucht schossen Sie ihn nieder.

Sie selbst haben behauptet, Ihr Besuch bei Miss Briggerland habe nur stattgefunden, um Ihre Verlobung mit der jungen Dame zu lösen. Sie haben weiterhin behauptet, diese Unterredung sei in jeder Beziehung ruhig verlaufen. Sie haben damit sagen wollen, Miss Briggerland habe bewußt einen Meineid geleistet, bewußt Ihre Verurteilung zum Tode herbeiführen wollen — eine ungeheuerliche Behauptung, die Sie durch die Verwandtschaft zwischen Ihnen und Miss Briggerland zu erklären versuchen: Miss Briggerland ist Ihre Kusine und würde durch Ihren Tod in den Besitz eines bedeutenden Vermögens gelangen! Diese abscheulichen Verdächtigungen Ihrer Braut reihen sich würdig an das schwere Verbrechen an, dessen Sie für schuldig befunden wurden, und ich muß sagen, daß ich selten in einen solchen Abgrund von Ehrlosigkeit und Niedertracht geblickt habe. Niemand, der das junge Mädchen auf der Zeugenbank gesehen hat, eine mitleiderregende und in ihrem Kummer so überzeugende Erscheinung, wird auch nur einen Augenblick Ihren phantastischen Erzählungen Glauben schenken.

Wer sollte Ferdinand Bulford denn getötet haben? Einen Mann, der in der ganzen Welt auch nicht einen Feind besaß? Alle Ihre Behauptungen geben keine Erklärung für den Tod dieses Mannes.

Ich habe Ihnen jetzt die Strafe zu verkünden, mit der das Gesetz Ihre Untat sühnt. Das von den Geschworenen vorgeschlagene Gnadengesuch wird der zuständigen Stelle zugeleitet werden . . .«

Dann verkündete er das Todesurteil, und der hochgewachsene Mann auf der Anklagebank lauschte, ohne daß sich ein Muskel seines Gesichtes bewegte.

Der Mord in der Berkley Street hatte seinen Abschluß gefunden, und als wenige Tage später mitgeteilt wurde, daß die Todesstrafe in lebenslängliches Zuchthaus umgewandelt worden war, gab es Zeitungen und Menschen, die von unangebrachter Milde sprachen. Würde James Meredith nicht vielleicht doch dem Henker überliefert worden sein, fragten sie, wenn er nicht der reiche, mächtige Mann, sondern nur ein armer Teufel gewesen wäre?

»Das ist also das Ende«, sagte Jack Glover, als er in Begleitung des hervorragenden Anwaltes, der seinen Freund verteidigt hatte, den Gerichtshof verließ. »Die kleine Dame hat gewonnen.«

Der Anwalt blickte ihn lächelnd von der Seite an.

»Seien Sie mal ehrlich, Glover. Glauben Sie denn wirklich, das arme Ding könnte so gemein lügen, wenn es um das Leben des Mannes geht, den sie liebt?«

»Liebt?« wiederholte Jack Glover spöttisch.

»Ich glaube, Sie sind voreingenommen.« Der Rechtsanwalt schüttelte den Kopf. »Ich persönlich halte Meredith für nicht normal und glaube, daß die angebliche Unterredung mit dem jungen Mädchen nur in seiner Einbildung stattgefunden hat. Jean Briggerland hat einen sehr tiefen Eindruck auf mich gemacht. Sie ist — aber sehen Sie, da kommt sie ja gerade!«

Sie hatten das Portal des Justizpalastes erreicht. Ein großer Wagen stand am Bürgersteig, und einer der Gerichtsdiener öffnete einem jungen Mädchen in tiefem Schwarz den Schlag. Einen kurzen Augenblick sah man ein blasses, trauriges Gesicht von auffallender Schönheit, dann setzte sich das Auto in Bewegung.

Der Anwalt atmete tief auf.

»Wahnsinnig!« sagte er heiser. »Der Mann muß wahnsinnig sein. Wenn ich jemals Unschuld und Reinheit in dem Gesicht einer Frau gesehen habe, dann in diesem hier.«

»Sie sind zuviel in der Sonne gewesen, Sir John — fangen an, elegisch zu werden«, erwiderte Jack Glover grob, und der Anwalt hustete entrüstet.

Jack Glover hatte eine eigene Art, seinen Freunden Liebenswürdigkeiten zu sagen, selbst wenn diese Freunde zwanzig Jahre älter waren und allen Anspruch auf respektvolle Behandlung hatten.

»Wissen Sie, Glover«, sagte Sir John beleidigt, »manchmal sind Sie wirklich unmöglich.«

Aber Jack Glover war schon seiner Wege gegangen, die Hände in den Taschen und den Hut in den Nacken geschoben.

Der grauhaarige Mitinhaber der Firma Rennett, Glover & Simpson — einen Simpson gab es schon seit zehn Jahren nicht mehr — war im Begriff, das Büro zu verlassen, setzte sich aber wieder, als sein jüngerer Teilhaber erschien.

»Ich habe das Resultat schon durchs Telefon erfahren«, begann er. »Ellbery sagt, Berufung werde unmöglich sein. Das Gnadengesuch wird ja höchstwahrscheinlich bewilligt werden — es ist ja doch schließlich eine crime passionelle —, und wegen mörderischer Eifersucht wird man noch nicht gehängt. Die Aussage des Mädels hat ihm den Rest gegeben?«

Jack nickte.

»Und sie sah aus wie ein Engel — frisch aus dem Eisschrank«, rief er verzweifelt. »Ellbery hat ja alles Mögliche getan, um sie in Widersprüche zu verwickeln, aber der alte Narr ist ja auch schon in sie verliebt — als ich ihn verließ, schwärmte er von ihrer reinen Seele und ihren anderen, himmlischen Eigenschaften.«

»Sie hat eben gewonnen«, sagte Mr. Rennett. Aber Glover fuhr wütend auf.

»Noch nicht. Ehe nicht Jim Meredith tot oder —«

»Oder —«, wiederholte der alte Herr bedeutungsvoll. »Von dem ›Oder‹ wollen wir lieber nicht sprechen, Jack. Er bekommt so sicher lebenslänglich, wie zwei mal zwei vier ist. Aber ich würde, weiß Gott, viel tun, um Jimmy zu helfen — ich würde sogar Geschäft und Ansehen aufs Spiel setzen!«

Jack Glover sah ihn verblüfft an.

»Großartig!« sagte er bewundernd. »Ich hätte gar nicht gedacht, daß Sie soviel für Jimmy übrighaben.«

Mr. Rennett stand auf und zog sich die Handschuhe an. Das Erstaunen, das er hervorgerufen hatte, schien ihm nicht sehr angenehm zu sein.

»Sein Vater war mein erster Klient«, es klang beinahe entschuldigend. »Einer der besten Menschen, die je gelebt haben. Hatte erst spät geheiratet. Man kann ruhig sagen, daß der alte Meredith unsere Firma gerettet hat. Sehen Sie, Simpson und ich waren beinahe erledigt, als Meredith uns seine Vertretung übertrug. Das war dann der Wendepunkt. Ihr Vater, Jack, konnte wieder und immer wieder vom alten Meredith erzählen. Ich wundere mich eigentlich, daß er darüber nie zu Ihnen gesprochen hat.«

»Ich glaube, ich kann mich noch daran erinnern«, sagte Jack nachdenklich. »Und Sie würden wirklich alles tun, um Jimmy zu helfen?«

»Alles!« sagte der alte Rennett kurz.

Jack Glover pfiff laut und unmelodisch vor sich hin.

»Ich sehe ihn morgen. Haben Sie übrigens gelesen, Rennett, daß kürzlich ein Mann aus dem Gefängnis in ein Privatkrankenhaus entlassen wurde, um sich einer kleinen Operation zu unterziehen? Im Parlament ist sogar deswegen interpelliert worden. Ist das eigentlich gebräuchlich?«

»Das läßt sich natürlich machen«, antwortete der alte Herr. »Warum?«

»Halten Sie es für möglich, daß wir Jim Meredith in einigen Monaten in ein Krankenhaus bringen können zu einer — sagen wir: Blinddarmoperation?«

»Leidet er denn an Blinddarmentzündung?« fragte Rennett überrascht.

»Weiß ich nicht — aber er kann doch so tun«, versetzte Jack ruhig.

Rennett blickte unter seinen buschigen Augenbrauen hervor auf den jungen Mann.

»Ach so — Sie dachten an das ›Oder‹?«

Jack nickte.

»Es läßt sich machen — wenn er am Leben ist«, sagte nach kurzem Schweigen Rennett.

»Er wird leben«, prophezeite sein Teilhaber. »Aber die Hauptsache — wo soll ich das Mädel finden?«

Kapitel 2

Lydia Beale nahm die Papiere auf, die ihren Schreibtisch bedeckten, ballte sie zusammen und warf sie in das Kaminfeuer.

Es klopfte, und sie wandte sich lächelnd ihrer rundlichen Wirtin zu, die auf einem Tablett eine große Tasse Tee, zwei dicke Scheiben Brot, Butter und Marmelade hereinbrachte.

»Fertig, Miss Beale?« frage die Wirtin besorgt.

»Für heute, ja.« Das junge Mädchen stand auf und reckte die steifgewordenen Glieder.

Sie war beinahe einen Kopf größer als Mrs. Morgan. Die tiefblauen Augen und das feine, geistvolle Gesicht kamen von ihren keltischen Vorfahren, aber auch die Grazie ihrer Bewegungen und die schlanken, weißen Hände ließen die gute Rasse erkennen, der sie entstammte.

»Ich möchte es so gern mal sehen, wenn ich darf, Miss Lydia«, sagte Mrs. Morgan und wischte ihre Hände an der Schürze ab.

Lydia zog eine der Schubladen des Schreibtischs auf und nahm einen großen Bogen Papier heraus. Es war eine Bleistiftzeichnung. Bewundernd betrachtete Mrs. Morgan das Bild eines maskierten Mannes, der eine Horde Angreifer mit seiner Pistole im Schach hält.

»Das ist ja wunderschön, Miss«, sagte sie begeistert. »Ob so was heute noch verkommt?«

Das junge Mädchen lachte und schloß die Zeichnung weg.

»Nur in den Geschichten, die ich illustrieren muß, Mrs. Morgan«, sagte sie trocken. »Heutzutage sehen die Räuber meistens aus wie Gerichtsbeamte und kommen mit Klagen und Zahlungsbefehlen. Aber die Zeichnung war tatsächlich eine Erholung für mich. Endlich einmal keine Modezeichnung, wie sonst immer. Wissen Sie, ich werde beinahe schon krank, wenn ich nur ein Damenmodengeschäft sehe.«

Mrs. Morgan schüttelte mitleidig den Kopf, und Lydia wechselte das Thema.

»Ist jemand hiergewesen?«

»Nur der junge Mann von Spadd & Newton«, erwiderte die dicke Frau seufzend. »Ich habe gesagt, Sie wären nicht da, aber ich kann so schlecht lügen.«

Das junge Mädchen stöhnte.

»Ob ich jemals mit all den Schulden zu Ende komme?« fragte sie verzweifelt. »Ich habe genug Klagen und Zahlungsbefehle und Rechnungen, um das ganze Haus damit zu tapezieren, Mrs. Morgan.«

Vor drei Jahren war Lydias Vater gestorben, der wie ihr bester Freund gewesen war. Sie wußte, er war verschuldet, hatte aber keine Ahnung, wie groß seine Verpflichtungen waren. Einer der Gläubiger hatte sie am Tag nach der Beerdigung aufgesucht und anzügliche Bemerkungen über die Annehmlichkeiten eines Todes gemacht, der die Schulden George Beales mit einem Schlage wegwischte. Und diese rohe Bemerkung hatte genügt, um das junge Mädchen zu einem Schritt zu veranlassen, der ebenso töricht wie großmütig war. Sie hatte allen Gläubigern geschrieben, daß sie selbstverständlich für die Schulden ihres Vaters einstehen werde.

Das keltische Blut in ihr hatte sie getrieben, sich eine Last aufzubürden, die sie kaum tragen konnte, aber niemals hatte sie ihre verschnelle Handlung bereut.

Einige Gläubiger hatten die schwierige Lage des jungen Mädchens erkannt und ließen sie in Ruhe, aber andere ...

Als Mitarbeiterin der Moderedaktion des ›Daily Megaphone‹ bezog Lydia ein ziemlich gutes Einkommen, aber sie hätte ein Ministergehalt haben müssen, um alle die Forderungen zu befriedigen, die einen Monat später an sie herantraten.

»Gehen Sie heute abend aus, Miss?«

Lydia fuhr aus ihren unangenehmen Träumen auf.

»Ja, ich muß ein paar Zeichnungen von Carfews neuen Kostümen machen. Ich bin gegen zwölf zurück.«

Mrs. Morgan war schon in der Tür, als sie sich noch einmal umdrehte.

»Passen Sie auf, Miss Lydia. Eines schönen Tages werden Sie aus allen Sorgen heraus sein. Sie werden sehen, daß ich recht behalte. Ich wette, Sie heiraten einen sehr reichen jungen Mann.«

»Die Wette würden Sie verlieren, Mrs. Morgan«, antwortete Lydia. »Reiche junge Herren und arme junge Mädchen heiraten einander nur in den Geschichten, für die ich die Zeichnungen machen muß. Sollte ich wirklich einmal heiraten, dann vielleicht einen armen Menschen, der bald unheilbar krank wird und den ich dann bis an sein Ende pflegen muß. Und dann hasse ich ihn sicher so sehr, daß ich mit ihm nicht glücklich sein kann, aber er wird mir doch so leid tun, daß ich nicht weglaufen kann.«

Als Zeichen ihrer Mißbilligung schnaufte Mrs. Morgan hörbar.

»Übrigens möchte ich auch gar nicht verheiratet sein«, fuhr Lydia lächelnd fort. »Erst muß ich mal alle meine Rechnungen bezahlen, und bis das soweit ist, bin ich eine alte, grauhaarige Frau mit einer Schute auf dem Kopf.«

Lydia hatte ihren Tee getrunken und stand — ziemlich spärlich bekleidet — in der Mitte des Zimmers, als Mrs. Morgan zurückkam.

»Ich habe das ganz vergessen, Miss. Ein Herr und eine Dame haben nach Ihnen gefragt.«

»Ein Herr und eine Dame? Wer denn?«

»Ich weiß nicht, Miss. Ich hatte mich gerade ein bißchen hingelegt, und das Mädchen hat geöffnet. Ich hatte ihr doch eingebleut, jedem Menschen zu sagen, Sie seien nicht zu Hause!«

»Haben sie keinen Namen genannt?«

»Nein, Miss. Sie haben nur gefragt, ob Miss Beale hier wohne und zu sprechen sei.«

»Hm«, Lydia zog die Brauen zusammen. »Ich möchte wissen, wieviel ich denen wieder schuldig bin.«

Sie dachte nicht weiter daran, bis sie auf dem Weg ins Theater in der Redaktion anrief und von dem Schriftleiter ihrer Abteilung erfuhr, daß nach ihr gefragt worden sei.

»Alte Freunde von Ihnen, wie es scheint. Ich war nicht da, und Brand sagte ihnen, Sie seien heute abend im Erving-Theater. Wahrscheinlich werden Sie sie dort finden.«

»Aber wer war es denn?« — fragte sie.

»Keine blasse Ahnung«, war die Antwort.

Im Theater sah sie keinen Bekannten, wie neugierig sie auch um sich blickte. In den Pausen wurde sie auch von niemand angesprochen.

In der Reihe vor ihr, etwas nach rechts, saßen zwei Personen, die Lydia genau beobachteten, als sie hereinkam. Der Mann war Mitte Fünfzig, kahlköpfig und sehr dunkel — sein Gesicht hatte beinahe Kupferfarbe, obwohl er sicherlich Europäer war. Blaue Augen blickten wohlwollend durch starke Brillengläser, aber das Blau war so hell, daß der Kontrast zum Rot des glattrasierten Gesichtes es beinahe weiß erscheinen ließ.

Das junge Mädchen an seiner Seite war — auch für die kritischen Augen Lydias — von auffallender Schönheit. Ihr volles Haar schimmerte wie gesponnenes Gold. Es war nicht gefärbt, wie Lydia sofort feststellte. Ihre Gesichtszüge waren von seltener Ebenmäßigkeit. Die junge Zeichnerin glaubte niemals so wundervoll geschwungene Lippen gesehen zu haben. Auf der ganzen Erscheinung lag eine solche Frische und natürliche Unschuld, daß Lydias Herz sich sogleich der schönen Unbekannten zuwandte und sie den Vorgängen auf der Bühne kaum folgen konnte. Das junge Mädchen schien übrigens ein ähnliches Interesse für sie selbst zu empfinden, denn Lydia überraschte sie, wie sie sich zweimal nach ihr umwandte. Wer konnte sie wohl sein? Sie war mit erlesenem Geschmack gekleidet und trug eine kostbare Platinkette mit Smaragden.

Es bedurfte einer wirklichen Anstrengung, um Lydias Gedanken zur Bühne zurück und an ihre Arbeit zu bringen. Mit wenigen, geschickten Strichen skizzierte sie die Kostüme und vergaß im Augenblick die bezaubernde Fremde.

Nach Schluß der Vorstellung betrat sie das Vestibül und zog den abgetragenen Mantel dichter über ihre zarten Schultern. Die Nacht war rauh, und ein scharfer Westwind trieb die dicken, weißen Schneeflocken bis in die große Halle. Die glücklicheren Theaterbesucher schritten über die schmutzige Straße und stiegen in die wartenden Wagen; dann fuhren die Taxis in endloser Reihe vor — ein Türenzuschlagen, ein Stimmendurcheinander, bis sich die Menge schließlich zerstreut hatte.

»Taxi, Miss?«

Lydia schüttelte den Kopf. Der Bus war gut genug für Sie, aber schon zwei waren vollbesetzt an ihr vorbeigefahren, und sie begann ungeduldig zu werden. Jetzt fuhr ein besonders elegantes Taxi an den Bürgersteig heran.

Der Chauffeur beugte sich aus dem Wagen und rief: »Ist Miss Beale hier?«

Das junge Mädchen fuhr überrascht zusammen und ging auf

den Wagen zu.

»Ich bin Miss Beale.«

»Ich komme von Ihrem Verlag.«

Der Leiter des ›Megaphone‹ hatte sich schon verschiedene Extravaganzen geleistet. Er hatte über ihre Zeichnungen Ansichten zum besten gegeben, bei deren Erinnerung sie heute noch schauderte. Mitten in der Nacht hatte er sie wecken lassen, um sie als Zeichnerin auf einen Maskenball zu beordern. Aber noch niemals hatte er sich so aufmerksam gezeigt, ihr ein Taxi zu schicken. Trotzdem überlegte sie nicht lange, sondern stieg ein.

Die Scheiben waren mit halbgeschmolzenem Schnee bedeckt, der schon seit Stunden fiel. Undeutlich sah sie die Straßenlichter an sich vorbeihuschen — der Wagen mußte sehr schnell fahren. Sie rieb mit ihrem Handschuh die Scheibe, versuchte hinauszublicken und wollte das Fenster herunterlassen. Es ließ sich nicht bewegen. Jetzt sprang sie auf und klopfte zornig an die vordere Scheibe, um die Aufmerksamkeit des Chauffeurs auf sich zu lenken. Sie hatte sich nicht geirrt, als sie glaubte, über eine Brücke zu fahren, aber — nach der Fleet Street kam man über keine Brücke.

Wenn der Chauffeur auch ihr Klopfen hörte, so beachtete er es doch nicht. Wütend klopfte sie von neuem gegen die Scheibe, sie war nicht ängstlich, aber über alle Maßen empört. Und auf einmal kam die Angst. Sie kam, als sie den Wagenschlag zu öffnen versuchte und feststellte, daß er von der Außenseite verschlossen war. Sie steckte ein Streichholz an und sah, daß die Fensterrahmen festgeschraubt waren — das Loch, in dem die Schraube saß, war frisch und der Schraubenkopf neu und glänzend.

Lydia hatte keinen Schirm — sie nahm nie einen ins Theater mit — und als Waffe nichts anderes als einen Füllfederhalter. Vielleicht ließ sich das Fenster mit dem Fuß zertrümmern. Als sie sich aber zurücklehnte, fand sie, daß das nicht so einfach war, wie sie glaubte. Sie gab ihr Vorhaben auf. Und jetzt wich auf einmal die sinnlose Furcht von ihr, sie wurde kühl und ruhig. Eine Entführung? Das war ja lächerlich. Aber was sollte das alles bedeuten? Der Chauffeur hatte ihren Namen genannt. Vielleicht wollte der Schriftleiter sie in seiner Wohnung sprechen, die irgendwo im Süden Londons war, wie sie sich erinnerte. Das würde ja alles erklären. Und doch sagte ihr eine innere Stimme, daß etwas Ungewöhnliches vor sich ging, daß ihr eine unangenehme Erfahrung bevorstand. Sie versuchte gegen diesen Gedanken anzukämpfen, aber er ließ sich nicht verdrängen.

Von neuem rüttelte sie an der Türklinke, dann fiel ihr ein leichter Lichtschein auf, der in den Wagen drang, und sie blickte durch das kleine hintere Fenster. Nur wenige Meter hinter dem Taxi sah sie zwei Scheinwerfer. Ein großer Wagen folgte, dessen Umrisse sie beim Schein einer Straßenlampe sehen konnte.

Sie mußten sich auf einer der Straßen nach den Vororten befinden. Auf der linken Seite sah sie Bäume vorbeifliegen, dann einen langen, grauen Zaun. Jetzt schoß der große Wagen an ihnen vorbei, und bald sah sie verzweifelt sein Schlußlicht in der Dunkelheit verschwinden. Bevor sie sich aber klarwerden konnte, was eigentlich vorging, hatte er gestoppt und sich quer über den Weg gestellt. Das Taxi mußte plötzlich halten, und sie flog gegen die vordere Scheibe. Undeutlich bemerkte sie zwei Gestalten, hörte sprechen, und dann wurde die Tür aufgerissen.

»Wollen Sie bitte aussteigen, Miss Beale«, sagte eine angenehme Stimme; sie gehorchte mit schwankenden Knien. Zwei Männer standen an der Seite des Taxichauffeurs. Der eine trug einen langen Regenmantel, der bis ans Kinn zugeknöpft war.

»Sie können zu Ihren Freunden zurückkehren und ihnen erzählen, daß sich Miss Beale in guter Hut befindet«, sagte er zu dem Fahrer. »Und dann können Sie Ihrem Schutzpatron ein oder zwei Kerzen spenden, als Dank, daß Sie selbst noch am Leben sind.«

»Ich habe wirklich keine Ahnung, was Sie eigentlich wollen«, erwiderte der Mann verdrossen. »Ich soll die Dame hier zu ihrem Büro bringen.«

»Seit wann wird denn das ›Daily Megaphone‹ in diesem schönen Vorort gedruckt?« fragte der andere höflich.

Dann wandte er sich dem jungen Mädchen zu und zog den Hut.

»Kommen Sie bitte, Miss Beale. Ich kann Ihnen eine angenehmere Fahrt versprechen, wenn ich auch keine Garantie übernehmen kann, daß ihr Abschluß weniger überraschend sein wird.«

Kapitel 3

Der Mann, der die Wagentür aufgerissen hatte, stand schon in vorgerücktem Alter und war untersetzt. Freundlich ergriff er den Arm des jungen Mädchens, und ohne ein weiteres Wort folgte sie ihm zum vorderen Wagen.

»Fein, Rennett!« sagte der Mann im Regenmantel. »Alle Achtung, die Leute sind gerissen.«

»Niedertracht hat mir noch nie Bewunderung eingeflößt«, erwiderte der andere ablehnend, und der junge Mann, der Lydia gegenübersaß, lachte laut auf.

»Sie sollten das von einem objektiven Standpunkt aus betrachten, alter Freund. Ich kann mir nicht helfen, ich muß die Leute bewundern. Ich gebe zu, daß ich einen Schreck bekam, als mir klar wurde, daß Miss Beale das Taxi nicht gerufen, sondern daß man es ihr so bequem vor die Tür gestellt hatte, aber — ich kann die Leute nur bewundern.«

»Was soll das alles bedeuten?« fragte das junge Mädchen verständnislos. »Ich bin vollkommen verwirrt — wo fahren wir jetzt hin? Zum Büro?«

»Ich fürchte, Sie werden heute nacht nicht mehr in Ihr Büro kommen«, versetzte der junge Mann ruhig, »und es ist mir gleichfalls unmöglich, Ihnen zu erklären, warum Sie eigentlich entführt wurden.«

»Entführt?« wiederholte das junge Mädchen ungläubig. »Wollen Sie damit sagen, daß der Mann —«

»Er fuhr mit Ihnen nach außerhalb und würde Sie wahrscheinlich an irgendeinem einsamen, gottverlassenen Platz abgesetzt haben. Ich glaube kaum, daß er etwas gegen Sie selbst im Schilde führte — die Leute laufen kein unnötiges Risiko, es kam ihnen vielmehr in erster Linie darauf an, Sie, Miss Beale, für diese Nacht aus dem Weg zu schaffen. Wie die eigentlich darauf gekommen sind, daß unsere Wahl gerade auf Sie gefallen ist, begreife ich nicht. Was sagen Sie dazu, Rennett?«

»Ihre Wahl ist auf mich gefallen?« wiederholte das junge Mädchen verblüfft. »Wirklich, meine Herren, glauben Sie nicht auch, daß ich berechtigt bin, eine Erklärung zu verlangen? Wenn es Ihnen recht ist, wäre es mir lieber, Sie brächten mich zu meinem Büro. Ich muß nämlich an meine Stellung denken«, fügte sie bitter hinzu.

»Sechs Pfund zehn Schilling pro Woche, und dann noch ein paar Extrapfund für Illustrationen«, sagte der Mann im Regenmantel. »Glauben Sie mir, Miss Beale, bei dem Gehalt werden Sie niemals Ihre Schulden bezahlen, und wenn Sie hundert Jahre alt werden.«

Sie starrte ihn sprachlos an.

»Sie scheinen meine Privatangelegenheiten recht genau zu kennen«, sagte sie kühl.

»Genauer, als Sie denken.«

Sie glaubte, ihn in der Dunkelheit lächeln zu sehen, aber seine Stimme klang so freundlich und um Entschuldigung bittend, daß sie sich nicht beleidigt fühlen konnte.

»Im letzten Jahr lagen neununddreißig vollstreckbare Urteile gegen Sie vor, und in dem davor siebenundzwanzig. Sie leben von genau dreißig Schilling pro Woche, und der Rest geht an die Gläubiger Ihres Vaters.«

»Sie sind — Sie sind —«, begann sie hitzig.

»Bitte, Miss Beale, bleiben Sie ruhig. Darf ich mich übrigens vorstellen? Mein Name ist Glover — Jack Glover in Firma Rennett, Glover & Simpson. Der Herr an Ihrer Seite ist Mr. Charles Rennett, der Seniorteilhaber der Firma. Wir sind, wenn ich so sagen darf, eine ganz bekannte Anwaltsfirma, aber wie lange das nun noch der Fall sein wird, das hängt einzig und allein von Ihnen ab.«

»Von mir?« Das junge Mädchen war ehrlich überrascht. »Offen gestanden habe ich eigentlich nicht besonders viel für Rechtsanwälte übrig, und —«

»Kann ich sehr gut begreifen«, murmelte Mr. Glover.

»Selbstverständlich liegt mir nicht daran, Sie mit Ihren Kompagnons auseinanderzubringen.«

»Die Angelegenheit ist doch bedeutend ernster«, warf Mr. Rennett, der an ihrer Seite saß, ein. »Die Sache verhält sich folgendermaßen. Wir handeln, ich sage Ihnen das ohne weiteres, in jeder Beziehung wider Recht und Gesetz. Berichten Sie Einzelheiten über das, was wir vorhaben, der Polizei, so bedeutet das sicheren Ruin für uns. Sie werden jetzt schon sehen, daß das ganze Abenteuer für uns, wenigstens in diesem Augenblick, bedeutend wichtiger ist als für Sie. So, da wären wir!« schnitt er weitere Fragen des jungen Mädchens ab.

Der Wagen bog in eine schmale Auffahrt ein, fuhr durch eine lange Allee hoher Bäume und hielt dann vor dem Portal eines großen Hauses, das sich im gleichen Augenblick öffnete.

Rennett war ihr beim Aussteigen behilflich und führte sie in eine große, getäfelte Diele.

»Bitte hier entlang. Darf ich vorausgehen?«

Er öffnete eine Tür, und sie fand sich in einem großen, wundervoll ausgestatteten Salon, den zwei prachtvolle silberne Kronleuchter erhellten.

Zu ihrer Erleichterung kam ihr eine ältere Dame entgegen.

»Meine Frau, Miss Beale«, sagte Rennett. »Muß ich hinzufügen, daß Sie sich in meinem Haus befinden?«

»Ihr habt also die junge Dame wirklich gefunden«, sagte Mrs. Rennett freundlich lächelnd. »Und was sagt nun Miss Beale zu eurem Vorschlag?«

In diesem Augenblick kam der junge Glover herein. Er hatte seinen Mantel abgelegt und erwies sich als typisches Beispiel der sportlichen englischen Jugend. Aber er sah gut aus, wie Lydia mit weiblicher Inkonsequenz bemerkte, und in seinen Augen lag ein Ausdruck, der Vertrauen einflößte. Er nickte lächelnd zu Mrs. Rennett hinüber und wandte sich dann an Lydia.

»Ich weiß nicht, Miss Beale, ob ich Ihnen die nötigen Aufklärungen zu geben habe oder ob mein Kollege es vorzieht, mir diese Unannehmlichkeit zu ersparen.«

»Ich nicht — auf keinen Fall«, rief der ältere Mann hastig. »Ich halte es für das beste«, wandte er sich seiner Frau zu, »wir lassen Jack Glover mit der jungen Dame allein; er kann dann in Ruhe mit ihr sprechen.«

»Ja, aber habt ihr denn Miss Beale noch gar nichts gesagt?« fragte Mrs. Rennett überrascht, und Lydia mußte unwillkürlich lachen, obwohl sie nicht dazu aufgelegt war.

Die möglichen Unannehmlichkeiten im Büro, diese abenteuerliche Entführung und jetzt noch dies neue Geheimnis, das alles zusammen genügte, um auch die ruhigsten Nerven aufzuwühlen.

Glover wartete, bis sich die Tür hinter den beiden geschlossen hatte. Er stand eine Zeitlang vor dem Feuer, biß sich unruhig auf die Lippen und blickte überlegend auf den Teppich.

»Ich weiß wirklich nicht, wie ich beginnen soll, Miss Beale«, sagte er. »Und jetzt, da ich Ihre Bekanntschaft gemacht habe, rührt sich mein Gewissen doppelt und dreifach. Das beste ist, ich fange von vorne an. Sie haben doch von dem Bulford-Mord gehört?«

Das junge Mädchen starrte ihn an.

»Bulford-Mord?« wiederholte sie ungläubig, und er nickte. »Ja, natürlich, den Fall kennt doch jeder.«

»Dann habe ich es, Gott sei Dank, nicht nötig, Ihnen die einzelnen Umstände auseinanderzusetzen«, sagte Jack Glover.

»Ich weiß nur«, unterbrach das junge Mädchen, »daß Mr. Bulford von einem Mr. Meredith erschossen wurde, der eifersüchtig auf Bulford war, und daß Mr. Meredith sich seiner Braut gegenüber abscheulich benommen hat.«

»Ganz richtig«, nickte Glover, in dessen Augen es belustigt aufflackerte. »Mit anderen Worten — Meredith wehrte sich energisch gegen die Behauptung, eifersüchtig gewesen zu sein, und schwor, daß er die Verlobung mit Miss Briggerland bereits aufgehoben und nicht die geringste Ahnung von den Beziehungen zwischen Bulford und Miss Briggerland gehabt habe.«

»Das sagte er ja nur, um sein Leben zu retten«, entgegnete Lydia ruhig. »Miss Briggerland hat doch beschworen, daß eine derartige Entlobung nie stattgefunden hat.«

Glover nickte.

»Was Sie aber nicht wissen, Miss Beale«, begann er mit tiefem Ernst, »ist folgendes: Jean Briggerland ist die Kusine Merediths und wird, falls sich nicht ganz bestimmte Dinge ereignen, ungefähr sechshunderttausend Pfund von Meredith erben. Ich muß Ihnen gleich sagen, daß Meredith einer meiner besten Freunde ist. Man hat ihn zu lebenslänglichem Zuchthaus begnadigt, aber deshalb bleibt er doch mein Freund. So genau, wie ich weiß, daß Sie mir hier gegenübersitzen, so genau weiß ich im übrigen, daß Meredith den armen Bulford nicht getötet hat. Meiner Meinung nach war alles eine abgekartete Geschichte, um den Tod oder die Gefängnisstrafe meines Freundes herbeizuführen — und Mr. Rennett denkt wie ich. Es ist Tatsache, daß Meredith mit dem Mädchen verlobt war, er erfuhr aber verschiedene Dinge über sie und ihren Vater, die nicht zu ihren Gunsten sprachen. So schön sie ist, wirklich geliebt hat er sie nie — er ist, ich kann das ruhig sagen, eingefangen worden. Als er sah, wie sich die Dinge zuspitzten, ging er an jenem Abend zu ihr, um die Verlobung aufzuheben.«

Lydia hatte einigermaßen verdutzt diese ausführliche Erzählung angehört.

»Ich sehe aber immer noch nicht ein, was das alles mit mir zu tun hat.«

»Kann ich mir denken«, nickte Glover, »ich werde Ihnen jetzt aber einen anderen Teil dieser Geschichte erzählen, einen Teil, der der großen Masse unbekannt geblieben ist. Merediths Vater war ein etwas exzentrischer alter Herr, der viel von dem Sprichwort ›Jung gefreit . . .‹ und so weiter hielt. Sein Testament enthielt die Bestimmung, daß sein ganzes Vermögen an seine Schwester oder deren Erben gehen solle, falls Meredith nicht bis zu seinem dreißigsten Geburtstag verheiratet wäre. Seine Schwester war die schon seit längerer Zeit verstorbene Mrs. Briggerland. Ihre Erben sind ihr Mann und ihre Tochter — Miss Briggerland.«

Er schwieg, und das junge Mädchen blickte nachdenklich ins Kaminfeuer.

»Wie alt ist Mr. Meredith?«

»Morgen, Montag, wird er dreißig«, erwiderte Glover ruhig, »und er müßte sich bis dahin verheiraten.«

»Im Gefängnis?«

Er schüttelte den Kopf.

»Wäre das möglich gewesen, so hätten wir schon die nötigen Schritte unternommen, aber der Justizminister hat eine dahingehende Anfrage unberücksichtigt gelassen und sich geweigert, die Erlaubnis zu einer derartigen Trauung zu geben. Ich muß seinen Gründen übrigens zum Teil beipflichten — vergessen Sie nicht: Meredith verschwindet für zwanzig Jahre hinter Gefängnismauern.«

»Ja — aber dann —«, begann Lydia.

»Lassen Sie mich Ihnen die Sachlage etwas verständlicher machen«, sagte Glover mit dem ihm eigenen kleinen Lächeln. »Glauben Sie mir, Miss Beale, unser Plan erscheint mir jetzt, wo ich vor Ihnen stehe, längst nicht mehr so gut wie vorher. Gesetzt den Fall —«, er sprach kühl, beinahe geschäftsmäßig, »es wäre uns möglich, James Meredith morgen früh hierherzubringen . . . würden Sie ihn heiraten?«

»Ich?« fuhr Lydia hoch. »Einen Mann heiraten, den ich nie gesehen habe, und noch dazu einen Mörder?«

»Meredith ist kein Mörder«, versetzte er ruhig.

»Aber das ist . . . das ist unmöglich«, rief sie. »Warum denn gerade ich?«

Er schwieg einen Augenblick.

»Als wir uns zu diesem Plan entschlossen hatten, suchten wir jemand, dem eine solche Heirat Vorteil bringen würde. Rennett kam auf den Gedanken, die Akten der Londoner Gerichtshöfe zu durchstöbern, um auf diese Weise ein junges Mädchen zu finden, das in großen Geldnöten wäre. Es gibt kein sichereres Mittel, finanzielle Schwierigkeiten aufzudecken, als die Terminregister und Akten der Gerichtshöfe zu studieren. Wir fanden vier junge Damen, aber nur eine kam für unseren Zweck in Frage — und diese eine waren Sie. Bitte, hören Sie mir noch einen Augenblick zu«, bat er, als sie widersprechen wollte. »Wir haben genaue Erkundigungen über Sie eingezogen, leider zu genaue, denn die Briggerlands rochen Lunte und sitzen uns schon seit einer Woche auf der Fährte. Wir wissen, daß Sie nicht verlobt sind, daß Sie die für Sie große Schuldenlast Ihres Vaters auf sich genommen haben und daß Sie weder Verwandte noch Freunde besitzen — von den Kollegen in Ihrem Büro abgesehen. Hier ist der Vorschlag, den wir Ihnen machen, und glauben Sie mir bitte, Miss Beale, ich komme mir recht erbärmlich vor, daß gerade ich es sein muß, der Ihnen dieses Angebot macht: Sie erhalten bis an Ihr Lebensende eine jährliche Rente von fünftausend Pfund, außerdem sofort die Summe von zwanzigtausend Pfund und die feste Zusicherung, daß Sie vom Augenblick der Heirat an niemals — ich sage noch einmal: niemals — von Ihrem Gatten belästigt werden.«

Lydia hörte dies alles wie in einem Traum — es war zu unwahrscheinlich. Gleich würde sie aufwachen und Mrs. Morgan mit einer Tasse Tee und einem Teller ihrer unverdaulichen Kuchen neben ihrem Bett stehen sehen. So etwas gibt es doch gar nicht, sagte sie sich, und doch — da stand ein junger Mann, mit dem Rücken zum Feuer, der ihr im alltäglichen Ton einen Vorschlag machte, der in das Reich der Romantik — und einer recht unwahrscheinlichen dazu — gehörte.

»In meinem Kopf wirbelt alles durcheinander«, sagte sie schließlich. »Das muß doch erst überlegt werden, und wenn Mr. Meredith im Gefängnis ist —«

»Mr. Merdedith ist nicht mehr im Gefängnis«, unterbrach sie Glover. »Vor zwei Tagen wurde er in ein Krankenhaus eingeliefert, um sich dort einer leichten Operation zu unterziehen und — er ist jetzt hier im Haus.«

Sie konnte ihn nur mit offenem Mund anstarren, und Jack fuhr fort: »Die Briggerlands wissen, daß er entflohen ist; sie nahmen wahrscheinlich an, daß er hier sei, denn wir hatten die Polizei heute nachmittag hier, die das ganze Grundstück sorgfältig durchsuchte. Scotland Yard weiß natürlich, daß Rennett und ich die juristischen Berater Merediths waren, aber wir waren auf den Besuch der hohen Obrigkeit vorbereitet. Wie es möglich war, daß er nicht entdeckt wurde, gehört ja nicht hierher. Und nun, Miss Beale, wie ist Ihre Antwort? Entscheiden Sie sich bitte möglichst rasch!«

»Ich weiß wirklich nicht, was ich sagen soll«, versetzte Lydia hilflos. »Ich muß träumen, und wenn ich genug Mut hätte, um mich tüchtig zu kneifen, würde ich aufwachen. Und doch möchte ich gar nicht aufwachen. Die ganze Sache ist so verlokkend phantastisch, so unmöglich.«

Er lächelte.

»Kann ich Mr. Meredith sehen?«

»Nicht vor morgen früh. Ich möchte noch hinzufügen, daß alle Vorbereitungen für eine Trauung getroffen sind. Die Erlaubnis zu einer Eiltrauung ist in unseren Händen, und morgen früh acht Uhr — nebenbei bemerkt, sind Trauungen vor acht und nach drei Uhr in England nicht gültig — wird ein Pastor hiersein, um die Zeremonie vorzunehmen.«

Ein langes Schweigen folgte. Lydia hatte die Ellbogen auf die Knie und den Kopf in die Hände gestützt. Glover blickte ernst und mitleidig auf sie hinunter und verwünschte sich selbst, daß er es sein mußte, der diesem jungen Mädchen einen so unerhörten Plan vorzuschlagen hatte. Endlich sah sie auf.

»Ich nehme an«, sagte sie leise, »aber — in der Zahl der Urteile gegen mich haben Sie sich geirrt. In den letzten zwei Jahren waren es dreiundsiebzig — und ich möchte keinen Anwalt mehr hören und sehen.«

»Ich danke Ihnen«, war Jack Glovers höfliche Antwort.

Kapitel 4

Die ganze Nacht hindurch saß Lydia in dem kleinen Schlafzimmer, das ihr Mrs. Rennett zur Verfügung gestellt hatte, und dachte — grübelte — überlegte. Vergeblich hatte sie versucht zu schlafen und war dann im Zimmer auf und ab gelaufen, vom Fenster zur Tür, von der Tür zum Fenster. Ihre Gedanken hatten sich noch nie ernsthaft mit einer Heirat befaßt, und eine solche wie die ihr vorgeschlagene würde keine besonderen Schrekken für sie gehabt haben, wenn das Vorspiel dazu weniger aufregend gewesen wäre. Die Aussicht, nur dem Namen nach Frau zu sein, der Gedanke, daß ihr Gatte die nächsten zwanzig Jahre im Kerker verleben würde, beunruhigte sie jedoch nicht. Warum — wußte sie nicht, aber sie glaubte Jack Glover, daß Meredith unschuldig sei.

Sie fragte sich, was Mrs. Morgan wohl sagen werde und welche Erklärung sie im Büro geben könne. Die Arbeit dort war ihr nicht sehr ans Herz gewachsen, sie würde sie mit Vergnügen aufgeben und sich ernsthaft dem Kunststudium widmen. Fünftausend Pfund im Jahr! Sie könnte in Italien leben, bei den berühmtesten Malern studieren, ein eigenes Auto haben — die Möglichkeiten waren ja beinahe unbeschränkt. Aber was waren die Nachteile?

Sie zuckte die Achseln, als sie sich diese Frage zum hundertsten Male vorlegte. Ja, welche Nachteile könnte es da geben? Eine andere Heirat war allerdings ausgeschlossen, aber sie wollte ja gar nicht heiraten. Sie gehörte nicht zu denen, die sich leicht verlieben, war viel zu unabhängig und nüchtern dazu, kannte die Männer und ihre Schwächen nur zu gut.

»Der liebe Gott hat mich zur alten Jungfer bestimmt«, sagte sie halblaut.

Um sieben Uhr morgens — welch ein trüber und trauriger Morgen, dachte Lydia, als sie zum Fenster hinausblickte — brachte ihr Mrs. Rennett eine Tasse Tee.

»Ich glaube, Sie haben überhaupt nicht geschlafen, arme Kleine«, sagte die alte Dame mit einem Blick auf das unberührte Bett. »Ich kann Ihnen das nachfühlen.«

Sie legte ihre Hand auf den Arm des jungen Mädchens und drückte ihn mitleidig.

»Es ist nicht leicht für Sie und für uns auch nicht.« Sie lächelte ein wenig. »Ich befürchte, wir alle werden die größten Unannehmlichkeiten haben.«

Den gleichen Gedanken hatte auch Lydia, als ihr die düstere Schilderung Glovers einfiel.

»Wird es nicht sehr ernsthafte Folgen für Sie haben, wenn die Polizei herausbekommt, daß Sie bei einer Flucht mitgeholfen haben?«

»Flucht, mein liebes Kind?« Mrs. Rennetts Gesicht war eine Maske. »Ich habe nichts von einer Flucht gehört. Wir wissen nur, daß der arme Mr. Meredith in Erwartung der Erlaubnis des Justizministers alle nötigen Vorbereitungen für eine Trauung in unserem Haus getroffen hat. Wie Mr. Meredith hierhergekommen ist, entzieht sich vollkommen unserer Kenntnis«, sagte die diplomatische alte Dame, und Lydia mußte unwillkürlich lachen.

Langsam beendete sie ihre Toilette, und Punkt acht klopfte Mrs. Rennett zum zweitenmal an die Tür.

»Man wartet auf Sie«, sagte sie leise mit zitternden Lippen; ihr Gesicht war sehr bleich.

Aber Lydia war jetzt die Ruhe selbst; ihr Entschluß war gefaßt.

Im Salon warteten vier Herren; zwei waren ihr bekannt: Glover und Rennett. Den dritten erkannte Lydia an seiner geistlichen Kleidung. Ihre ganze Aufmerksamkeit richtete sich jetzt auf den vierten, einen hochgewachsenen Mann, unrasiert, mit kurzgeschnittenem Haar, Gesicht und Körper so abgemagert, daß sein Anzug an ihm zu hängen schien. Ihre erste Empfindung war Widerwillen, Abscheu, aber dann kam ein tiefes Mitleid über sie — James Meredith schien schwer krank zu sein. Er wandte sich ihr zu, als sie hereinkam, blickte sie forschend an und kam ihr mit ausgestreckter Hand entgegen.

»Miss Beale? Es tut mir leid, unter derartig peinlichen Verhältnissen Ihre Bekanntschaft zu machen. Glover hat Ihnen die Sachlage auseinandergesetzt?«

Sie nickte.

Seine tiefliegenden Augen hielten sie wie in einem magnetischen Bann.

»Die Einzelheiten und Bedingungen sind Ihnen klar? Glover hat Ihnen mitgeteilt, warum diese Heirat stattfinden muß? Glauben Sie mir bitte«, fügte er leiser hinzu, »ich bin Ihnen unendlich dankbar, daß Sie auf meine Wünsche eingegangen sind.«

Ohne ein weiteres Wort an sie wandte er sich dem Geistlichen zu.

»Wir können beginnen«, sagte er einfach.

Die Zeremonie erschien dem jungen Mädchen so unwahrscheinlich, daß ihr deren Bedeutung nicht einmal zum Bewußtsein kam, als sich ein Ring — er war viel zu groß, denn Glover hatte ihn nach Gutdünken gewählt — über ihren Finger schob. Sie kniete nieder, um den feierlichen Segen zu empfangen. Dann stand sie mühsam auf und blickte ihren Gatten mit starren Augen an.

»Ich glaube . . . ich werde ohnmächtig?«

Jack Glover fing sie gerade noch auf und trug sie zum Sofa. Als sie wieder zu sich kam, hatte sie die verworrene Idee, daß jemand versucht habe, sie zu hypnotisieren; sie öffnete die Augen und blickte in das ernste Gesicht Merediths, der sich über sie beugte.

»Fühlen Sie sich jetzt besser?« fragte er ängstlich. »Ich befürchte, die letzten vierundzwanzig Stunden waren zu aufregend für Sie, und geschlafen haben Sie ja auch nicht, wie Mrs. Rennett uns erzählte. — Auf jeden Fall werden Sie heute nacht sicherlich besser schlafen als ich«, fügte er lächelnd hinzu. Dann wandte er sich an Rennett, der unruhig seinen Bart strich und ihn ernsthaft und ängstlich beobachtete. »Mr. Rennett, in Gegenwart der hier anwesenden Zeugen muß ich Ihnen mitteilen, daß ich aus dem Krankenhaus entflohen bin, in dem ich durch die Milde des Justizministers Aufnahme gefunden hatte. Als ich Ihnen mitteilte, daß ich gleichfalls die Erlaubnis erhalten hätte, heute morgen hierherzukommen, um mich in Ihrem Hause trauen zu lassen, sprach ich die Unwahrheit.«

»Ich bedaure, das hören zu müssen«, erwiderte Rennett höflich. »Es ist selbstverständlich meine Pflicht, Mr. Meredith, Sie der Polizei zu übergeben.«

Das gehörte alles zum Spiel. Lydia beobachtete mit gespanntem Interesse den Vorgang; sie wußte, jedes Wort, jede Handlung war sorgfältig überlegt, um Rennett und Glover die Anklage der Beihilfe zu ersparen.

Rennett hatte kaum zu Ende gesprochen, als laut und ungestüm an die Haustür geklopft wurde. Jack Glover eilte in die Halle, um zu öffnen. Es war nicht die Polizei, die er erwartet hatte. Eine junge Dame, bis zu den Augen in einen Pelzmantel gehüllt, stand vor ihm. Sie stieß Jack beiseite, flog durch die Halle und betrat den Salon.

Lydia stand zitternd neben Mrs. Rennett, als die unerwartete Besucherin hereinkam und langsam die Knöpfe ihres Pelzes öffnete. Überrascht fuhr Lydia zusammen. Es war das schöne junge Mädchen, das sie am letzten Abend im Theater gesehen hatte.

»Was verschafft uns das Vergnügen?« fragte Glovers Stimme spöttisch.

»Ich verlange meinen Verlobten — Meredith«, sagte sie kurz.

Glover lachte leise.

»Verlangt haben Sie ihn schon seit recht langer Zeit, Miss Briggerland — das kann ich begreifen. Sie kommen leider etwas zu spät.«

Ihre Augen blickten auf den Geistlichen.

»Zu spät?« sagte sie langsam. »Er ist also schon verheiratet?«

Sie biß sich auf die Lippen und nickte, dann blickte sie Lydia an. Ihre blauen Augen waren ausdruckslos.

Meredith war verschwunden. Verzweifelt blickte Lydia um sich. War er der Polizei entgangen, um sich selbst zu stellen? Plötzlich fiel ein Schuß. Der Knall mußte aus dem Garten kommen.

Glover rannte hastig durch die große Halle zur Tür. Es schneite, kein Mensch war zu sehen. Er lief den Weg hinunter, der parallel mit dem Haus lief, dann um die Ecke ging und in vielen Windungen durch das dichte Gehölz zu einem kleinen Schuppen führte. Plötzlich blieb Jack entsetzt stehen. Dicht vor ihm lag ein Mann mit ausgestreckten Armen in einer Blutlache, seine Hand umklammerte eine Pistole.

Mit einem unterdrückten Aufschrei beugte sich Jack über den Liegenden.

Es war James Meredith — tot!

Kapitel 5

Jack Glover hörte Fußtritte und sah einen Mann auf sich zukommen, der den Detektiv deutlich erkennen ließ. Er wandte sich ab und sah schweigend auf den Leichnam zu seinen Füßen, als der Mann neben ihn trat.

»Wer ist das?« fragte der Beamte scharf.

»James Meredith«, antwortete Jack einfach.

»Tot?« rief der andere. »Hat er Selbstmord begangen?«

Jack antwortete nicht und beobachtete den Inspektor, der eine kurze und schnelle Untersuchung der Leiche vornahm. Die Kugel war durch die linke Schläfe eingedrungen, die Pulverspuren waren deutlich auf dem stillen Gesicht zu sehen.

»Sehr unangenehme Sache, Mr. Glover«, begann der Beamte ernst. »Können Sie eine Erklärung für die Anwesenheit des Mannes hier geben?«

»Er kam hierher, um sich zu verheiraten. Das überrascht Sie, wie es scheint, aber es verhält sich tatsächlich so. Er ist vor noch nicht zehn Minuten getraut worden. Wenn Sie mit mir ins Haus kommen wollen, werde ich Ihnen alles Nähere erklären können.«

Der Detektiv zögerte, aber in diesem Augenblick erschien einer seiner Kollegen am Schauplatz, und Jack führte ihn durch einen Nebeneingang in Mr. Rennetts Arbeitszimmer.

Der Anwalt schien sie dort erwartet zu haben; er war allein.

»Wenn ich mich nicht irre, sind Sie Inspektor Colhead von Scotland Yard«, sagte Glover.

»Ganz richtig«, nickte der Beamte. »Aber, unter uns gesagt, Mr. Glover, würde ich an Ihrer Stelle keine Aussagen machen, die Sie nicht später öffentlich wiederholen können.«

Mit einem leisen Lächeln erkannte Jack die Bedeutung dieser Warnung und begann, die Vorgänge zu beschreiben.

»Ich kann Ihnen nur sagen«, war seine Antwort auf eine weiterte Frage, »daß Mr. Meredith heute morgen um drei Viertel acht das Haus betreten und sich Mr. Rennett zur Verfügung gestellt hat. Um acht Uhr, wie Sie selber wissen, teilte Mr. Rennett Scotland Yard telefonisch mit, daß sich Mr. Meredith in seinem Hause befinde. In der Zwischenzeit ließ er sich trauen.«

»War denn gerade ein Pfarrer da?« fragte ihn der Beamte

sarkastisch.

»Ja, ein Pfarrer war gerade da«, erwiderte Jack ruhig, »weil ich es veranlaßt hatte. Ich wußte, Mr. Meredith würde hierherkommen, falls dies im Bereich der Möglichkeit läge, und kannte seinen Wunsch zu heiraten. Die Gründe wird Ihnen mein Kompagnon auseinandersetzen.«

»Haben Sie ihm bei der Flucht geholfen? — Eine derartige Frage sollte ich eigentlich nicht stellen«, sagte der Detektiv lächelnd.

Jack schüttelte den Kopf.

»Ich kann Ihnen in völliger Aufrichtigkeit die Antwort geben, daß ich damit ebensowenig zu tun hatte wie der Justizminister, als er Meredith die Erlaubnis gab, ein Krankenhaus aufzusuchen.«

Bald darauf ging der Beamte zum Schuppen im Garten zurück, und die beiden Herren waren allein.

»Nun«, sagte Rennett mit schwankender Stimme. »Was ist eigentlich passiert?«

»Er ist tot!«

»Selbstmord?«

Jack sah ihn bedeutungsvoll an.

»Hat damals Bulford Selbstmord begangen?«

»Und wo steckt der — Engel?«

»Mit Mrs. Rennett und Miss Beale im Salon.«

»Mrs. Meredith«, verbesserte Jack ruhig.

»Das bedeutet natürlich noch mehr Schwierigkeiten«, sagte Rennett, »aber ich glaube, wir werden uns so einigermaßen herauswickeln können, wenn auch die Geschichte recht schwarz aussieht.«

Sie fanden die drei Damen im Salon. Lydia, sehr blaß, kam ihnen entgegen.

»Was ist vorgefallen?« Sie glaubte die Antwort in seinem Gesicht zu lesen. »Er ist doch nicht tot?« fragte sie stockend.

Jack nickte, aber seine Augen lagen die ganze Zeit auf dem anderen jungen Mädchen. Die Winkel ihrer wundervollen Lippen hatten sich schmerzvoll gesenkt, und in ihren Augen lag ein Ausdruck von tiefem Kummer, der ihm den Atem raubte.

»Hat er sich erschossen?« fragte sie leise.

Jack sah sie kühl an.

»Das einzige, was ich genau weiß, Miss Briggerland«, Lydia

fuhr bei dem grausamen Ton seiner Stimme zusammen, »ist, daß — Sie ihn nicht erschossen haben.«

»Wie können Sie es wagen?« fuhr Jean Briggerland auf. Die leichte Röte auf ihren Wagen war das einzige Zeichen ihrer Erregung.

»Wagen? — Ich kann noch mehr wagen«, erwiderte Jack kurz. »Sie fragten mich, ob es sich um Selbstmord handelt, und ich antworte Ihnen, daß dies nicht der Fall ist — es ist Mord! James Meredith wurde tot aufgefunden, seine rechte Hand umklammerte eine Pistole. Die Kugel drang in die linke Schläfe ein, und wenn Sie mir erklären können, wie irgendein Mann, der eine Schußwaffe in normaler Weise hält, dies fertigbringen kann, will ich Ihrer Selbstmordtheorie beipflichten.«

Ein langes, tödliches Schweigen.

»Und außerdem«, fuhr Jack mit einem leichten Achselzucken fort, »hatte der arme Meredith keine Pistole.«

Jean Briggerland stand mit gesenkten Augen und zusammengepreßten Lippen da. Dann blickte sie auf.

»Ich kann Ihre Gefühle begreifen, Mr. Glover«, sagte sie sanft. »Kann sehr gut verstehen, daß Sie mich hassen müssen, wenn Sie so schreckliche Dinge von mir glauben.«

Ihre Lippen zitterten, ihre Stimme klang heiser vor tiefem Kummer. »Ich habe James Meredith geliebt«, sagte sie leise, »und er liebte mich.«

»Er liebte Sie so sehr, daß er eine andere heiratete.« Jacks Stimme klang eisig. Lydia war empört.

»Mr. Glover«, begann sie vorwurfsvoll, »halten Sie es für angebracht, derartige Dinge zu sagen, wenn der arme Mr. Meredith dort draußen liegt — tot?«

Langsam drehte sich Jack ihr zu, und in seinen Augen lag eine Härte, die sie für unmöglich gehalten hätte.

»Miss Briggerland hat Ihnen soeben mitgeteilt, daß ich sie hasse«, sagte er bedächtig, »sie hat die reine Wahrheit gesprochen: Ich hasse sie derartig — Sie können das gar nicht verstehen, Mrs. Meredith.« Er legte besonderen Nachdruck auf die letzten beiden Worte, und Lydia zuckte zusammen. »Und eines Tages, falls die . . . hm . . . Umstände mich verschonen —«

». . . Umstände . . . verschonen«, warf Jean Briggerland ein. »Ich verstehe Sie nicht, Mr. Glover — was wollen Sie damit sagen?«

Glover lachte, aber es war kein angenehmes Lachen.

»Vielleicht doch«, versetzte er kurz. »Und was den armen Jim betrifft, der Sie — so sehr liebte . . . nun, das werden Sie ja selbst am besten wissen. Ich bemühe mich, Ihnen gegenüber möglichst höflich zu sein und nicht zu sehr meine Befriedigung sehen zu lassen, daß Sie zu spät kamen, um diese Heirat zu verhindern! Soll ich Ihnen sagen, warum Sie zu spät kamen?« Seine Augen blitzten auf. »Weil ich mit dem Geistlichen von St. Peter heute morgen neun Uhr vereinbart hatte. Ich wußte genau, Sie und Ihre kleine Armee von Spionen würden dies herausfinden und Sorge tragen, vor diesem Zeitpunkt hierzusein. Aber ich, Miss Briggerland, wandte mich an einen guten Freund in Oxford, und heute morgen, Punkt acht Uhr, war er an Ort und Stelle; er war nämlich schon gestern abend hier eingetroffen.«

Sie sah ihn schweigend an, ohne etwas von der Entrüstung merken zu lassen, die nach Lydias Meinung sehr berechtigt gewesen wäre.

»Ich hatte nicht den Wunsch, diese Heirat zu verhindern«, sagte das junge Mädchen leise. »Wenn Jim es vorzog, sich in dieser Weise mit jemand zu verheiraten, der ihn nicht kannte, so kann ich nichts anderes tun, als seine Wahl anerkennen. Es tut mir so sehr leid, Mrs. Meredith, daß diese Tragödie in Ihr Leben kommen mußte. Darf ich Ihnen ein größeres Glück wünschen als das, das Sie bisher fanden?«

Gerührt von der unverkennbaren Aufrichtigkeit und zu gleicher Zeit durch Glovers Rauhheit etwas verletzt, ergriff Lydia die warme, kleine Hand, die sich ihr entgegenstreckte. Sie war froh, einen mitfühlenden Menschen gefunden zu haben.

»Auch mir tut es leid«, sagte sie mit schwankender Stimme. »Vielleicht mehr, als Sie ahnen.«

Jean Briggerland senkte die Augen, und wieder zuckten ihre Lippen. Dann wandte sie sich ab, zog den Mantel um sich und verließ ohne ein weiteres Wort den Salon.

Es war schon Mittag, als Rennetts Wagen Mrs. Lydia Meredith vor der Tür ihrer Wohnung absetzte.

Mrs. Morgan hatte die Sorge um ihre junge Mieterin beinahe von Sinnen gebracht, und sie vergoß Freudentränen, als sie Lydia vor sich sah.

»Oh, Miss, Sie können sich ja nicht denken, was ich mir für

Sorgen gemacht habe«, stieß sie hervor, »und vom Büro hat man geschickt, wo Sie stecken. Ich dachte schon, Sie wären überfahren worden, und das ›Daily Megaphone‹ hat in allen Krankenhäusern angefragt und —«

»Ich glaube, ich bin wirklich überfahren worden«, sagte Lydia erschöpft. »Mein armer Verstand hat unter den Rädern von wenigstens einem Dutzend Bussen gelegen, und meine Seele mußte hundert Zusammenstöße durchmachen.«

Mrs. Morgan starrte sie verständnislos an. Der Sinn für Vergleiche ging ihr ab.

»Es ist alles in Ordnung, Mrs. Morgan«, rief Lydia über ihre Schulter zurück, als sie die Treppe zu ihrem Zimmer hinaufging. »Ich meinte das nur so — ich habe ein paar recht aufregende Stunden hinter mir und — was ich noch sagen wollte, ich heiße Meredith.«

Mrs. Morgan fiel auf einen Stuhl in der kleinen Halle.

»Meredith?« sagte sie ungläubig. »Aber ich kannte Ihren Vater und —«

»Ich habe mich verheiratet, das ist alles«, sagte Lydia bitter. »Sie haben mir erst gestern erzählt, daß ich eine sehr romantische Heirat haben würde, aber in Ihren wildesten Träumen würden Sie sich niemals die tolle, verzweifelte Heirat vorstellen können, die ich heute eingegangen bin. Ich lege mich jetzt hin.« Sie blieb auf dem Treppenabsatz stehen und sah auf die behäbige Frau, die sprachlos zu ihr hinaufstarrte. »Wenn jemand nach mir fragt, ich bin nicht zu Hause. Aber halt — dem ›Megaphone‹ können Sie mitteilen, daß ich sehr spät nach Hause gekommen und zu Bett gegangen bin. Ich würde morgen ins Büro kommen und alles erklären.«

»Aber Miss«, stammelte die Frau, »Ihr Mann —«

»Mein Mann ist tot«, versetzte das junge Mädchen ruhig. Sie fühlte, ihre Worte klangen herzlos, aber sie konnte beim besten Willen nicht Kummer zeigen, wenn sie keinen fühlte. »Und wenn der Mensch von dem Rechtsanwalt wiederkommt, sagen Sie ihm bitte, daß ich morgen früh zwanzigtausend Pfund in meinen Händen habe.« Mit diesen Worten schloß sie die Tür hinter sich und ließ die arme Mrs. Morgan sprachlos auf ihrem Stuhl in der Diele sitzen.

Kapitel 6

Die polizeiliche Durchsuchung des Hauses und Gartens von Dulwich Grange, Mr. Rennetts Besitzung, nahm den ganzen Vormittag in Anspruch. Weder Mr. Rennetts noch Jacks Unterstützung wurde verlangt oder angeboten.

Kurz vor dem Lunch kam Inspektor Colhaed zu ihnen in das Arbeitszimmer.

»Wir haben Ihr Grundstück genau durchsucht, und ich glaube, wir wissen jetzt, wo sich Meredith verborgen hielt.«

»Wirklich?« fragte Mr. Rennett höflich.

»In der Hütte da hinten im Garten bewahren Sie, wie ich annehme, gewöhnlich Geräte und Werkzeuge auf. Jetzt ist sie ja leer, aber einer meiner Leute entdeckte, daß sich der ganze Boden aufheben läßt. Er bewegt sich in Scharnieren und wird durch Gegengewichte geöffnet und geschlossen.«

Mr. Rennett nickte.

»Das stimmt — jetzt erinnere ich mich«, sagte er kühl. »Der frühere Besitzer hatte dort seinen Wein untergebracht. Im Hause haben wir ja keine Keller, wie Sie wissen. Ich trinke keinen Wein und hatte niemals Gelegenheit, den Keller zu benutzen.«

»Und dort hat er sich versteckt. Wir fanden Decken und Kissen. Es muß ganz sicher ein Weinkeller gewesen sein, denn ein Luftschacht führt nach oben in die Büsche. Wir hätten das Versteck nie gefunden, wenn nicht einer meiner Leute gefühlt hätte, wie sich eine Ecke des Bodens unter seinen Füßen bewegte.«

Ein kurzes Schweigen.

»Noch etwas«, sagte der Detektiv langsam. »Ich komme nach und nach zu der Überzeugung, daß Meredith nicht Selbstmord begangen hat. Wir fanden ganz frische Fußspuren, die an der Rückseite des Schuppens entlangliefen.«

»Großer oder kleiner Fuß?« fragte Jack hastig.

»Ein ziemlich großer Fuß«, versetzte der Detektiv. »Ein Schuh mit Gummiabsätzen. Wir konnten die Spuren bis zu einem Gitter am Ende des Grundstückes verfolgen, und das Gitter ist erst kürzlich geöffnet worden — wahrscheinlich von Mr. Meredith, als er hierherkam. Ein sehr merkwürdiger Fall, Mr. Rennett.«

»Und was für eine Pistole ist es?«

»Die ist auch neu«, antwortete Colhead. »Belgische Marke, und wie ich annehme, ist es ausgeschlossen, den Käufer aufzuspüren. Man kann ja die belgischen Feuerwaffen in jedem Laden, in jeder Stadt, in Ostende und Brüssel kaufen, und ich glaube, die Verkäufer sind nicht einmal angewiesen, die Nummern aufzuschreiben.«

»Es ist also dieselbe Art Waffe wie die, mit der Bulford getötet wurde«, sagte Jack ruhig.

Colhead zog die Brauen in die Höhe.

»Ganz richtig, aber wurde nicht nachgewiesen, daß es Mr. Merediths eigene Waffe war?«

Jack schüttelte den Kopf.

»Das einzige, was nachgewiesen wurde, war, daß er jemanden auf der Straße liegen sah und die Pistole aufgehoben hatte, die neben dem Toten lag. Der Schuß fiel, als Meredith die Tür von Mr. Briggerlands Haus öffnete. Dann sah er den Mann auf der Straße liegen und hob die Waffe auf. In dieser Stellung befand er sich, als Miss Briggerland, deren Aussage Meredith so schwer belastete, aus der Tür trat und ihn erblickte.«

Der Detektiv nickte.

»Ich hatte mit dem Fall nichts zu tun, erinnere mich aber, die Waffe gesehen zu haben, die mit der Pistole von heute morgen tatsächlich völlig übereinstimmt. Ich werde mal mit dem Chef sprechen und Sie wissen lassen, wie er über die ganze Sache denkt. Sie werden natürlich bei der Leichenschau als Zeuge zu erscheinen haben.«

Als er gegangen war, blickten sich die beiden an.

»Na, Rennett, was denken Sie? Werden wir in die Tinte geraten, oder können wir uns mit einem kleinen Meineid retten?«

»Zu einem Meineid, wenigstens zu einem ernsthaften, liegt kaum Veranlassung vor«, erwiderte der andere bedächtig. »Da fällt mir übrigens ein — wo steckte denn Briggerland in der Nacht, als Bulford ermordet wurde?«

»Als sich Miss Briggerland von ihrem Schrecken erholt hatte, ging sich nach oben und weckte ihren Vater, der trotz der frühen Stunde schon im Bett lag und fest schlief. Als die Polizei auf der Bildfläche erschien, oder vielmehr, als der Detektiv, dem die Angelegenheit übergeben wurde, ankam — und seit dem Zeitpunkt des Mordes mußte schon eine beträchtliche Anzahl Minuten verstrichen sein —, fand man Mr. Briggerland in einem malerischen Schlafrock und einem nicht weniger malerischen Pyjama.«

»Und sicher furchtbar entsetzt?« sagte Rennett trocken.

Jack schwieg eine Zeitlang.

»Wissen Sie, Rennett, daß ich mir um das junge Mädchen viel mehr Sorgen mache als um die Folgen, die die Sache für uns haben kann?«

»Von welchem jungen Mädchen sprechen Sie denn?«

»Von Mrs. Meredith. Solange der arme Jim noch lebte, war sie verhältnismäßig sicher. Aber sind Sie sich schon darüber klargeworden, daß die Vorteile, die für uns ins Gewicht fielen, nämlich, daß sie keinerlei Verwandte hatte, die bedauernswerte junge Dame heute in recht schwere Gefahr bringen?«

»Das hatte ich vergessen«, versetzte Rennett nachdenklich. »Und das Testament, das Meredith heute morgen aufsetzte, bevor er sich verheiratete, macht die Sache noch viel schwieriger.«

Jack pfiff.

»Ein Testamant?« wiederholte er überrascht.

Sein Kompagnon nickte.

»Sie erinnern sich doch, daß wir hier eine halbe Stunde zusammen gesessen haben. Er bestand darauf, ein Testament zu machen. Zeugen waren meine Frau und Bolton.«

»Und wem hat er sein Geld vermacht?«

»Alles, ohne Ausnahme, seiner Frau. Der arme Kerl war so versessen darauf, daß nicht ein Penny in die Hände der Briggerlands käme. Lieber wollte er sein ganzes Vermögen einem Mädchen anvertrauen, das er noch nie gesehen hatte.«

Jack blickte sehr ernsthaft.

»Und die Briggerlands sind die nächsten Erben! Haben Sie sich klargemacht, was das bedeutet? — Das wird verteufelt gefährlich!«

Mr. Rennett nickte.

»Das habe ich mir auch schon gesagt.«

Jack ließ sich in einen Sessel fallen, und sein Gesicht verzog sich zu einer Grimasse. Der Ältere störte seinen Gedankengang nicht. Plötzlich heiterte sich Jacks Gesicht auf.

»Jaggs!« sagte er leise.

»Jaggs?« wiederholte der andere verblüfft.

»Jaggs«, nickte Jack. »Der ist der richtige Mann. Wir müssen uns auf den Standpunkt unserer gerissenen Gegner stellen, und Jaggs ist der geeignetste Mann für so etwas.«

Mr. Rennett blickte ihn verständnislos an.

»Glauben Sie, daß Jaggs uns auch von unseren Unannehmlichkeiten befreien könnte?« fragte er ironisch.

»Auch das bekommt er fertig«, antwortete Jack.

»Dann lassen Sie ihn möglichst bald kommen. Ich habe so eine Ahnung, als ob ihm eine recht lebhafte Zeit bevorstünde.«

Kapitel 7

Kurz nach neun Uhr betrat Jean Briggerland ihr Haus in der Berkeley Street. Sie klingelte nicht, sondern öffnete selbst mit ihrem Schlüssel und ging direkt in das Speisezimmer, wo sie ihren Vater mit einer Zeitung vor sich beim Frühstück fand.

Es war der dunkelhäutige Mann, den Lydia im Theater gesehen hatte. Er blickte über seine goldene Brille hinweg, als Jean hereinkam.

»Du warst schon zeitig unterwegs!«

Sie antwortete nicht, legte bedächtig ihren Pelzmantel über eine Stuhllehne, nahm das kleine Hütchen ab und warf es auf den Tisch. Dann setzte sie sich, stützte das Kinn in die Hand und sah nachdenklich ihren Vater an.

»Nun, Kleine?« Mr. Briggerland strahlte sie durch die Brillengläser an. »Der arme Meredith hat also Selbstmord verübt?«

Sie antwortete nicht, aber ihre Augen blickten unbeweglich auf das Gesicht ihres Vaters.

»Sehr bedauerlich, äußerst bedauerlich«, Mr. Briggerland schüttelte traurig den Kopf.

»Wie hat sich die Sache eigentlich abgespielt?« fragte sie plötzlich.

Mr. Briggerland zog die Schultern hoch.

»Ich weiß nichts, kann ja auch nur vermuten. Vielleicht floh er bei deinem Anblick in sein Versteck, das in der Nacht von Leuten, die sich dafür ... hm ... interessieren, gefunden worden war, und beging dort diese übereilte, folgenschwere Tat. Ich hatte irgendwie die feste Überzeugung, daß er zum Schuppen laufen würde.«

»Und wartetest dort auf ihn?«

Er lächelte.

»Ein ganz einwandfreier Selbstmord, meine Liebe.«

»So? — Schuß in die linke Schläfe, und die Pistole hielt er in der rechten Hand!«

Mr. Briggerland erschrak.

»Verdammt! Wer hat das bemerkt?«

»Der nette junge Rechtsanwalt — Glover heißt er.«

»Hat die Polizei es auch gesehen?«

»Das kann man wohl annehmen, denn er hat sie darauf aufmerksam gemacht.«

Mr. Briggerland nahm die Brille ab und putzte sorgfältig die Gläser.

»Es ging alles so schnell — ich mußte doch durch die Gartentür laufen, um noch rechtzeitig mit der Polizei an der Vordertür zu sein. Aber sie hatten den Schuß gehört und waren schon in das Haus eingedrungen. Das läßt sich nun nicht ändern, und niemand weiß, daß ich überhaupt im Garten war. Daß ich mit dem Ergreifen eines entflohenen Sträflings etwas zu tun hatte, kommt ja sowieso nicht in die Zeitungen.«

»Aber über den Selbstmord wird geschrieben werden«, sagte Jean. »Nein, ich kann auch nicht annehmen, daß die Polizei den Namen des Mannes erwähnen wird, der ihr mitteilte, daß James Meredith in Dulwich Grange sein werde.«

Mr. Briggerland lehnte sich in den Stuhl zurück und sah finster drein.

»Man kann doch auch nicht an alles denken«, brummte er.

Dann stand er auf, ging zur Tür, verschloß sie und nahm aus einem Fach seines Schreibtisches eine kleine Pistole. Er überzeugte sich sorgfältig, daß sie keine Patrone enthielt, stellte sich vor den Spiegel und versuchte, die Mündung mit der rechten Hand auf die linke Schläfe zu setzen. Als er fand, daß dies unmöglich war, brummte er ärgerlich vor sich hin. Dann legte er den Daumen auf den Abzug, während der Kolben sich gegen die Handfläche stützte. Hier hatte er mehr Erfolg.

»So geht's«, sagte er zufrieden. »Es kann auf diese Weise ausgeführt worden sein.«

Jean schauderte nicht vor dem Schauspiel zurück, das ihr Vater darbot. Den Kopf in die Hand gestützt, beobachtete sie jede seiner Bewegungen mit regstem Interesse. Wie sie ihm zusah und zuhörte, hätte er ihr ebensogut einen neuen Rückschlag beim Tennis erklären können.

Mr. Briggerland setzte sich wieder an den Tisch und strich sich bedächtig ein Brötchen.

»Alle Welt geht dies Jahr nach Cannes«, begann er, »aber ich denke, wir bleiben bei Monte Carlo. Wir können dort auch ganz ruhig leben, namentlich, wenn wir eine Villa in den Bergen, nicht zu dicht bei der Bahnlinie, finden können. Ich habe Mordon schon gestern gesagt, daß er mit dem neuen Wagen vorausfahren und uns in Boulogne erwarten soll. Mordon ist von dem Wagen ganz begeistert. Eine nette telefonische Verbindung mit dem Fahrer, elektrische Heizung und —«

»Meredith war verheiratet!«

Wenn sie eine Bombe auf ihn geworfen hätte, würde das kaum einen so ungeheuren Eindruck gemacht haben wie diese drei Worte. Er starrte sie an und stieß sich vom Tisch zurück.

»Verheiratet?« Seine Stimme überschlug sich.

Sie nickte.

»Das ist eine Lüge«, brüllte er, »eine verdammte Lüge.« All seine süßliche Zuvorkommenheit war verschwunden, sein Gesicht verzerrte sich vor Wut und färbte sich noch dunkler. »Verheiratet — du verlogene kleine Bestie! Er konnte nicht verheiratet sein! Es war ja kaum acht Uhr vorbei, und der Geistliche wurde um neun erwartet. Ich drehe dir den Hals um, wenn du versuchst, mir einen Schreck einzujagen. Ich hab' dir das schon mal gesagt . . .«

Er tobte und brüllte wie ein Besessener. Jean hörte schweigend und unbewegt zu.

»Er wurde Punkt acht von einem Geistlichen getraut, den sie aus Oxford hatten kommen lassen und der die Nacht im Hause zugebracht hat«, unterbrach sie ihn mit größter Ruhe. »Es hat gar keinen Wert, dich in eine solche Aufregung hineinzusteigern. Ich habe den Pfarrer gesehen und auch die junge Frau gesprochen.«

Jetzt wandelte sich der Rasende in einen jammernden, erbärmlichen Greis. Seine Augen standen voller Tränen, sein Kinn zitterte, und die fleischigen Hände auf dem weißen Tischtuch flogen wie im Fieber.

»Was sollen wir denn nun machen?« jammerte er. »Mein Gott, Jean, was soll aus uns werden?«

Sie stand auf, ging zu dem Buffet an der Wand, goß ein Weinglas halb voll Whisky und brachte es ihm — alles, ohne ein Wort zu sagen. Sie war an diese Anfälle gewöhnt und auch an ihren Abschluß. Jean war weder gekränkt noch überrascht oder abgestoßen. Dieses blasse, zarte Wesen war stärker als er. Sie glich einem großen Chirurgen, dem Mitleid, wenigstens im Operationszimmer, fremd ist.

»Du wirst deine Reise nach Monte Carlo aufgeben müssen«, sagte sie, als er begierig den Whisky schlürfte.

»Wir haben jetzt alles verloren«, stammelte er. »Alles!«

»Das junge Mädchen, oder vielmehr die junge Frau, hat nicht einen Verwandten«, sagte Jean bedeutungsvoll. »Ihre nächsten Erben sind — wir!«

Er setzte das Glas nieder, blickte sie scharf an und war sofort wieder der freundliche, zuvorkommende ältere Herr.

»Kleine«, rief er begeistert, »du bist wirklich ein Wunder. Es tut mir leid, daß ich mich so kindisch betragen habe. Was schlägst du also vor?«

»Schließ erst mal die Tür auf. Ich möchte das Mädchen rufen.«

Während er zur Tür ging, drückte sie auf den Klingelknopf, und bald erschien eine ältere Frau, die Jean Kammerzofendienste leistete.

»Suchen Sie mir bitte den kleinen Smaragdring, die Perlenkette und die Brillantnadel heraus und packen Sie alles mit Watte in eine kleine Schachtel.«

»Ja, Madame«, sagte die Frau und ging hinaus.

»Was willst du denn machen, Jean?« fragte ihr Vater.

»Ich will die Schmucksachen an Mrs. Meredith schicken«, erwiderte das junge Mädchen kühl. »Geschenke, die ich von ihrem Gatten erhalten hatte. Nach dem tragischen Ende meines Traumes fühle ich, daß ich den Anblick dieser Schmuckstücke nicht länger ertragen kann.«

»Aber du hast doch die Sachen gar nicht von ihm. Meredith schenkte dir doch nur die Kette. Warum gutes Geld wegwerfen?«

»Ich weiß ganz genau, daß die Schmucksachen nicht von ihm stammen, und habe gar nicht die Absicht, gutes Geld wegzuwerfen«, sagte sie geduldig. »Erstens wird Mrs. Meredith alles wieder zurücksenden, und dann werde ich Gelegenheit haben, ein paar — freundliche Worte über Jack Glover zu äußern . . . und darauf warte ich nur.«

Bald darauf ging sie in ihren hübschen, kleinen Salon im ersten Stock und schrieb einen Brief.

Liebe Mrs. Meredith!
Ich sende Ihnen die wenigen Kleinigkeiten, die ich in glücklicheren Tagen von James erhalten habe. Es ist alles, was ich von ihm habe, und Sie als Frau werden verstehen, wieviel die Schmuckstücke für mich bedeuten, wenn auch ihr Besitz viele schmerzliche Erinnerungen in mir wachrief. Ich wünschte, ich könnte mich von den Erinnerungen ebenso schnell frei machen wie von den Andenken, die ich Ihnen übersende (ich habe die Empfindung, daß sie nicht mehr mein, sondern Ihr Eigentum sind), aber ich wünschte noch mehr, daß ich die Veranlassung, die Mr. Glover zu meinem bitteren Feind gemacht hat, ungeschehen machen könnte.

Wenn ich daran zurückdenke, sehe ich ein, daß auch ich schuld hatte, aber ich bin überzeugt, Sie werden mir Ihr Mitgefühl nicht versagen, wenn Ihnen die Wahrheit bekannt ist. Ich war ein junges Ding, sehr unerfahren — namentlich in dem Verkehr mit Herren — und habe den Aufmerksamkeiten, die mir Mr. Glover erwies, vielleicht zuviel Bedeutung beigelegt und sie zu scharf zurückgewiesen. Damals hielt ich es noch für unverzeihlich, wenn ein junger Mann, der sich als James' besten Freund ausgab, dessen Braut mit Liebesanträgen verfolgte. Heute weiß ich, daß so etwas sehr häufig vorkommt und daß unsere modernen jungen Mädchen nichts dabei finden. Aber ein Mann wird schwerlich einer Frau vergeben, die ihm seine närrische Torheit vorgehalten hat — das ist der eine unverzeihliche Fehler, den sich ein junges Mädchen nie zuschulden kommen lassen darf. Aus diesem Grund kränkte mich Mr. Glovers Feindschaft nicht so sehr, wie Sie vielleicht annehmen könnten.

Glauben Sie mir, bitte, daß ich in diesen schweren Tagen mit Ihnen fühle. Ich möchte Ihnen noch einmal sagen, daß ich von ganzem Herzen eine glückliche Zukunft für Sie erhoffe.

Ihre Jean Briggerland

Sie steckte den Brief in einen Umschlag, schrieb die Adresse und nahm sich dann ein Buch aus einem reichlich gefüllten Bücherregal.

Als ihr Vater eine Stunde später hereinkam, saß sie vor dem

Kaminfeuer und las eifrig. Er blickte über ihre Schulter und brummte unwillig, als er den Titel des Buches zu Gesicht bekam.

»Ich begreife nicht, wie du dich mit solchen Büchern abgeben kannst.«

Es war der zweite Band des bekannten Werkes ›Berühmte Verbrecher‹. Jean blickte lächelnd auf.

»Das begreifst du nicht? Und die Erklärung liegt doch auf der Hand. Es ist eines der — lehrreichsten Werke meiner Sammlung.«

»Lebensläufe ganz gemeiner Verbrecher«, knurrte er. »Ihre ekelhaften letzten Worte, wie sie hingerichtet wurden — puh!«

Sie blickte lächelnd auf das Buch in ihrem Schoß. Der weiße Rand der Seiten war mit Anmerkungen in ihrer Handschrift bedeckt.

»Ganz hervorragende Denkaufgaben«, sagte sie. »Jeden einzelnen Fall habe ich durchstudiert und danebengeschrieben, wie der Verbrecher Entdeckung oder Verhaftung hätte vermeiden können. Aber die Leute waren ja alle so phantasielos und so erschreckend dumm. Die Polizei jener Zeit brauchte sich wirklich nichts darauf einzubilden, so dumme Verbrecher gefaßt zu haben. Und mit unseren modernen Verbrechern ist es genau dasselbe . . .«

Von einem anderen Regal nahm sie zwei starke Bände herunter, die Zeitungsausschnitte enthielten.

»Gott, wie dumm — jeder von ihnen«, wiederholte sie, als sie die Seiten überflog.

»Auch die Klugen werden manchmal gefaßt«, bemerkte Briggerland düster.

»Niemals.« Jean klappte das Buch energisch zu. »In England, Frankreich, Amerika, beinahe in jedem zivilisierten Lande laufen heutzutage Mörder herum; Mörder, denen der größte Respekt erwiesen wird; Mörder, deren Verbrechen der Polizei unbekannt geblieben sind. Aber nun hör mal zu!« Sie schlug das Buch wieder auf. »Hier ist der Fall Rell; der Mann brachte einen unbequemen Gläubiger mit Rattengift um. Die ganze Stadt wußte, daß er Rattengift gekauft hatte, jedermann wußte, daß er verschuldet war. Welche Chance hatte Rell, unbestraft zu bleiben? Und hier Jewelville — er tötete seine Frau, vergräbt sie im Keller und lenkt die Aufmerksamkeit auf sich, indem er ausreißt. So unglaublich dumm! Was haben wir hier? — Gordon, der seine

Schwägerin umbringt — sie war hoch versichert; am hellichten Tage kauft er Gift, und dann findet man noch das Fläschchen in seiner Tasche. Solche Leute verdienen doch nichts anderes, als gehängt zu werden.«

»Wenn du doch, um Himmels willen, nur nicht vom Hängen reden wolltest«, sagte Briggerland kläglich. »Du bist unmenschlich — wirklich, Jean, du bist . . .«

». . . ein Engel«, lachte sie, »und ich kann es dir beweisen. Ich habe genug Zeitungsausschnitte, die das behaupten! Der ›Daily Recorder‹ brachte eine ganze Spalte über mich, mein Äußeres, mein Auftreten als Zeugin — bei der Verhandlung gegen James Meredith, weißt du!«

Er sah den Brief auf dem Schreibtisch liegen und nahm ihn auf.

»Du hast also doch an die Dame geschrieben! Schickst du ihr die Schmucksachen?«

Sie nickte.

»Du hast doch wohl keine Dummheiten vor?« fragte er argwöhnisch.

»Mein lieber Vater.« Jean zog die Worte in die Länge. »Nach der Vorlesung, die ich dir über die mangelnde Intelligenz des Durchschnittsverbrechers gehalten habe, glaubst du da wirklich, daß ich mir irgendeine — Dummheit zuschulden kommen lasse?«

Kapitel 8

»Und was gedenken Sie nun anzufangen, Mrs. Meredith?« fragte Jack Glover.

Er hatte den größten Teil des Vormittags mit der neuen Erbin verhandelt, und Lydia hatte sprachlos zugehört, als er ihr eine lange Liste von Aktien, Grundstücken, Mietverträgen, Bankabrechnungen und ähnlichen Dingen vorlas, deren Besitzerin sie jetzt geworden war.

»Was ich anfangen werde?« Lydia schüttelte unschlüssig den Kopf. »Ich weiß es nicht, habe nicht die geringste Ahnung, Mr. Glover. Mein Kopf kann das nicht fassen. Soll mir wirklich alles gehören, was Sie da vorgelesen haben?«

»Noch nicht ganz.« Jack lächelte. »Aber es gehört Ihnen schon so weit, daß wir allein auf das Testament hin bereit sind, Ihnen jede nur gewünschte Summe zur Verfügung zu stellen. Das Testament muß erst anerkannt und bestätigt werden. Sind aber diese gesetzlichen Formalitäten erfüllt und die sehr hohen Erbschaftssteuern bezahlt, können Sie über Ihr Vermögen ganz nach Gutdünken verfügen — könnten das übrigens jetzt schon«, fügte er hinzu.

»Auf jeden Fall ist ein weiterer Aufenthalt hier in der Brinksome Street für Sie gänzlich ausgeschlossen, und ich habe mir gestattet, eine möblierte Wohnung für Sie zu mieten. Einer unserer Klienten ist nach dem Kontinent verzogen und hat mir die Weitervermietung seiner Wohnung übertragen. Die Miete ist sehr niedrig, ungefähr zwanzig Pfund pro Woche.«

»Zwanzig Pfund«, stammelte das junge Mädchen entsetzt, »um Gottes willen, das kann ich ja niemals —«

Aber dann wurde ihr klar, das sie ›konnte‹.

Zwanzig Pfund in der Woche bedeuteten ja gar nichts für sie. Dieser kleine Vorfall brachte ihr mehr als alles andere den Umfang ihres Vermögens zum Bewußtsein.

»Ich glaube auch, ich muß hier ausziehen. Mrs. Morgan will das Haus aufgeben und hat mich schon gefragt, was ich für Absichten habe. Ich glaube, sie würde ganz gern als Haushälterin zu mir kommen.«

»Das paßt ja ausgezeichnet«, nickte Jack. »Ein Kammermädchen brauchen Sie auch, und dann müssen Sie natürlich für die Nacht Jaggs in Ihrer Wohnung haben.«

»Jaggs? Wer ist denn das?«

»Jaggs«, wiederholte Jack Glover feierlich, »Jaggs ist — Sehen Sie, Miss ... ich bitte um Verzeihung, Mrs. Meredith ... sehen Sie, ich mache mir große Sorgen um Ihre Sicherheit und hätte gerne, daß Sie in der Nacht einen Wächter in Ihrer Wohnung haben, auf den Sie sich verlassen können. Sie halten mich für eine überängstliche alte Frau«, fügte er hinzu, als er Lydia lächeln sah, »und meine Besorgnisse für grundlos, aber nach Ihren eigenen Erfahren in der letzten Woche werden Sie mir wohl zugeben, daß auch in London alles möglich ist.«

»Aber ich bitte Sie, Mr. Glover — Sie glauben doch nicht wirklich, daß ich mich in Gefahr befinde? Ja, vor wem, vor was denn?«

»Vor einer ganzen Menge Menschen«, sagte er diplomatisch.

»Vielleicht vor der armen Miss Briggerland?« sagte sie herausfordernd, und ihre Augen zogen sich zusammen.

»Die arme Miss Briggerland«, antwortete er bedächtig. »Sie ist sicher viel ärmer, als sie erwartete.«

»Unsinn«, rief das junge Mädchen gereizt. »Mein lieber Mr. Glover, warum verfolgen Sie eigentlich das arme Ding mit Ihrer Rache? Glauben Sie wirklich, ihr gegenüber fair zu handeln? Seien Sie ehrlich, Mr. Glover — spricht da nicht Ihrerseits verwundete Eitelkeit mit?«

Er starrte sie verblüfft an.

»Verwundete Eitelkeit? Sie meinen, ich wäre gekränkt, beleidigt?«

Sie nickte.

»Und warum sollte ich denn gekränkt oder beleidigt sein?« frage er langsam.

»Das müssen Sie selbst am besten wissen!«

Jetzt ging ihm langsam ein Licht auf.

»Habe ich vielleicht Miss Briggerland — unglücklich geliebt?«

»Das müssen Sie wissen«, wiederholte sie.

»Allmächtiger!« rief er und brach dann in schallendes Gelächter aus, das gar nicht aufhören wollte.

»Ich nehme an, ich habe sie mit meinen Anträgen verfolgt, und sie war entrüstet, daß ich meinen Freund so hintergehen konnte, und dann gab sie mir den Laufpaß — und darum bin ich so wütend auf sie?«

»Sie haben ein vorzügliches Gedächtnis«, sagte Lydia spitz.

»Mein Gedächtnis ist leider nicht so gut wie Miss Briggerlands Erfindungsgabe«, sagte Jack. »Fällt Ihnen denn nicht auf, Mrs. Meredith, daß ich heute gar nicht hiersein könnte, wenn es wirklich so gewesen wäre, wie Sie annehmen?«

»Was wollen Sie damit sagen?«

»Ich meine«, erwiderte Jack Glover eindringlich, »daß ich es in diesem Fall gewesen wäre, den man durch eine telefonische Mitteilung aus dem Klub gelockt und veranlaßt hätte, vor Miss Briggerlands Tür in der Berkeley Street zu warten — ich, und nicht Bulford. Ich wäre es gewesen, den Miss Briggerlands Vater vom Fenster des Salons aus niedergeschossen hätte.«

Lydia blickte ihn sprachlos an.

»Wie können Sie eine so unerhörte Verdächtigung aussprechen!« rief sie empört. »Wollen Sie vielleicht behaupten, daß das junge Mädchen Beihilfe bei einem Mord geleistet hat?«

»Ich behaupte nicht nur, daß sie Beihilfe geleistet hat, sondern ich setze auch mein Leben zum Pfand, daß sie es war, die den ganzen Plan entworfen hat.«

»Aber die Pistole wurde doch neben Bulfords Leiche gefunden«, rief sie triumphierend. »Das können Sie doch nicht abstreiten.«

Jack nickte.

»Die Entfernung von Bulfords Leichnam zum Salonfenster betrug genau neun Fuß. Es war möglich, die Waffe so zu werfen, daß sie in seine Nähe fiel. Auf Anweisung Miss Briggerlands wartete Bulford vor der Tür. Wir haben den Telefonanruf in Bulfords Klub feststellen können — er kam aus Briggerlands Haus in der Berkeley Street, und der Klubangestellte kann beschwören, eine Frauenstimme erkannt zu haben. Das haben wir leider erst nach der Verhandlung herausgefunden. Der arme Meredith befand sich in Briggerlands Diele, als der Schuß fiel — das Signal zum Feuern wurde in dem Augenblick gegeben, als Meredith die Hand auf die Türklinke legte. Er hörte den Schuß, stürzte hinaus und sah den Mann auf der Straße liegen. Ob er die Pistole aufnahm oder nicht, weiß ich nicht. Jean Briggerland sagte unter Eid aus, Meredith habe sie in der Hand gehalten, aber Miss Briggerland ist eine ganz hoffnungslose Lügnerin.«

»Ich glaube, Sie wissen selbst nicht, was Sie da sagen«, versetzte Lydia leise. »Das ist ja eine furchtbare Anklage, die Sie da aussprechen — und gegen ein junges Mädchen, dessen Gesicht allein Ihre unsinnigen Behauptungen Lügen straft.«

»Ihr Gesicht ist ja ihr Haupttrumpf«, sagte Jack bissig, nahm sich aber sofort bedauernd zusammen. »Verzeihen Sie bitte, wenn ich ausfallend wurde, aber schon allein die Erwähnung des Namens Jean Briggerland bringt mich in Aufruhr. Aber Jaggs? — Sie werden doch meine Bitte erfüllen?«

»Was ist er denn?«

»Ein alter, pensionierter Soldat. Ein merkwürdiger Kerl, aber trotz seines Alters sehr kräftig.«

»Ach so, alt ist er?« fragte sie mit einer gewissen Erleichterung.

»Alt und in gewisser Beziehung arbeitsunfähig. Er kann seinen rechten Arm nicht gebrauchen und ist auf einem Fuß nicht ganz sicher. Die Folgen einer Kriegsverletzung.«

Lydia mußte lachen.

»Kein besonders anziehender Schutzengel«, fuhr Jack fort. »Er ist ein alter, aber jedenfalls sauberer Vogel, obwohl ich zugeben muß, daß er nicht so aussieht, Ihnen und Ihrem Personal wird er überhaupt nicht lästig fallen. Geben Sie ihm irgendein Zimmer, wo er sich aufhalten kann, und wenn er dann noch ein Stück Brot und Käse und ein Glas Bier bekommt, ist er zufrieden. Sie werden ihn kaum zu Gesicht bekommen.«

Lydia hörte belustigt zu. Daß Jack Glover sich einbildete, sie habe einen Wächter nötig, war ja lächerlich, aber wenn er wirklich soviel Wert darauf legte, war der harmlose alte Jaggs jedem anderen vorzuziehen.

»Wann soll er denn kommen?«

»Jeden Abend gegen zehn Uhr, und er zieht morgens um sieben wieder ab. Wenn Sie es nicht wünschen, werden Sie ihn überhaupt nicht sehen.«

»Wie haben Sie ihn denn kennengelernt?«

»Ich kenne jeden Menschen«, antwortete der junge Mann großartig. »Vergessen Sie nicht, daß ich Anwalt bin und manchmal mit sehr merkwürdigen Leuten zusammenkomme.«

Er suchte die Papiere zusammen und legte sie in eine Mappe.

»Was haben Sie heute vor, wenn ich fragen darf?«

Seine selbstübernommene Vormundschaft mißfiel ihr etwas, aber sie durfte ja nicht vergessen, was sie ihm zu verdanken hatte.

In unerklärlicher Weise hatte er es fertiggebracht, daß ihr Name im Meredith-Prozeß nicht erwähnt wurde, daß sie nicht einmal als Zeugin bei der Leichenschau vorgeladen wurde. Ebenso war es ihm möglich gewesen, seinen Kompagnon und sich reinzuwaschen, und wenn der Ehrenrat der Rechtsanwälte eine Untersuchung eingeleitet hatte — davon war aber Lydia nichts bekannt —, so war es doch mehr als wahrscheinlich, daß keine nennenswerten Folgen für Rennett, Glover & Simpson entstehen würden.

»Heute nachmittag bin ich bei Mrs. Cole-Mortimer zum Tee.«

»Mrs. Cole-Mortimer?« sagte er schnell. »Woher kennen Sie denn die Dame?«

»Wirklich, Mr. Glover, Sie sind un . . . gezogen«, sagte sie, mußte aber trotz ihrer Verstimmung lächeln. »Zwei oder drei Tage nach jenem tragischen Morgen machte sie mir einen Besuch. Sie kannte ja Mr. Meredith sehr gut und war eine langjährige Freundin der Familie.«

»In Wahrheit hat sie mit Meredith kaum auf Grußfuß gestanden«, sagte Jack eisig, »und sie war ganz bestimmt keine Freundin der Familie. Dagegen ist sie sehr gut mit Miss Jean Briggerland bekannt.«

»Jean Briggerland!« rief Lydia außer sich. »Müssen Sie denn immer an sie denken! Wissen Sie, ich hätte es nie für möglich gehalten, daß ein so bekannter und angesehener Anwalt so voller Vorurteile sein könnte. Ich weiß genau, daß sie sehr gut mit Mr. Meredith bekannt war. Sie brachte mir sogar eine Fotografie von ihm mit — eine Aufnahme aus Eton.«

»Geliefert von Jean Briggerland«, versetzte Jack ungerührt. »Und wenn sie ein Paar Babysöckchen von ihm mitgebracht hätte, wären Ihnen wohl vor Rührung die Tränen in die Augen gekommen?«

»Sie sind abscheulich«, rief sie, »und ich habe noch viel zu tun.«

Jack wandte sich an der Tür noch einmal um.

»Vergessen Sie nicht, daß Sie schon von morgen ab nach Cavendish Mansions umziehen können. Ich werde Ihnen die Schlüssel schicken, und am Abend Ihres Einzugs wird der alte Jaggs frisch und vergnügt seinen Posten beziehen. Er spricht nicht viel und —«

»Ich glaube kaum, daß ich dem armen Menschen je die Möglichkeit dazu geben werde«, sagte sie schnippisch.

Kapitel 9

Mrs. Cole-Mortimer besaß ein kleines Haus. Sie gab große Gesellschaften, aber niemand wußte, aus welchen Mitteln diese Oberstenwitwe ihren Aufwand bestritt. Ihr Haushalt war kostspielig, das ließ sich nicht leugnen. Sie hielt sich ein Auto, gab in der Saison große Diners und Tanzabende und verschwand aus London, sobald es korrekt war, nicht mehr in der Hauptstadt gesehen zu werden.

Lydia war überrascht, einen Besuch dieser eleganten Dame zu erhalten, und hatte sie bereitwillig als alte Freundin James Merediths aufgenommen. Warum hätte sie auch daran zweifeln sollen? Die Einladung Mrs. Cole-Mortimers hatte sie gern angenommen. Sie sehnte sich nach Abwechslung, hatte eine Ablenkung von all den Gedanken, die sie immer noch bestürmten, so sehr nötig.

Mr. Rennett hatte ihr am Tage nach der Trauung tausend Pfund geschickt, und als sie sich erst von dem Schreck erholt hatte, eine solche Riesensumme in ihrem Besitz zu haben, hatte sie ein Taxi genommen und sich eine wahre Orgie von Einkäufen geleistet.

Als Mr. Rennett ihr mitteilte, er werde ihre Angelegenheiten regeln, werde die Schulden bezahlen, die sie drei Jahre hindurch so gedrückt hatten, hatte sie das Gefühl, als ob eine Zentnerlast von ihrem Herzen genommen wäre.

In einem ihrer neuen Kleider, die ihr ein ganz besonderes Selbstbewußtsein verliehen, erschien sie bei Mrs. Cole-Mortimer. Sie hatte erwartet, eine größere Gesellschaft in dem Haus in Hyde Park Crescent zu finden, und war überrascht, im Salon nur vier Personen zu sehen.

Mrs. Cole-Mortimer war eine blasse, kleine Dame in den Vierzigern. Sie kam Lydia mit ausgestreckten Händen entgegen.

»Meine Liebe«, begann sie mit übertriebener Freude. »Ich bin wirklich froh, daß Sie kommen konnten. Sie kennen doch Miss Briggerland und Mr. Briggerland?«

Lydia blickte zu dem großen Mann empor und erkannte in ihm sofort den Herrn, den sie am Abend vor der Hochzeit im Theater gesehen hatte.

»Mr. Marcus Stepney haben Sie wohl noch nicht kennengelernt?«

Vor Lydia verbeugte sich ein tadellos gekleideter junger Mann. Er war ungefähr dreißig Jahre alt und hatte ein hübsches Gesicht, sah aber für Lydias Geschmack ein wenig zu »neu« aus. Sie konnte Modegecken nicht ausstehen, und wenn der Kritiker auch nicht einen einzigen Fehler in Mr. Stepneys Kleidung gefunden hätte, so machte er auf sie doch den Eindruck übertriebener Eleganz.

Lydia hatte nicht erwartet, mit Miss Briggerland und Vater zusammenzutreffen, obwohl sie sich undeutlich erinnerte, daß

Mrs. Cole-Mortimer ihren Namen erwähnt hatte. Und jetzt mußte sie plötzlich an Jacks Warnungen denken, die sie verlacht hatte. Sie war etwas befangen, und Jean Briggerland, deren Feinfühligkeit in solchen Dingen beinahe unheimlich war, mußte ihre Gedanken gelesen haben.

»Mrs. Meredith wußte doch, daß wir hiersein würden, Margaret?« wandte sie sich der Dame des Hauses zu. »Du hast ihr doch sicher erzählt, wie gute Freunde wir sind?«

»Aber natürlich, Liebste. Wenn ich deinen Vetter und seinen Vater kannte, wäre es doch merkwürdig, wenn ich den Rest der Familie nicht kennen sollte«, und sie bedachte jeden der Anwesenden mit einem faden Lächeln.

Natürlich, so war es. Lydia kam sich lächerlich vor. Sie hatte gar nicht mehr daran gedacht, und Jack Glover wahrscheinlich auch nicht, daß die Briggerlands und Merediths miteinander verwandt waren.

Sie saß mit dem jungen Mädchen in einer Ecke des Salons und studierte Jeans Gesicht von neuem. Die Prüfung bekräftigte nur ihr erstes Urteil, und sie mußte innerlich lachen, wenn sie an Jack Glovers lächerliche Warnungen dachte. Soviel Haß und Bitterkeit gegen dies zerbrechliche Stückchen feinen Porzellans erschien ihr wie der Versuch, einen Schmetterling mit einem Dampfhammer zu töten.

»Und wie fühlen Sie sich jetzt in Ihrem Überfluß?« fragte Jean freundlich.

»Ich habe mich noch gar nicht daran gewöhnt«, lächelte Lydia.

Jean nickte.

»Sie haben wohl noch viel Schwierigkeiten mit den Anwälten? Welche Firma ist es denn? Ach ja, jetzt erinnere ich mich. Mr. Glover war ja Jims Rechtsanwalt.« Sie seufzte. »Ich kann Anwälte nicht ausstehen; sie sind so schrecklich väterlich, bilden sich ein, daß sie und nur sie allein befähigt sind, Leben und Taten ihrer Mitmenschen zu leiten. Ich glaube, das ist den Herren Juristen schon zur zweiten Natur geworden. Und dann verdienen sie auch eine schreckliche Menge Geld mit ihren Honoraten, Kommissionen und Gebühren, obgleich ich überzeugt bin, daß Jack Glover daran am wenigsten denkt. Er ist wirklich ein netter Mensch«, sagte sie nachdrücklich, »und ich bin sicher, Sie können keinen besseren Freund finden.«

Lydia war von der Großmut des jungen Mädchens entzückt, das von diesem Mann in so abscheulicher Weise verleumdet worden war.

»Er war sehr gut zu mir, obgleich er etwas zu — ängstlich ist.«

Jeans Lippen verzogen sich zu einem belustigten Lächeln.

»Hat er Sie vor mir gewarnt?« fragte sie feierlich. »Hat er Ihnen erzählt, welch ein Menschenfresser ich bin? Manchmal denke ich wirklich, der arme Jack ist ein bißchen — verrückt möchte ich nicht sagen — merkwürdig. Seine Abneigungen gegen diesen oder jenen Menschen sind oft ebenso heftig wie unberechtigt. Können Sie sich denken, daß er Margaret direkt verabscheut, obwohl ich niemals den Grund hierfür finden konnte?«

»Mich haßt er nicht«, lachte Lydia, und Jean sah sie eigenartig an.

»Das glaube ich gern. Ich kann mir überhaupt nicht denken, daß irgend jemand Sie haßt, Lydia. Darf ich Lydia zu Ihnen sagen?«

»Das würde mich freuen«, sagte Lydia warmherzig.

»Ich kann mir nicht denken, daß jemand Sie hassen könnte«, wiederholte Jean nachdenklich. »Und Jack natürlich niemals — Sie sind doch seine Klientin, und noch dazu eine sehr reiche und anziehende Klientin, Liebste.« Sie tätschelte Lydia leicht auf die Wange, und Lydia fühlte sich, ohne zu wissen warum, etwas unbehaglich.

Aber Jean schien die leichte Verlegenheit ihres Gastes nicht zu bemerken und fuhr fort:

»Ich kann Jack nicht einmal besonders tadeln, denn ich habe das Gefühl, daß all seine Warnungen vor mir und anderen möglichen Feinden ihm nur vorzügliche Gründe liefern, Sie täglich zu sehen und als eine Art Leibwächter für Sie aufzutreten. Seine Rolle wird ihm sicher gefallen.«

Lydia schüttelte den Kopf.

»Auf den Leibwächterposten hat er schon verzichtet«, bemerkte sie etwas ironisch. »Mr. Jaggs besorgt das schon.«

»Mr. Jaggs?« Der Ton klang gleichgültig, verriet kein besonderes Interesse.

»Ein alter ehemaliger Soldat, dem Mr. Glover hier und da kleine Extraeinnahmen verschafft. Abgesehen davon, daß er den rechten Arm nicht gebrauchen kann und auf dem linken Bein hinkt, eine Vorliebe für Bier und Käse hat, scheint er ein vortrefflicher Wachhund zu sein.«

»Jaggs?« wiederholte Jean. »Wo habe ich den Namen doch schon gehört? Ist er Detektiv?«

»Keine Rede davon. Aber Mr. Glover war der Ansicht, daß irgendein männlicher Schutz in meiner neuen Wohnung sein müsse, und so wurde Jaggs engagiert.«

Bald darauf nahm Mr. Marcus Stepney neben Lydia Platz, aber das junge Mädchen fand seine Unterhaltung wenig anziehend. Interessanter war für sie Mr. Briggerland, der einen unerschöpflichen Schatz von Anekdoten und spannenden kleinen Geschichten besaß, die er mit seiner weichen, angenehmen Stimme zum besten gab.

Es war schon dunkel, als sie in Begleitung von Mr. und Miss Briggerland vor die Tür trat. Lydia fühlte, daß sie den Nachmittag nicht verloren hatte.

Sie hatte sich jetzt ein klares Urteil über den Charakter des jungen Mädchens gebildet, glaubte auch das entgegenkommende Interesse Jack Glovers im richtigen Lichte zu sehen. Das Berechnende hierbei stieß sie ab. So manches Unerklärliche und Häßliche verriet sich in seinen Anschauungen, und seine Sorge für sie konnte sehr leicht egoistische Gründe haben.

Sie stand auf den Stufen vor dem Hause und sprach mit Jean, während Mr. Briggerland sich eine Zigarette ansteckte. Hyde Park Crescent war völlig verlassen — mit Ausnahme eines Mannes, der in der Nähe vor dem Gitter stand, das Mrs. Cole-Mortimers Haus umschloß. Er war augenscheinlich damit beschäftigt, seinen Schnürsenkel zuzubinden.

Sie traten auf den Bürgersteig, und Mr. Briggerland sah sich nach seinem Auto um.

»Ich möchte Sie gern nach Hause bringen. Mein Chauffeur sollte schon um vier Uhr hiersein, aber man kann sich auf die Leute gar nicht verlassen.«

Am Ende der Straße tauchten die Lichter eines Wagens auf. Zuerst glaubte Lydia, es sei Mr. Briggerlands Auto, und dachte über eine Entschuldigung nach; sie wäre gern allein nach Hause gegangen. Das Auto kam in wahnsinnigem Tempo die Straße heruntergefahren. Sie beobachtete es und bemerkte nicht, daß Mr. Briggerland und seine Tochter einige Schritte zurückgetreten waren. Sie stand allein am Rande des Bürgersteigs.

Plötzlich machte der Wagen eine scharfe Schwenkung, fuhr auf den Bürgersteig und brauste auf sie zu. Nichts schien sie retten zu können, und gelähmt vor Schreck starrte sie dem Tode entgegen.

Da griff ein kräftiger Arm um ihre Hüfte, hob sie hoch und schleuderte sie gegen das Gitter. Der Wagen flog vorüber, die Kotflügel streiften beinahe ihre Kleidung. Das Auto schleuderte auf den Fahrdamm zurück und kam mit kreischenden Bremsen einige Schritt weiter zum Halten. Mr. Briggerland und Jean liefen auf das leichenblasse junge Mädchen zu.

»Ich hätte es mir nie verzeihen können, wenn Ihnen etwas zugestoßen wäre. Mein Chauffeur muß betrunken sein«, rief Mr. Briggerland aufgeregt.

Lydia konnte kein Wort hervorbringen, konnte nur nicken. Jetzt erst dachte sie an ihren Lebensretter. Sie wandte sich um und sah in die ruhigen Augen eines gebeugten alten Mannes, dessen weißer Spitzbart und buschige Augenbrauen an einen Falken erinnerten. Seine rechte Hand steckte in der Tasche, mit der anderen zog er einen verbeulten alten Hut vom Kopf.

»Entschuldigung, Miss«, sagte er. »Heiße Jaggs! Melde mich zur Stelle!«

Kapitel 10

Ernsthaft hörte Jack Glover die Erzählung des jungen Mädchens an. Er hatte sie am folgenden Morgen aufgesucht, um verschiedene Dokumente unterzeichnen zu lassen. Atemlos und ein wenig beschämt berichtete sie ihm den Vorfall.

»Es war ein unglücklicher Zufall«, rief sie. »Mr. und Miss Briggerland wären auch beinahe von dem Wagen umgerissen worden. Aber Sie können sich nicht denken, wie dankbar ich bin, daß Ihr Mr. Jaggs gerade zur Stelle war.«

»Wo ist er jetzt?«

»Ich habe keine Ahnung. Gestern hinkte er ohne ein weiteres Wort seiner Wege, und ich habe ihn nicht mehr zu Gesicht bekommen, bis ich nach Hause kam — und da sah ich auch nur seinen Schatten. Wie kam es, daß er gerade vor Mrs. Cole-Mortimers Haus sein mußte?« fragte sie neugierig.

»Das läßt sich leicht erklären. Ich habe den Alten beauftragt, Sie zwischen Sonnenuntergang und -aufgang nicht aus den Augen zu lassen.«

»Sie glauben also, daß ich am Tage sicher bin?« sagte sie spottend.

Er nickte.

»Ich weiß nicht, soll ich über Sie lachen oder ärgerlich sein.« Lydia schüttelte vorwurfsvoll den Kopf. »Es war selbstverständlich ein bedauerlicher Zufall.«

»Ich bin nicht ganz Ihrer Meinung«, versetzte Jack. »Konnten Sie das Gesicht des Chauffeurs erkennen?«

»Nein«, erwiderte sie überrascht. »Dazu hatte ich gar keine Zeit, dachte auch nicht daran.«

Er nickte.

»Wenn Sie ihn angesehen hätten, würden Sie wahrscheinlich einen alten Freund erkannt haben, nämlich den liebenswürdigen Herrn, der Sie vom Erving-Theater abholte.«

Es war schwierig für Lydia, Klarheit in ihre Anschauungen zu bringen. Sie wußte, daß Jack Glovers Meinung falsch war, unglaublich falsch. Sie war völlig überzeugt, daß seine phantastischen Annahmen grundlos waren; und doch konnte sie an seiner Aufrichtigkeit nicht zweifeln. Er sei etwas merkwürdig, hatte Jean gesagt, und sie versuchte, Glover in diesem Licht zu beurteilen, aber sie mußte sofort zugeben, daß er sich ihr gegenüber vollkommen natürlich gezeigt hatte. War er berechnend? Galten seine Aufmerksamkeiten wirklich nur der reichen Erbin? Dieser Gedanke kam für Lydia nicht mehr in Frage.

»Aber Ihr Mr. Jaggs gefällt mir«, sagte sie.

»Besser als ich, nach Ihrem Ton zu schließen«, lächelte Jack. »Er ist wirklich ein netter alter Kerl.«

»Und sehr stark dazu«, ergänzte Lydia. »Er hob mich hoch, ab ob ich eine Feder wäre. Wie ich mit heiler Haut davongekommen bin, ist mir unklar. Die Steuerung hat versagt«, fügte sie erklärend hinzu.

»Du liebe Güte« sagte Jack höflich. »Und war gleich wieder in Ordnung, um Mr. Briggerland und seinem Engel von Tochter keinen Schaden zuzufügen!«

Mit verzweifelter Geste breitete sie die Hände aus.

»Sie sind wirklich hoffnungslos«, erwiderte sie, und Jack machte keinen Versuch weiter, sie zu überzeugen.

Am folgenden Donnerstag bezog Lydia die elegant möblierte Wohnung am Cavendish Place; Mrs. Morgan hatte versprochen, eine Woche später nachzukommen, sobald sie ihre eigenen Angelegenheiten geregelt hätte.

Lydia hatte durch eine Agentur zwei Mädchen gefunden, von denen eines in der Wohnung schlief. Die Räume waren nicht zu zahlreich, und sie bedauerte fast, dem bejahrten Mr. Jaggs ein Zimmer versprochen zu haben. Wenn er, wie sie annahm, die Nacht hindurch wachte und am Tage schlief, konnte er doch auch ganz gut in der Küche untergebracht werden. Lydia machte Jack einen dahingehenden Vorschlag. Zu ihrer Überraschung wollte er davon nichts hören.

»Es kann Ihnen doch nichts daran liegen, daß Ihr Personal erfährt, daß Sie einen Wächter haben?«

»Was glauben Sie denn, wofür man ihn halten wird?« fragte sie zornig. »Wie kann ich einen alten Mann in meiner Wohnung dulden, ohne zu erklären, warum er dort ist?«

»Könnten Sie nicht sagen, er putzt die Stiefel? Oder sonst etwas.«

»Dazu braucht er doch nicht die ganze Nacht! Und übrigens bin ich ihm viel zu sehr zu Dank verpflichtet, als daß ich ihn noch extra arbeiten lassen würde.«

Pünktlich erschien Mr. Jaggs auf seinem Posten. Er kam, ein schäbig aussehender alter Mann, gegen halb zehn, und Lydia, die sich noch nicht ganz an ihre neue Würde gewöhnt hatte, ging in die Vorhalle, um ihn zu begrüßen.

Sein Äußeres war wirklich nicht sehr anziehend. Lydia bemerkte, daß er, abgesehen von seinen anderen Gebrechen, auch noch leicht schielte.

»Ich hatte bis jetzt noch keine Gelegenheit, Ihnen zu danken, Mr. Jaggs. Sie haben mit das Leben gerettet.«

»Is schon jut, Miss«, krächzte er. »Pflicht is Pflicht!«

Sie glaubte, er blicke an ihr vorbei, bis sie sich klarmachte, daß sein Augenfehler diesen Eindruck erweckte.

»Ich will Ihnen Ihr Zimmer zeigen«, sagte sie hastig.

Sie führte ihn in einen kleinen Raum, der für ihn hergerichtet war, und schaltete das Licht ein.

»Viel zu hell für mich, Miss!« Der Alte schüttelte den Kopf. »Ick sitze jern im Dustern und spanne — det mach' ick jern, im Dustern sitzen und uffpassen.«

»Aber Sie können doch nicht im Dunkeln bleiben, Sie wollen doch lesen, sich die Zeit vertreiben?«

»Kann nich lesen, Miss«, sagte Jaggs vergnügt. »Schreiben ooch nich.«

Widerstrebend schaltete sie die Lampe aus.

»Aber Sie können so ja nicht einmal sehen, was Sie essen oder trinken.«

»Det kann ick fühlen, Miss.« Er kicherte heiser. »Machen Se sich man darum keene Sorgen! Ick sitze hier und denke feste nach.«

Wenn Lydia sich schon vorher unbehaglich gefühlt hatte, so war sie jetzt wirklich verlegen, wußte nicht, was tun. Schon allein der Anblick der Tür, hinter der der alte Jaggs saß und ›feste nachdachte‹, regte sie auf. Sie konnte nicht einschlafen, mußte an den alten Mann denken, der dort in der Dunkelheit saß und ›spannte‹, wie er sagte. Als sie endlich einschlief, war sie fest entschlossen, diesen ihr so peinlichen Zustand zu ändern.

Sie wachte auf, als das Mädchen ihr den Tee brachte, und erfuhr, daß Jaggs schon weggegangen war.

Auch das Mädchen hatte ihre besonderen Ansichten über den »alten Herrn«. Auch sie hätte die ganze Nacht nicht schlafen können, beklagte sie sich bei Lydia, hätte immer an ihn denken müssen — aber das war jedenfalls sehr übertrieben.

Das muß aufhören, dachte Lydia, und fuhr am Nachmittag zu Jack Glover, um ihm ihren Entschluß mitzuteilen. Jack hörte aufmerksam zu, bis sie mit ihren Klagen zu Ende war.

»Es tut mir leid, daß der Gedanke an den Alten Sie gestört hat, aber Sie werden sich schon im Laufe der Zeit an ihn gewöhnen. Ich wäre Ihnen sehr verbunden, wenn Sie ihn bis zum Ende des Monats behalten wollten. Sie würden mir viel unnötige Angst ersparen.«

Zuerst war sie fest entschlossen, ihren Willen durchzusetzen, aber er redete ihr so beharrlich zu, daß sie schließlich nachgab.

Lucy, die neue Zofe, war aber nicht so leicht zu überzeugen.

»Das gefällt mir nicht, Miss. Er ist weiter nichts als ein alter Strolch, und ich bin sicher, wir werden noch mal in unseren Betten ermordet.«

»Reden Sie doch keinen Unsinn«, lachte Lydia. »Vor Mr. Jaggs brauchen Sie keine Angst zu haben; mir zum Beispiel hat er schon einen großen Dienst erwiesen.«

Das Mädchen brummte und fügte sich verdrossen. Lydia hatte die Ahnung, daß sie einen guten Dienstboten verlieren werde, und sollte sich darin nicht getäuscht haben.

Um halb zehn erschien der alte Jaggs, die Zofe hatte ihm geöffnet.

»Das ist Ihr Zimmer«, fuhr sie ihn an, »und das Zimmer ist mir, weiß Gott, lieber als Sie.«

»Ach nee, Miss«, grinste der Alte, und Lydia, durch die Stimmen im Vorsaal angelockt, lauschte belustigt.

»Und det Zimmer is doch jar nich so schlecht. Machen Se das Licht aus, Kleene; ick kann det Licht nich vertragen. Ich hab's jern duster, wissen Se, wie in die kleenen Zellen im Hollowaykittchen, wo Se vor zwee Jahren jesessen haben, weil Se jeklaut haben.«

Lydias Lächeln verschwand; sie hörte, wie die Zofe aufgeregt atmente.

»Sie alter Lügner, Sie«, zischte sie ihn an.

»Lucy Jones heeßen Se jetzt — damals war es Mary Welch«, kicherte der alte Jaggs.

»Glauben Sie, ich lasse mich hier beleidigen?« Lucy schrie beinahe, obwohl ein Ton von Angst in ihrer schrillen Stimme mitschwang. »Ich gehe noch heute abend!«

»Nee, mein Kind, det werden Se nich«, versetzte der Alte gemütlich. »Heute werden Se hier schlafen, morjen früh können Se türmen. Und wenn Se versuchen, aus de Tür da rauszujehn, bevor ick Se rauslasse, werden Se jeschnappt.«

»Es liegt gar nichts gegen mich vor«, verriet sich das Mädchen.

»Falsche Namensanjabe, Kleene! Sagen, Se kommen von de Agentur, wo det jar nich stimmt! Is det nischt? Glooben Se man, ick kann Ihnen jenuch nachweisen, det Se fors neechste Jahr festsitzen.«

Lydia kam langsam auf die beiden zu.

»Was haben Sie da von meinem Mädchen gesagt?«

»'n Abend«, sagte er und hob die Hand an den Kopf.

»Sie behaupten, sie wäre eine Diebin?«

»Aber natürlich, Miss«, sagte er heiser. »Fragen Se se doch selber!«

Aber Lucy war in ihrem Zimmer verschwunden, hatte die Tür zugeknallt und abgeschlossen.

Als Lydia am nächsten Morgen erwachte, war außer ihr niemand mehr in der Wohnung. Aber kaum war sie mit Ankleiden fertig, als an die Tür geklopft wurde. Ein sauberes, frisches Mädel vom Lande stand vor ihr. Mit einem zutraulichen Lächeln blickte sie zu Lydia auf, deren Herz sich sofort für dies junge Ding erwärmte.

»Sie sind doch die Dame, die ein Mädchen sucht?«

»Ja«, antwortete Lydia überrascht. »Aber wer schickt Sie denn?«

»Man hat mich gestern telegrafisch bestellt, Madame. Ich komme vom Lande.«

»Kommen Sie bitte herein«, sagt Lydia hilflos.

»Ist das nicht richtig?« fragte das Mädchen enttäuscht. »Man hat mir doch gleich das Fahrgeld mitgeschickt, und ich habe den ersten Zug genommen.«

»Es stimmt schon«, sagte Lydia, »nur möchte ich gern wissen, wer eigentlich in meiner Wohnung mehr zu sagen hat — ich oder Mr. Jaggs?«

Kapitel 11

Jean Briggerland hatte einen sehr lebhaften Nachmittag hinter sich. Eine ganze Reihe Besucher hatten in dem hübschen Haus an der Berkeley Street vorgesprochen.

Mr. Briggerland hatte eine philanthropische Ader und einen Verein im East End von London gegründet, der den Zweck haben sollte, die Moral der Bewohner von Limehouse, Poplar, Wapping und umliegender Viertel zu heben. Leiter dieser wohltätigen Vereinigung war ein Mann namens Faire, der in seinem Leben schon mehrere heftige Zusammenstöße mit der Polizei gehabt hatte, die alle zu seinem Nachteil ausgegangen waren. Und in seiner Rolle als ›gebesserter Mensch‹ übernahm er die Leitung dieses Klubs.

Gutmeinende Polizeibeamte hatten Mr. Briggerland vor dem schlechten Leumund Faires gewarnt. Mr. Briggerland hatte aufmerksam und dankbar zugehört, aber den Warnern auseinandergesetzt, daß Faire unter dem Einfluß der erhebenden Gedanken seiner Vereinigung bereits ein neuer Mensch geworden sei und von nun an das Musterbeispiel eines guten Bürgers sein werde. Später wurde die Warnung wiederholt, war aber etwas ausgedehnter. Der Klub werde von bekannten Verbrechern aufgesucht, die schon im Gefängnis gesessen und alle Aussicht hätten, wieder dorthin zurückzukehren.

Wiederum wies Mr. Briggerland darauf hin, daß es ja der Zweck des Vereins sei, schlechte Charaktere mit guten Männern und Frauen zusammenzubringen und so in ihnen den Wunsch nach einem besseren Leben zu erwecken. Er zitierte mit großem Eifer einen berühmten Text, aber die Polizei ließ sich nicht überzeugen.

Es war Miss Briggerlands Aufgabe, ausgewählte Mitglieder des Klubs einmal wöchentlich in ihrem Hause an der Berkeley Street zum Tee einzuladen. Ihre Freunde und Bekannten fanden das ›süß‹, fragten sich aber im stillen, ob Jean denn nicht befürchtete, von einer der in jenen Vierteln herrschenden Krankheiten angesteckt zu werden. Aber Jean schien sich darüber keine Sorgen zu machen. Als der letzte ihrer persönlichen Besucher Abschied genommen hatte, ging sie ins Frühstückszimmer, in dem die Mitglieder des Vereins bewirtet wurden, und fand dort zwei Männer, die sich bei ihrem Eintritt linkisch erhoben.

Der veredelnde Einfluß der Vereinigung ließ sich in ihrem Äußeren noch nicht feststellen. ›Galgenvogel‹ stand deutlich in beider Gesicht geschrieben.

»Es freut mich, daß Sie gekommen sind«, begann Jean freundlich. »Mr. Hoggins —«

»Det bin ick, Miss«, grinste der eine.

»Und Mr. Talmot.«

Der zweite zeigte die Zähne.

»Ich freue mich immer, wenn Mitglieder des Vereins zu mir kommen«, Jean war mit der Teekanne beschäftigt, »namentlich Männer, die so viel durchgemacht haben wie Sie beide. Sie sind gerade aus dem Gefängnis entlassen worden, Mr. Hoggins?« frage sie unschuldig.

Hoggins wurde rot und hustete.

»Ja, Miss«, sagte er leise und fügte zusammenhanglos hinzu: »Aber ick bin's nich jewesen.«

»Ich bin überzeugt, daß Sie unschuldig sind.« Jean lächelte mitleidig. »Und wären Sie wirklich schuldig gewesen, so glaube ich nicht einmal, daß man Ihnen große Vorwürfe machen dürfte.

Überlegen Sie doch selbst, was Sie durchzumachen haben! Wie Sie zu leiden haben, während hier im West End Menschen das Geld zum Fenster hinauswerfen, das eigentlich Ihren Frauen und Kindern zugute kommen müßte.«

»Det stimmt«, sagte Mr. Hoggins.

»Da gibt es zum Beispiel eine junge Dame, die wirklich unerlaubt reich ist«, schwatzte Jean weiter. »Sie wohnt im obersten Stock des Hauses Cavendish Mansions Nr. 84, und denken Sie, wie unvorsichtig sie ist: Sie schläft immer bei offenem Fenster. Und vom Dach aus kann man so leicht bei ihr einsteigen — die Feuerleiter ist auch ganz in der Nähe. Alle Schmucksachen hat sie in der Wohnung, versteckt sie nachts unter ihrem Kopfkissen, und im Schlafzimmer liegen immer Hunderte von Pfund herum — halten Sie so etwas für möglich? Das nenne ich die Schwachen in Versuchung führen.«

Sie hob ihre unschuldsvollen blauen Augen, bemerkte das erregte Flimmern in den Blicken der beiden Männer und fuhr fort:

»Hunderte von Malen habe ich ihr schon gesagt, wie gefährlich das für sie ist, aber sie lacht mich nur aus. Es schläft ja ein alter Mann in der Wohnung — ein schwacher alter Mann, der nur einen Arm gebrauchen kann. Natürlich würde er ihr zu Hilfe kommen, wenn sie schreit; aber ein richtiger Einbrecher würde ihr doch gar nicht Zeit zum Schreien lassen. Habe ich nicht recht?«

Die beiden Männer sahen sich an.

»Ja«, sagte der eine mit einem tiefen Seufzer.

»Zumal ein Einbrecher, wenn er wirklich so geschickt ist, wie man es oft in den Zeitungen liest, sie doch sicher nicht mit solcher Schonung behandelt, daß sie ihn später verraten kann.«

Mr. Hoggins räusperte sich. »Det kann man kaum annehmen, Miss.«

Jean zuckte mit den Schultern.

»Frauen begehen oft solche Torheiten, und dann tadeln sie die armen Menschen, für die tausend Pfund ein Vermögen sind, das sie beinahe nur aufzuheben brauchen. Ich nenne das Verleitung zum Bösen. Um keinen Preis möchte ich in dem Haus Cavendish Mansions 84 wohnen.«

»Cavendish Mansions 84«, murmelte Mr. Hoggins in Gedanken.

Seine letzte Strafe war zehn Jahre Gefängnis gewesen, die

nächste würde lebenslänglich sein. Niemand wußte das besser als Jean Briggerland, die nun fortfuhr, über den Klub und die wundervolle Arbeit zu sprechen, die dort geleistet wurde.

Sie verabschiedete endlich ihre Besucher und ging in ihren Salon hinauf. Auf der Treppe traf sie die ältliche Zofe, die ihr leise sagte: »Mary ist in Ihrem Zimmer, Miss.«

Jean runzelte die Brauen, antwortete aber nicht.

Das Mädchen, das verlegen in der Mitte des Zimmers stand, grüßte sie mit einem um Entschuldigung bittenden Lächeln.

»Es tut mir leid, Miss, aber ich habe heute morgen meine Stellung aufgeben müssen. Der alte Mann hat mich erkannt. Er ist 'n Schnüffler — ein Detektiv.«

Jean sah sie mit regungslosem Gesicht an, nur die Winkel ihres schönen Mundes senkten sich schmerzvoll — eine winzig kleine Bewegung, die schon das tiefste Mitleid so mancher Richter und unzähliger Anwälte erweckt hatte.

»Wann war das?«

»Gestern abend, Miss. Als er kam, wurde ich ein bißchen ausfallend, und dann fiel er über mich her, der gemeine Kerl, erzählte mir meinen richtigen Namen und daß ich die Stellung mit gefälschten Zeugnissen erhalten hätte.«

Jean setzte sich langsam in die Kissen des venezianischen Sessels, der vor ihrem Schreibtisch stand.

»Jaggs?« fragte sie.

»Ja, Miss.«

»Und warum sind Sie nicht sofort hierhergekommen?«

»Ich hatte Angst, daß man mir nachgehen würde, Miss.«

Jean biß sich nachdenklich auf die Lippen und nickte.

»Das war sehr richtig.« Nach kurzer Überlegung fügte sie hinzu: »In der nächsten Woche sind wir in Paris. Das beste ist, Sie nehmen den Nachtzug und warten dort in der Wohnung auf uns.«

Dann gab sie dem Mädchen einige Banknoten und schickte es fort. Beinahe eine Stunde saß Jean regungslos vor dem Feuer und blickte auf die glühenden Kohlen. Endlich stand sie auf und zog die schweren seidenen Vorhänge zu. Ein Lächeln lag auf ihrem Gesicht. Dieses Nachdenken hatte sich gelohnt.

Sie ging ins Arbeitszimmer und setzte ihrem Vater den teuflischen Plan auseinander, den ihr erfinderischer Kopf entworfen hatte. Bleich und entsetzt lauschte Mr. Briggerland.

Kapitel 12

Mr. Briggerland legte die Zeitung nieder und blickte zu seiner Tochter hinüber, die auf der anderen Seite des Frühstückstisches saß. Der Leiter seines East-End-Klubs hatte ihm am Morgen einen etwas ungünstigen Bericht über einige Mitglieder telefoniert.

»Erinnerst du dich an den Mann Talmot?«

Sie nickte und sah von ihren Briefen auf.

»Ha, was ist mit ihm?«

»Er liegt im Krankenhaus«, sagte Mr. Briggerland. »Ich befürchte, er und Hoggins befanden sich auf unrechten Wegen — sie versuchten, in ein Haus am Cavendish Place einzudringen, wozu sie natürlich kein Recht hatten, und der arme Talmot glitt aus und stürzte vom Fensterbrett des vierten Stockes herunter. Er brach sich ein Bein, und Hoggins mußte ihn ins Krankenhaus schleppen.«

Das junge Mädchen griff nach dem gebratenen Schinken.

»Er hätte sich den Hals brechen sollen«, versetzte sie ruhig. »Ich nehme an, die Polizei nimmt eingehende Untersuchungen vor?«

»Nein, nein«, beeilte sich Mr. Briggerland, sie zu beruhigen. »Niemand hat von diesem Vorfall etwas erfahren, nicht einmal der ... hm ... glückliche Besitzer der Wohnung, in die die beiden Leute augenscheinlich einbrechen wollten. Ich habe es nur erfahren, weil Mr. Faire — möchte wissen, von wem er solche Dinge immer erfährt — glaubte, die Angelegenheit würde mich interessieren.«

»Auf jeden Fall bin ich froh, daß sie keinen Erfolg gehabt haben«, sagte Jean nach einer kurzen Pause. »Die Möglichkeit, daß die beiden so etwas versuchen könnten, hat mich beunruhigt. Leute vom Schlage Hoggins sind derartig ungeschickt, daß man von vornherein mit Sicherheit auf ein Fehlschlagen ihres Planes rechnen konnte.«

Es war eine merkwürdige Tatsache, daß Mr. Briggerland über ihre gemeinsamen Unternehmungen nur in vorsichtigster Form und verschönenden Beiworten sprach, während Jean ein solches Versteckspielen verschmähte. Ein Psychologe würde vielleicht in Mr. Briggerlands Zurückhaltung die Spur einer früher vorhandenen Ehrlichkeit gefunden haben, während die Moralanschauungen seiner Tochter einen derartigen Begriff überhaupt nicht kannten.

»Ich habe versucht dahinterzukommen, wer Jaggs eigentlich ist«, fuhr sie fort. »Der Mann ist mir ein Rätsel. Jeden Abend kommt er im Taxi an — mal von St. Pancras, dann wieder von Euston oder dem Londonbridge-Bahnhof.«

»Hältst du ihn für einen Detektiv?«

»Ich weiß nicht — wenn er einer ist, muß er aus der Provinz gekommen sein. Auf jeden Fall ist er kein Beamter von Scotland Yard. Er könnte ja auch ein pensionierter Polizeibeamter sein, und ich habe versucht, von der Seite aus hinter seine Person zu kommen.«

»Es sollte doch nicht so schwierig sein, über einen Menschen etwas herauszubekommen, der schon durch seine verschiedenen Gebrechen auffällt!«

Er sah nach der Uhr.

»Um elf Uhr muß ich in Norwood sein«, sagte er und verzog unmutig das Gesicht.

»Wäre es dir lieber, wenn ich dort hinführe?« fragte sie.

Nur allzugern hätte Mr. Briggerland seine Tochter nach Norwood fahren lassen, aber er wagte nicht, dies einzugestehen.

»Du, mein Kind? Gänzlich ausgeschlossen. Ich würde niemals gestatten, daß du so etwas unternimmst. Mir macht das gar nichts aus.«

Aber trotzdem stärkte er sich mit zwei großen Whiskys, bevor er sich auf den Weg machte.

Sein Wagen brachte ihn bis an das Eisengitter eines viereckigen, häßlichen Gebäudes, das von hohen Mauern umgeben war. Der uniformierte Torhüter prüfte sorgfältig Mr. Briggerlands Einführungsschreiben und ließ ihn dann herein.

Mr. Briggerland mußte sich einige Augenblicke gedulden, bis ihn ein anderer Beamter zum Chefarzt führte, der über den Besuch Mr. Briggerlands aber keineswegs übermäßig erfreut zu sein schien.

»Ich bedaure, daß ich nicht in der Lage bin, Sie selbst zu führen, Mr. Briggerland«, begann er. »Ich habe eine wichtige Verabredung in der Stadt, aber mein Assistent, Dr. Carew, wird sich ein Vergnügen daraus machen, Ihnen die Anstalt zu zeigen. Wie Sie wissen, ist unsere Anstalt ein privates Unternehmen. Meiner

Meinung nach hätten Sie mehr Material für Ihr Buch in einer der großen allgemeinen Irrenanstalten gefunden. Die Patienten, die zu uns geschickt werden, sind im allgemeinen schon schwerere Fälle, und Sie werden einige ziemlich ... hm ... peinliche Schauspiele zu sehen bekommen. Darauf müssen Sie natürlich gefaßt sein!«

Mr. Briggerland nickte. Nach zwei großen Whiskys war er auf alles gefaßt.

Mr. Carew war ein junger, begeisterter Nervenarzt, der in seinem Beruf aufging.

»Hoffentlich können Ihre Nerven das vertragen; wir haben verschiedene sehr traurige Fälle hier«, sagte er, als er mit Mr. Briggerland durch einen langen, steinernen Korridor ging.

Mr. Carew schloß ein Eisengitter auf, dessen Stäbe mit einer dicken Lage Gummi bekleidet waren, führte ihn über eine Grasfläche — in Norwood gibt es keine gepflasterten Wege — und in eines der drei Gebäude, die die Patienten beherbergten.

Eine schreckliche Erfahrung für Mr. Briggerland, die ihn aber in bestimmter Hinsicht enttäuschte und auch sein Herz keineswegs brach — das Material war zu solide.

Nach Verlauf von zwei Stunden kamen sie auf einen der großen Spielplätze und beobachteten die weniger gefährlichen Patienten, die dort auf und ab schlenderten. Wächter waren nicht zu sehen, nur ein einziger Mann wurde von zwei kräftigen uniformierten Beamten begleitet.

»Wer ist das?« frage Mr. Briggerland.

»Ein ziemlich trauriger Fall«, erwiderte der Arzt vergnügt — er hatte so manchen ›traurigen‹ Fall in der gleichen Weise auseinandergesetzt. »Es ist ein Arzt namens Dr. Thun, ein unheilbarer Lustmörder. Glücklicherweise fand man das heraus, bevor er nennenswertes Unheil anrichtete.«

»Fürchten Sie nicht, daß einer Ihrer Patienten entwischen könnte?«

»Sie fragten das schon einmal.« Der Arzt war etwas überrascht. »Nein, Sir. Eine Irrenanstalt ist doch kein Gefängnis. Wenn man von dort entfliehen will, hat man unbedingt Hilfe von außen nötig. Aber wer sollte einem Wahnsinnigen zur Flucht verhelfen wollen? Sonst ist es ja leichter, von hier zu entfliehen als aus einem Gefängnis, da wir keine Wächter außerhalb der Gebäude haben und die einzelnen Säle und Zimmer von außen ohne Schlüssel geöffnet werden können. Nachts kontrolliert der Aufseher die Räume alle Stunden, so daß er für andere Dinge keine Zeit hat. Möchten Sie vielleicht mal mit Dr. Thun sprechen?«

Mr. Briggerland zögerte einen Augenblick.

»Ja«, sagte er heiser.

Nichts in dem Äußeren des Patienten verriet, daß er in irgendeiner Weise gefährlich sein könnte. Der bärtige Mann mit den merkwürdig blaßblauen Augen streckte dem Besucher die Hand entgegen, die Mr. Briggerlands Rechte mit einem stählernen Griff umschloß. Die beiden Wächter wechselten einen Blick mit dem Arzt und zogen sich dann etwas zurück.

»Sie können ohne Besorgnis mit ihm plaudern«, sagte Dr. Carew halblaut, aber doch nicht leise genug, daß der Patient ihn nicht hören konnte. Er lachte.

»Ohne Furcht, Begünstigung und Voreingenommenheit, nicht wahr? So schwuren die Offiziere beim Kriegsgericht.«

»Der Doktor war der General, der für die Verluste bei Caporetto verantwortlich war«, erklärte Dr. Carew. »Das war doch dort, wo die Italiener so schwere Verluste hatten?«

Thun nickte.

»Mich konnte hierbei kein Vorwurf treffen«, erklärte er Mr. Briggerland, nahm dessen Arm und schlenderte mit ihm über die Rasenfläche. In kurzem Abstand folgten Dr. Carew und die beiden Wächter. Mr. Briggerland atmete hastig, als er den muskulösen Arm des Patienten in dem seinen fühlte.

»Schuld an meiner Verurteilung hatte allein die Frau, die sich unter den Richtern befand — entgegen allen gesetzlichen Bestimmungen natürlich.«

»Sie haben recht«, murmelte Mr. Briggerland.

»Daß ich hier festgehalten werde, habe ich nur der italienischen Regierung zu verdanken, die natürlich nicht will, daß ich gegen meine Feinde vorgehe. Ich bin überzeugt, die halten sich jetzt in London auf.«

Mr. Briggerland atmete tief auf.

»Sie sind in London«, sagte er etwas heiser. »Zufällig weiß ich genau, wo sie sich aufhalten.«

»Wirklich?« stieß der andere hervor, und dann verfinsterte sich sein Gesicht, und er schüttelte den Kopf.

»Die — sind vor meiner Rache sicher. Solange man mich hier

eingeschlossen hält — mit der lächerlichen Begründung, ich sei wahnsinnig —, kann ich nichts unternehmen.«

Der Besucher blickte vorsichtig um sich. Die drei Männer hinter ihnen waren nicht in Hörweite.

»Wenn ich nun morgen wiederkommen und Ihnen helfen würde«, fragte er leise. »Wie wäre das? In welchem Raum liegen Sie?«

»Nr. 6«, versetzte der andere gedämpft, seine Augen flammten.

»Werden Sie es bis morgen nicht vergessen haben?«

Thun schüttelte den Kopf.

»Nr. 6, die erste Zelle links«, flüsterte er. »Sie werden mich nicht im Stich lassen? Wenn ich dächte, daß Sie mich zum Narren halten —« Er funkelte ihn an.

»Verlassen Sie sich darauf«, versetzte Mr. Briggerland hastig. »Punkt zwölf Uhr können Sie mich erwarten.«

»Sie sind sicherlich Marschall Foch«, wechselte Thun plötzlich mit der unheimlichen Verschlagenheit des Wahnsinnigen das Thema, als der Arzt und die beiden Wächter sich näherten — sie hatten die wachsende Erregung des Patienten bemerkt. »Glauben Sie mir, Mr. Briggerland, die Alliierten wurden schlecht geführt; erst als ich das Kommando übernahm . . .«

Zehn Minuten später war Mr. Briggerland auf der Rückfahrt nach London, immer noch etwas erregt über die Aufgabe, die hinter ihm lag, und zu gleicher Zeit triumphierend, daß sie ihm so überraschend schnell geglückt war.

Jean hatte ihm bedeutet, daß er vielleicht ein Dutzend Irrenanstalten zu besichtigen habe, bevor er Gelegenheit und den richtigen Mann finde — und schon der erste Besuch war erfolgreich gewesen. Und doch — er schauderte bei dem Gedanken an die steile Mauer, über die er zu klettern hatte, und an die mitternächtliche Zusammenkunft mit dem Wahnsinnigen.

Er stürzte in Jeans Zimmer.

»Schon bei dem ersten Versuch, Kleine! Was sagst du dazu?« In beinahe kindlichem Stolz glühte sein dunkles Gesicht, und Jean sah ihn mit halbem Lächeln an.

»Ich konnte es mir denken«, sagte sie ruhig. »Die Vorarbeit ist wenigstens gemacht worden.«

»Vorarbeit?« wiederholte er gekränkt.

Sie nickte.

»Es ist keine Kleinigkeit, deinen Besuch in der Anstalt zu vertuschen, denn der Mann wird sicherlich deinen Namen nennen — und das würde man nicht als Einbildung eines Geisteskranken betrachten. Und jetzt werde ich Mrs. Meredith meinen lange versprochenen Besuch machen.«

Kapitel 13

Eine Prophezeiung Jean Briggerlands war nicht in Erfüllung gegangen, und das wunderte und kränkte Lydia Meredith. Jean hatte halb im Scherz behauptet, daß Jack Glover ein häufiger Besucher in ihrer Wohnung sein werde, aber in Wirklichkeit ließ er sich überhaupt nicht sehen. Selbst wenn Lydia die Büros von Rennett, Glover & Simpson besuchte, verhandelte sie immer mit dem alten Mr. Rennett; Jack blieb unsichtbar. Manchmal erzählte ihr Mr. Rennett, daß Jack auf den Gerichten zu tun habe; Terminverhandlungen seien nämlich seine Hauptarbeit.

Einmal sah sie ihn mit einem Herrn in Perücke und Talar vor dem Gerichtsgebäude stehen, als sie durch die Straße fuhr; also hatte Mr. Rennett nur die Wahrheit gesprochen, daß die Zeit des jungen Mannes hauptsächlich durch die verschiedenen Prozesse in Anspruch genommen werde.

Sie war neugierig genug, im Telefonbuch nachzuschlagen, wo er wohnte. Es gab aber ungefähr fünfzig Glovers, darunter zehn Jack Glovers. Bei sechs von ihnen rief sie an, nur um zu entdekken, daß sich ihr Mr. Glover nicht unter ihnen befand. Sie erfuhr erst später, daß sein voller Name Bertram Jack Glover war, unter dem sie seine volle Adresse mit Leichtigkeit hätte finden können.

Zu Lydias großer Erleichterung war Mrs. Morgan endlich nach Cavendish Mansions gekommen und hatte die Führung des Haushalts übernommen. Das neue Mädchen war so gut, wie eben ein neues Mädchen sein konnte, und mit Ausnahme der allnächtlichen Anwesenheit des schweigsamen Mr. Jaggs — aus unbekannten Gründen konnte Mrs. Morgan den Alten gut leiden — lief der Haushalt wie am Schnürchen.

An ihren Reichtum hatte Lydia sich schnell gewöhnt, und sie führte die Verhandlungen über den Kauf eines kleinen Hauses in der Curzon Street und einer größeren Besitzung in Somerset mit einer kaltblütigen Selbstverständlichkeit, die sie selbst wundernahm.

Der Kauf ihres ersten Autos und die Verpflichtung eines Chauffeurs waren aufregende Erlebnisse. Es war ihr so unbegreiflich, daß sie auf der Bank ohne jedes Zögern Riesensummen ausgezahlt erhielt, wenn sie nur ihren Namen unter einen schmalen Streifen Papier setzte.

Auch das Angstgefühl hatte sie überwunden, das sie bei den ersten Besuchen auf der Bank befallen hatte. Bei diesen Gelegenheiten hatte sie das Gefühl gehabt, ein ungeschickter Fälscher zu sein, der versuchte, Geld unter falschen Vorwänden zu erhalten, und sie war jedesmal erleichtert und zu gleicher Zeit verwundert, wenn der Kassierer ihr gleichmütig dicke Stöße Banknoten zuschob, statt nach der Polizei zu schreien.

»Eine wunderhübsche Wohnung«, sagte Jean Briggerland und sah sich beifällig in dem rosa Salon um, »aber Sie haben sie ja natürlich möbliert übernommen. Ich bin neugierig, was Sie aus Ihrem eigenen Heim machen werden, wenn Sie sich einmal festgesetzt haben.«

Jean hatte am Morgen bei Lydia angefragt, ob ihr Besuch angenehm sei, und die beiden jungen Mädchen waren allein.

»Es gefällt mir sehr gut hier, und es wird mir leid tun, wenn ich einmal ausziehen muß. Die Wohnung liegt so außerordentlich ruhig; ich schlafe wie ein Murmeltier. Nur neulich morgens muß irgend etwas vorgefallen sein — ich denke nicht gern daran.«

»Was denn?« fragte Jean und rührte in ihrer Teetasse.

»Was eigentlich passiert ist, weiß ich nicht«, antwortete Lydia. »In der Frühe — es dämmerte kaum — hörte ich ein entsetzliches Stöhnen, stand auf und sah zum Fenster hinaus. Unten im Hof waren zwei Männer, der eine schien schwer verletzt zu sein. Ich habe niemals herausbekommen können, was geschehen war.«

»Vielleicht waren es Arbeiter«, sagte Jean, »oder auch Betrunkene. Wissen Sie, ich persönlich halte nicht viel von möblierten Wohnungen«, fuhr sie fort. »Man zerbricht immer etwas, und dann hat man am Schluß eine große Rechnung zu bezahlen. Und die Schlüssel! Ich verliere sie immer. Gewöhnlich hat man ja zwei oder drei. Mit den Schlüsseln müssen Sie sehr vorsichtig sein, Liebste — für verlorene Schlüssel wird entsetzlich viel berechnet«, schwatzte sie weiter.

»Ich glaube, der Makler hat mir drei Stück gegeben«, sagte Lydia, ging zu ihrem Schreibtisch und zog eines der Schubfächer auf. »Ja, es stimmt. Hier ist einer, ich und Mrs. Morgan haben die beiden anderen.«

»Sind Sie kürzlich mit Jack Glover zusammengetroffen?« frage Jean nebenbei. Sie war viel zu vorsichtig, um ihre Erkundigung auch nur durch ein einziges unbedachtes Wort als wichtig erscheinen zu lassen.

»Nein, ich habe ihn schon lange nicht mehr gesehen«, lächelte Lydia. »Sie waren kein guter Prophet.«

»Er wird zu tun haben«, antwortete das junge Mädchen gleichmütig. »Ich glaube, ich könnte Jack sehr gern haben, wenn er nur nicht die Angewohnheit hätte, die Menschen herumkommandieren zu wollen. Wie kann man nur so unachtsam sein!« Sie hatte die Teetasse umgestoßen, und der Inhalt lief über den kleinen Tisch. Schnell nahm sie ihr Taschentuch auf und versuchte es aufzuwischen.

»Aber ich bitte Sie; Sie verderben sich ja Ihr wunderhübsches Taschentuch«, sagte Lydia und sprang hastig auf. »Ich hole ein Tuch.«

Sie eilte aus dem Zimmer, kam beinahe sofort wieder zurück und fand Jean, wie sie, mit dem Rücken zum Schreibtisch, lächelnd ihr verdorbenes Taschentuch betrachtete.

»Wenn wir es gleich in Wasser stecken, bekommt es keine Flecken«, sagte Lydia und streckte die Hand aus.

»Das mache ich lieber selbst«, lachte Jean Briggerland und steckte das Tuch in ihre Handtasche.

Es gab verschiedene Gründe, warum das feuchte Taschentuch nicht in die Hände Lydias kommen sollte, aber der Hauptgrund war, daß es den dritten Schlüssel enthielt, den Jean während der kurzen Abwesenheit Lydias aus dem Schreibtisch genommen hatte.

Wenige Tage später suchte Jack Glover einen der höheren Beamten von Scotland Yard auf. Der Besuch war für den Anwalt wenig befriedigend. Das Resultat wäre vielleicht noch schlechter gewesen, wenn der Beamte nicht zu den persönlichen Freunden des alten Rennett gezählt hätte.

Geduldig lauschte er der Erzählung, die der Anwalt mit beruflicher Kürze und Genauigkeit vortrug, und den Verdachtsgründen, die für Jack Glover zu Überzeugungen geworden waren.

»Ich sitze nun schon fünfundzwanzig Jahre auf diesem Stuhl«, begann der Chef der Kriminalabteilung, »und habe Geschichten gehört, die alle Detektivromane weit übertreffen. Ich habe Narren, Amateurdetektive, Hochstapler, Geistliche und wundervolle Lügner anhören müssen, aber noch niemals eine so unmögliche Theorie gehört wie die Ihre. Zufällig kenne ich Mr. Briggerland und Tochter, und ich glaube nicht, daß ich je das Vergnügen gehabt habe, ein reizenderes junges Mädchen kennenzulernen.«

Jack stöhnte.

»Ist Ihnen nicht wohl?« frage der Chef gereizt.

»O danke, es geht mir vorzüglich, Sir«, versetzte Jack, »nur macht es mich beinahe toll, wenn ich wieder und immer wieder Miss Jean Briggerlands Schönheit vorgesetzt bekomme. Ihre Schönheit scheint mir eine recht geringe Entkräftung der Tatsachen —«

»Tatsachen?« sagte der andere verächtlich. »Was für Tatsachen haben Sie denn gebracht?«

»Schon allein Briggerlands Leben«, sagte Jack verzweifelt. »Er war ruiniert, als er Miss Meredith in der Meinung heiratete, zugleich mit seiner Frau ein Vermögen zu erhalten. Sein ganzes Leben hindurch hat er nur von seiner Gerissenheit gelebt. Bis seine Tochter fünfzehn Jahre alt war, befanden sie sich immer in ärmlichsten Verhältnissen, wohnten in einem kleinen Haus in Ealing, mit dessen Miete sie ständig im Rückstand waren. Dann lernte Briggerland einen reichen Australier kennen, der sich toll in seine Tochter verliebte. Der Australier starb plötzlich.«

»An einer zu großen Dosis Veronal«, warf der Polizeichef ein. »Bei der Leichenschau wurde festgestellt — nach Erhalt Ihres Schreibens habe ich mir sämtliche Akten kommen lassen —, daß er die Gewohnheit hatte, Veronal zu nehmen. Sie behaupten, er wurde ermordet. Ja, aus welchem Grunde denn, wenn Sie tatsächlich recht haben sollten? Er hinterließ dem Mädchen ungefähr sechstausend Pfund.«

»Briggerland war der Meinung, sie würde Universalerbin werden.«

»Annahme, lieber Freund — na, und weiter?«

»Briggerland zog in ein besseres Viertel«, fuhr Jack fort, »und machte die Bekanntschaft eines gewissen Gunnesbury — das Mädchen war damals siebzehn Jahre alt, und der Mann liebte sie rasend. Gunnesbury war Kaufmann und hatte Frau und Kinder, verlor aber seinen Verstand derartig, daß er all seine Außenstände einzog und nach dem Kontinent durchging. Das Mädchen sollte vorausfahren und ihn in Calais erwarten. Er kam niemals bis dorthin. Man behauptet, er sei über Bord gesprungen. Seine Leiche wurde aufgefischt und nach Dover gebracht, aber nicht ein Penny der Summe, die ihm die Midland-Bank ausgezahlt hatte, wurde bei ihm gefunden.«

»Alles nur Annahmen«, der Polizeigewaltige schüttelte den Kopf. »Es ist nie bewiesen worden, daß Miss Briggerland mit dem erwähnten Mädchen identisch war. Daß Gunnesbury die Familie Briggerland kannte, war allgemein bekannt, aber es konnte nachgewiesen werden, daß sie in der Nacht seines Todes in London war. Es war ein ganz klarer Fall von Selbstmord.«

»Ein Jahr später erzwang sie ein Zusammentreffen mit ihrem Vetter Meredith, der nach dem Tode seines Vaters aus Zentralafrika zurückgekehrt war, um die Hinterlassenschaft zu übernehmen. Meredith war kein Damenfreund, wenn ich so sagen darf, er war ein ernsthafter, zurückhaltender Mann, der nur eine Leidenschaft hatte: die Jagd. Merediths Geschichte ist Ihnen ja bekannt.«

»Und das wäre alles?« fragte der Beamte höflich.

»All die Einzelheiten, die ich zusammenfinden konnte. Ich bin überzeugt, es gibt noch andere Beweise für meine Behauptungen, aber die lassen sich in der Eile eben unmöglich beibringen.«

»Und was soll ich nun tun? Was erwarten Sie von mir?«

Jack lächelte.

»Ich erwarte gar nichts«, sagte er offen heraus. »Sie bringen meinen Anschauungen keinen großen Enthusiasmus entgegen.«

Der Chef stand auf; ein Zeichen, daß die Unterredung beendet war.

»Ich wäre Ihnen gern behilflich, wenn es nötig wäre. Aber wenn Sie hierherkommen und mir erzählen, daß Miss Briggerland, deren Unschuld auf ihrem Gesicht geschrieben steht, eine herzlose Verbrecherin, eine Mörderin, Verschwörerin und ich weiß nicht, was sonst noch, ist — ja, Mr. Glover, was für eine Antwort erwarten Sie da von mir?«

»Ich erwarte von Ihnen genügenden Schutz für Mrs. Meredith«, sagte Jack Glover scharf. »Sie werden sich, Sir, noch an meine Warnung erinnern, sollte Mrs. Meredith eines Tages durch einen der — Zufälle das Leben verlieren, die die Spezialität von Mr. Briggerland und Tochter sind. Ich werde meine Warnung schriftlich niederlegen, und es wird, falls Mrs. Meredith etwas zustoßen sollte, allerhand Unannehmlichkeiten in Scotland Yard geben.«

Der Beamte drückte auf einen Klingelknopf; ein Schutzmann trat herein.

»Begleiten Sie Mr. Glover an die Tür«, sagte er steif.

Jack war beträchtlich ruhiger geworden, als er das Themse-Embankment entlangging. Er verwünschte sich selbst, seine Ruhe verloren zu haben.

Er kaufte sich ein Abendblatt, winkte ein Taxi herbei und fuhr zum Büro.

Außer Sportnachrichten war wenig in der frühen Ausgabe zu finden, aber ein kurzer Artikel auf der ersten Seite fesselte bald seine Aufmerksamkeit.

GEFÄHRLICHER GEISTESKRANKER ENTSPRUNGEN

Der Oberarzt des Norwood-Irrenhauses berichtet, daß einer seiner Patienten, Dr. Algernon John Thun, in der letzten Nacht entflohen ist und sich, wie angenommen wird, in der Umgegend aufhält. Die sofort eingesetzten Streifen haben bis jetzt keine Spur des Entflohenen gefunden. Es handelt sich um einen Lustmörder, dessen umgehende Ergreifung im Interesse der öffentlichen Sicherheit unbedingt wünschenswert ist.

Dann folgte die genaue Beschreibung des Entsprungenen. Jack wandte sich den Sportnachrichten zu und dachte nicht weiter an den Artikel.

Aber sein Teilhaber erwähnte den Fall beim Lunch. Die Irrenanstalt lag in der Nähe von Dulwich, und Mr. Rennett war begreiflicherweise beunruhigt.

»Die Frauen zu Hause sind in Todesangst«, sagte er. »Abends gehen sie nicht mehr aus, und alle Türen sind verschlossen und verriegelt. Wie ist denn Ihre Besprechung mit dem Polizeichef verlaufen?«

»Wir trennten uns als die schlechtesten aller Freunde«, antwortete Jack, »und der nächste Mensch, der mir noch einmal von Jean Briggerlands schönem Gesicht vorschwärmt, hat sein Leben verwirkt, selbst wenn ich nach berühmtem Muster den gräßlichen Jaggs damit beauftragen muß.«

Kapitel 14

An diesem Abend erschien der ›gräßliche Jaggs‹ später als gewöhnlich. Lydia hörte ihn den Gang entlangschlurfen; dann schloß sich seine Tür mit einem scharfen Schnappen. Sie saß vor dem Klavier, hatte aber ihr Spiel unterbrochen, als sie ein Klopfen hörte. Mrs. Morgan kam herein, und Lydia drehte sich auf dem Klaviersessel herum. Ein fester Entschluß lag auf ihrem feinen Gesicht.

»Jaggs ist gekommen, Miss.«

»Und zum letztenmal«, sagte Lydia nachdrücklich. »Mrs. Morgan, ich kann den unheimlichen alten Mann nicht mehr aushalten. Er fällt mir so auf die Nerven, daß ich schon bei dem Gedanken an ihn schreien möchte.«

»Er ist doch ein ganz netter alter Mensch«, verteidigte ihn Mrs. Morgan.

»Über seine moralischen Eigenschaften mache ich mir auch keine Sorgen; die sind einwandfrei, davon bin ich überzeugt«, sagte Lydia bestimmt, »aber ich habe ein paar Zeilen an Mr. Glover geschrieben, daß ich auf Mr. Jaggs Dienste verzichten muß.«

»Warum kommt er denn eigentlich jeden Abend?« fragte Mrs. Morgan. Neugierig war sie schon seit geraumer Zeit, aber es war das erstemal, daß sie davon sprach.

»Er kommt hierher, weil —« Lydia suchte nach Worten — »weil Mr. Glover der Meinung ist, ich müßte einen Mann als Schutz für mich in der Wohnung haben.«

»Ja, warum denn nur?« fragte Mrs. Morgan überrascht.

»Danach fragen Sie besser Mr. Glover«, versetzte Lydia gereizt.

Dieser ständige Zwang bedrückte sie. Sie kam sich wie ein Schulmädchen vor, das den bevormundenden Schutz des älteren Bruders oder der Erzieherin verabscheut.

Der alte Jaggs war das äußere Zeichen von Mr. Jack Glovers

selbstgeschaffener Autorität, und langsam wuchs der Verdacht in ihr, daß Jean Briggerland doch nicht so ganz unrecht hatte, wenn sie von Jacks Vorliebe, andere Leute ›herumzukommandieren‹, sprach.

Der Horizont ihres Lebens war weiter gerückt. Sie hatte die Gitter niedergerissen, die sie zu dem eintönigen Spaziergange zwischen Büro und Wohnung gezwungen hatten. Die Stunden, die sonst eifriger Arbeit gewidmet waren, standen frei zu ihrer Verfügung; sie konnte jetzt zeichnen oder malen, wann sie Lust dazu verspürte — was übrigens nicht oft der Fall war, obgleich sie sich fest vorgenommen hatte, sich ernsthaft mit dem Studium der Kunst zu beschäftigen.

Ihr Standpunkt dem gutaussehenden jungen Anwalt gegenüber hatte sich geändert. Sie wußte selbst nicht recht, in welchem Lichte sie ihn betrachten sollte. Er ärgerte sie, und doch gefiel er ihr wieder — warum, konnte sie sich selbst nicht erklären. Und seine Aufrichtigkeit? Die bezweifelte sie nicht einen Augenblick, ja sie mußte sich sogar eingestehen, daß sie wünschte, er besuchte sie etwas häufiger. Er hätte ihr zureden, beweisen sollen, daß Jaggs ein notwendiges Übel war, aber nahm sich ja nicht einmal diese Mühe. Und darum — doch das gestand sie sich nicht ein — mußte Jaggs gehen.

»Ich glaube, der alte Mann ist manchmal nicht ganz richtig im Kopf«, sagte Mrs. Morgan.

»Wieso?« fragte das junge Mädchen verwundert.

»Wenn ich an seiner Tür vorbeikomme, höre ich ihn oft mit sich selbst reden. Er bleibt doch die ganze Nacht in seinem Zimmer, Miss?«

»Das tut er eben nicht«, rief Lydia, »und darum muß er weg. Heute morgen habe ich ihn um zwei Uhr im Korridor gehört. Ich bin schon so nervös geworden, daß das leiseste Geräusch mich aufweckt. Er hatte die Schuhe ausgezogen und schlich in Strümpfen herum. Als ich hinausblickte und das Licht einschaltete, verschwand er mit einem Satz in seinem Zimmer. Ich kann das nicht mehr ertragen, und ich will es auch nicht mehr! Das alles ist mir zu unheimlich.«

Mrs. Morgan stimmte ihr bei.

Als Lydia sich auskleidete, dachte sie daran, daß sie schon drei oder vier Abende nicht mehr ausgegangen war. Das Wetter war sehr unbehaglich, und der Aufenthalt in ihrer hübschen, gemütlichen Wohnung bedeutete immer Freude und Ruhe für sie. Und wäre sie wirklich ausgegangen, hätte sie ja doch den unvermeidlichen Jaggs auf ihrer Fährte gehabt, sagte sie sich ironisch.

Und doch schlug ihr das Gewissen. Sie mußte an jenen Nachmittag denken, an dem der alte Jaggs sie aus Todesgefahr gerettet hatte.

Zum hundertsten Male dachte sie über den alten Jaggs nach und wo Jack ihn aufgetrieben haben mochte. Einmal hatte sie den Versuch gemacht, Jaggs selbst zu fragen, aber der alte Mann war der Antwort aus dem Weg gegangen, hatte ganz unbestimmt von Arbeit auf dem Lande gesprochen, und Lydia war ebenso schlau wie vorher.

Aber sie mußte den Alten loswerden. Das war ihr letzter Gedanke, als sie das Licht ausschaltete und die unzähligen Wärmflaschen aus dem Bett warf, die Mrs. Morgan in übertriebener Fürsorge hineingelegt hatte. Der alte Jaggs mußte gehen ... er fiel einem auf die Nerven ...

Erschrocken fuhr sie hoch. Die Uhr in der Diele schlug drei; Lydia zählte unbewußt die Schläge, ihre Augen waren starr auf das offene Fenster gerichtet. Mrs. Morgan hatte es angelehnt, jetzt stand es weit offen! Ihr Herz klopfte rasend schnell. Jaggs!

Das war ihr erster Gedanke. Sie hätte es niemals für möglich gehalten, daß sie mit einem so warmen Gefühl von Dankbarkeit an den alten Mann denken konnte.

Nichts war zu sehen. Das Unwetter des Abends war vorübergegangen, und ein schwacher Mondschein drang in das Zimmer. Und dann sah sie, wie sich die Vorhänge bewegten. Sie wollte schreien, aber kein Ton drang aus ihrem Munde; wie gelähmt lag sie da und starrte auf den Vorhang. Langsam bewegte er sich wieder, und deutlich zeichnete sich auf dem dunklen Hintergrund der Umriß einer Gestalt ab.

Der Bann war endlich gebrochen. Sie sprang auf der anderen Seite aus dem Bett, aber der Mann war schneller als sie. Bevor sie noch einen Schrei ausstoßen konnte, hatte eine große Hand sie an der Kehle gepackt und gegen das Fußende des Bettes geschleudert.

Entsetzt starrte sie in das grausame Gesicht, das sich über sie beugte, fühlte, wie sich die Finger um ihre Kehle zusammenzogen. Aber plötzlich änderte sich der Ausdruck des Gesichts über ihr, wurde zur Grimasse, und Schrecken sprach aus seinen Augen. Die schwere Hand glitt von ihrer Kehle, er murmelte etwas mit erstickter Stimme und fiel seitwärts zu Boden. Und jetzt sah sie: Ein Mann war durch die Tür hereingekommen, ein hochgewachsener, bärtiger Mann, dessen blaßblaue Augen in wahnsinniger Lust tanzten.

Langsam kam er auf sie zu, wischte an seinem Ärmel das lange Dolchmesser ab, das ihren Angreifer gefällt hatte, und immer näher kam er ihr . . .

Er war wahnsinnig; sie fühlte das instinktiv, erinnerte sich undeutlich, einen Artikel über einen entsprungenen Geisteskranken gelesen zu haben. Sie versuchte, an ihm vorbeizuschlüpfen, nach der offenen Tür zu kommen, aber er packte sie mit dem linken Arm und preßte sie an sich. Sie war machtlos, konnte sich nicht bewegen, kaum atmen.

»Sie hatten kein Recht, in einem Kriegsgericht zu sitzen, Madame«, sagte er mit unheimlicher Höflichkeit — aber in diesem Augenblick flammten die Lampen auf. Der alte Jaggs stand auf der Schwelle; ein häßliches Grinsen spielte um seine bärtigen Lippen, und die Linke hielt eine schwere Pistole. »Das Messer weg oder . . .«

Der wahnsinnige Arzt wandte langsam seinen Kopf dem Eindringling zu und hob die Brauen.

»Guten Morgen, General«, sagte er ruhig. »Sie sind gerade noch zur rechten Zeit gekommen.« Er ließ das Messer fallen. »Wir wollen sie ordnungsgemäß nach den Bestimmungen des Kriegsgerichts verurteilen.«

Kapitel 15

DRAMATISCHER VORFALL IM WESTEND

Wahnsinniger Arzt verwundet Einbrecher im Schlafzimmer einer Dame der Gesellschaft

Die Flucht Dr. Thuns aus der Irrenanstalt von Norwood, die wir in unserer gestrigen Ausgabe erwähnten, hat außergewöhnliche und tragische Folgen gehabt. Auf einen Telefonanruf hin begab sich heute morgen vier Uhr Detektivsergeant Miller in Begleitung eines zweiten Beamten in die Wohnung von Mrs. Meredith, Cavendish Mansions Nr. 84, und fand dort Dr. Algernon Thun, der aus der Irrenanstalt von Norwood entflohen war. Dr. Thun wurde in Gewahrsam genommen. In dem Zimmer wurde gleichzeitig ein Mann namens Hoggins gefunden, der ein guter Bekannter der Polizei ist. Es scheint, daß Hoggins vom Dach aus mit Hilfe eines Seils in das Schlafzimmer von Mrs. Meredith eingedrungen ist. Mrs. Meredith wäre zweifellos ermordet worden, wenn nicht Dr. Thun dazwischengekommen wäre, der in bisher noch nicht aufgeklärter Weise Zugang zu der Wohnung gefunden hatte. In dem heftigen Kampf verwundete der Arzt, der selbst an Verfolgungswahn leidet, den Einbrecher so schwer, daß an dessen Aufkommen gezweifelt wird. Dann richtete der Irre seine Aufmerksamkeit auf die Dame. Glücklicherweise hörte ein alter Mann, der in der Wohnung Hausarbeiten verrichtet und nachts dort schläft, das Geräusch des Kampfes, und es gelang ihm, die Dame aus den Händen des Wahnsinnigen zu befreien. Der verwundete Einbrecher wurde ins Krankenhaus geschafft, der wahnsinnige Arzt erst aufs Polizeibüro und von dort unter starker Bewachung in die Anstalt, aus der er entsprungen war. Er gab eine zusammenhang- und sinnlose Erklärung ab, daß General Foch ihm bei der Flucht behilflich gewesen sei und ihn in das Haus seiner Feinde gebracht habe.

Jean Briggerland legte die Zeitung beiseite und lachte.

»Ich weiß nicht, was es da zu lachen gibt«, brummte Briggerland wütend.

»Wenn ich nicht lachte, würde ich vielleicht etwas ganz anderes machen«, sagte das junge Mädchen kühl. »Wenn man überlegt, daß dieser Narr den Versuch noch einmal und allein unternimmt. Wer hätte das denken können!«

»Wie Faire mir mitgeteilt hat, rechnet man nicht damit, daß er durchkommen wird«, sagte Mr. Briggerland und rieb sich gereizt die Hände. »Ob der Wahnsinnige schwatzen wird?«

»Laß ihn doch — das macht nichts«, sagte Jean ungeduldig.

»Aber du sagtest neulich —«

»Das war neulich, mein lieber Vater — da wäre es mir nicht sehr angenehm gewesen, aber heute kommt das gar nicht mehr in Betracht. Ich glaube, wir sind noch sehr gut dabei weggekommen. Ich hatte all die schönen Lehren, die meine Bücher mir geben, vernachlässigt, als ich so wichtige Arbeit anderen überließ. Jaggs!« fügte sie leise hinzu.

»Wie meinst du?«

»Ich habe nur einen geliebten Namen wiederholt.« Sie lächelte, faltete ihre Serviette zusammen und stand auf. »Ich mache eine große Autotour ins Freie. Willst du nicht mitkommen? Mordon ist über den neuen Wagen geradezu entzückt — übrigens ist die Rechnung heute morgen gekommen. Haben wir noch Geld?«

»Ein paar tausend Pfund«, erwiderte Briggerland und streichelte sein Kinn. »Jean, wir müssen irgend etwas verkaufen, wenn die Aussichten nicht besser werden.«

Es zuckte um Jeans Lippen, aber sie antwortete nicht.

Auf ihrem Wege nach außerhalb sprach sie bei Lydia vor und war nicht überrascht, Jack Glover dort zu finden.

»Arme Kleine«, sagte sie und umschloß die Hand des jungen Mädchens mit ihren beiden. »Ich war so entsetzt, als ich das heute morgen las! Sie müssen ja schreckliche Augenblicke durchgemacht haben.«

Lydia war blaß, und tiefe Schatten lagen unter ihren Augen, aber sie bemühte sich, möglichst heiter über die Ereignisse zu sprechen.

»Ich habe gerade versucht, Mr. Glover zu erklären, was eigentlich vorgefallen ist. Leider ist der Hauptheld, Jaggs, nicht da. Er weiß mehr als ich, denn ich bin natürlich im entscheidenden Augenblick ohnmächtig geworden.«

»Wie ist er denn hereingekommen — ich meine, der Wahnsinnige?« fragte Jean.

»Durch die Wohnungstür.«

»Der letzte Weg, den ein Geisteskranker nehmen würde, um heimlich in eine Wohnung einzudringen«, warf Jack Glover ein. »Er muß einen Schlüssel gehabt haben und von jemandem hergebracht worden sein, der sich wahrscheinlich beim Schein eines Streichholzes vergewissert hat, vor der richtigen Wohnung zu sein.«

»Der Wahnsinnige kann ja auch selbst das Streichholz angesteckt haben«, sagte Jean, »aber Sie sind ja so klug, daß Sie sicherlich so etwas nicht behaupten würden, wenn Sie es nicht beweisen könnten.«

»Wir fanden zwei Streichhölzer vor der Tür; Dr. Thun hatte keine bei sich, wie sich bei seiner Durchsuchung herausstellte, und außerdem habe ich mir erzählen lassen, daß er, wie fast alle

Geisteskranken, vor Feuer in jeder Form zurückschreckt. Der Arzt, mit dem ich sprach, ist überzeugt, daß Thun niemals ein Streichholz angezündet haben würde. Da fällt mir übrigens ein, Miss Briggerland, Ihr Vater ist ja mit dem Bedauernswerten zusammengetroffen. Ich habe erfahren, daß er vor ein paar Tagen die Anstalt besucht hat.«

»Ja, denken Sie, welch ein Zufall!« rief sie ohne jedes Zögern. »Vater und ich sprachen schon heute morgen davon. Er hatte die Erlaubnis erhalten, die großen Anstalten zu besichtigen, um Studien für das Buch zu machen, an dem er jetzt arbeitet. Er war ganz entsetzt, als er las, daß gerade dieser Mann entsprungen war, den der Anstaltsarzt als besonders gefährlich bezeichnet hatte.« Ihre großen, traurigen Augen lagen auf Jack, als sie verwundert den Kopf schüttelte. »Wenn ein Roman so etwas brächte, würde man es nie glauben.«

»Und dieser Hoggins?« fuhr Jack fort, der ihre Verwunderung gar nicht teilte. »Das war doch auch ein Bekannter von Ihnen, ein Mitglied des Vereins, den Ihr Vater gegründet hat?«

Sie zog nachdenklich die Brauen zusammen.

»Ich kann mich an den Namen nicht erinnern, aber wenn er einen sehr schlechten Leumund hat« — sie lächelte — »bin ich sicher, daß er in Vaters Klub ist. Mein Vater tut mir wirklich leid! Ich glaube nicht, daß es ihm gelingen wird, East End auf eine höhere moralische Stufe zu bringen.«

»Ganz meine Meinung«, stimmte Jack bei. »Die Frage ist nur: Wird East End bei Ihrem Vater mehr Erfolg haben?«

Ein Lächeln erschien auf ihrem schönen Gesicht.

»Das ist aber nicht nett von Ihnen! Ich möchte wissen, warum Sie meinen Vater nicht leiden können. Er ist doch wirklich so — harmlos. Liebste Lydia«, sie wandte sich verzweifelt dem jungen Mädchen zu, »ich fürchte, daß Mr. Glover sogar hinter diesem Vorfall meinen — bösen Einfluß vermutet.«

»Sie sind die am wenigsten böse Person, die ich je kennengelernt habe, Jean«, lachte Lydia, »und in Wirklichkeit glaubt ja Mr. Glover diese abscheulichen Sachen auch nicht.«

»Meinen Sie?« fragte Jean sanft, und Jack sah, daß sie sich innerlich vor Lachen schüttelte.

Es lag ein gewisser tödlicher Humor in der Situation, und auch der junge Anwalt empfand ihn. Er grinste.

»Ich wünschte wirklich, Sie heirateten, Miss Briggerland, und würden vernünftig«, sagte er unvorsichtig.

Das war ihre Chance. Sie schüttelte langsam den Kopf, die Mundwinkel senkten sich traurig, und ihre Augen feuchteten sich vor Mitleid.

»Ich wünschte, ich könnte es.« Sie flüsterte beinahe. »Aber, Jack, ich kann Sie nie, nie heiraten!«

Und sie ließ Jack sprachlos zurück — er war nicht einmal imstande zu stöhnen.

Lydia, die ihren Besuch an die Tür begleitet hatte, bemerkte seine Verlegenheit und schnitt seine lebhaften Erklärungen kühl ab.

»Ich — ich hatte Ihnen geglaubt, Mr. Glover, als Sie mir versicherten, es sei nicht wahr.« Und in ihrem Ton lag ein Vorwurf, über den sie sich später ärgerte.

Kapitel 16

Lydia hatte versprochen, Mrs. Cole-Mortimer am Abend ins Theater zu begleiten, und war froh, aus der tragischen Atmosphäre ihres Heims herauszukommen.

Mrs. Cole-Mortimer, die sonst von kostspieligen Unterhaltungen wenig hielt, hatte eine Loge, und während des letzten Aktes machte sie Lydia einen Vorschlag, auf den diese freudig einging.

»Ich habe eine kleine Villa in Cap Martin, wirklich nur ein kleines Häuschen, aber ich glaube, es würde Ihnen gefallen. Ich gehe so ungern allein an die Riviera und würde mich sehr freuen, wenn Sie als mein Gast mitkommen würden und wenn ich Sie dort bemuttern dürfte. Ich lasse meine Jacht nach Monaco bringen und bin überzeugt, wir werden eine nette Zeit miteinander verbringen.«

Lydia nahm Jacht und Villa genauso auf wie die Einladung — ohne sich Gedanken darüber zu machen. Daß die Jacht erst am selben Morgen und die Villa am vorhergehenden Tage telegrafisch gemietet worden waren, konnte sie begreiflicherweise nicht ahnen. Soweit sie wußte, war Mrs. Cole-Mortimer sehr vermögend; daß Jean Briggerland die Mittel für den Rivieraaufenthalt lieferte, hätte sie sich nie träumen lassen.

Erst viel später erfuhr Lydia, daß Mrs. Cole-Mortimer nur von geborgtem Geld lebte, das sie weder zurückzahlen konnte noch wollte.

Jean hatte Mrs. Cole-Mortimer angedeutet, daß sie an der Riviera ohne Wissen ihres Vaters mit jemand zusammentreffen wollte, und sehr deutlich zu verstehen gegeben, daß sie für alle Unkosten aufkommen werde. Das genügte völlig, um Mrs. Cole-Mortimer für diesen Plan zu begeistern, wie es auch seinerzeit genügt hatte, sie als Freundin Merediths auftreten zu lassen. Sie gehörte zu jenen Menschen, die die Fähigkeit haben, an ihre eigenen Erfindungen zu glauben, die ein Lüge so oft wiederholen, bis sie selbst von ihrer Wahrheit überzeugt sind. Mrs. Cole-Mortimer war jetzt schon davon überzeugt, daß die Villa im Süden und die Jacht aus ihrer Tasche bezahlt würden.

Schwieriger aber war es für sie, das unfehlbare System zu erklären, das in Monte Carlo ihr und ihren Freunden ein Vermögen gewinnen sollte.

Lydia hatte für Glücksspiele wenig übrig und zeigte so geringes Interesse, daß Mrs. Cole-Mortimer beinahe verzweifelte; sie wußte ja nicht, daß man von ihr nur erwartete, den Boden zu beackern, auf dem Jean Briggerland säen und ernten wollte.

Die beiden Damen speisten nach dem Theater in einem der Klubs, und Lydia dachte belustigt an den alten Jaggs, der seine Pflichten so ernst nahm. Ihre Meinung über den alten Mann hatte sich wieder geändert; Respekt und Dankbarkeit waren an Stelle des Verdrusses getreten, den seine wenig anziehende Gegenwart ihr verursacht hatte.

Vor dem Portal des Klubs blickte sie um sich, erwartete halb, Jaggs irgendwo zu sehen, aber der strömende Regen trieb sie schnell in das Haus hinein.

Mrs. Cole-Mortimer hatte erwähnt, daß sie vielleicht auch Jean treffen würden, und sie fanden sie bald im Kreise eines halben Dutzends vergnügter junger Leute. Lydia nahm neben Jean Platz, die sie mit den anderen bekannt machte. Aber Lydia verstand ihre Namen nicht und konnte sich auch später nie an diese erinnern.

Mr. Marcus Stepney, der sich tief über ihre Hand beugte, hatte sie schon früher kennengelernt, aber der Eindruck, den dieser überelegante Mann auf sie machte, war heute noch ungünstiger als bei der ersten Begegnung.

»Tanzen Sie?« fragte Jean.

Die Kapelle spielte einen verlockenden Tango. Lydia bejahte, und Jean winkte einem hübschen, hochgewachsenen jungen Mann zu, der während des folgenden Tanzes ausschließlich von Jean Briggerlands Vorzügen schwärmte.

Lydia hörte belustigt zu.

»O ja, sie ist schön«, beantwortete sie die ständige Wiederholung der gleichen Frage. »Ich finde sie entzückend.«

»Das sage ich auch«, versetzte der junge Mann — Lord Stoker, wie sie später herausfand. »Ich halte sie für die schönste Frau auf der ganzen Welt. Sie sind natürlich auch hübsch«, fügte er hastig hinzu, und Lydia lachte laut auf.

»Aber sie hat so viele Feinde«, fuhr der junge Mann grimmig fort, »und wenn mir jemals dieser Glover in die Hände kommt, dann kann er was erleben.«

Lydia wurde ernst.

»Mr. Glover ist ein sehr guter Bekannter von mir.«

»Entschuldigen Sie, bitte«, brummte er, »aber—«

»Hat sich denn Miss Briggerland über ihn beklagt?«

»Aber selbstverständlich nicht. Sie hat niemals etwas gegen ihn gesagt«, beeilte sich der junge Lord sein Ideal zu verteidigen. »Sie erwähnte nur einmal, daß sie seine Belästigungen nicht länger ertragen könne. Es bricht einem beinahe das Herz, wenn man sieht, wie sie unter diesem . . . hm . . . Freund zu leiden hat.«

Für den Rest des Abends war Lydia recht nachdenklich; undeutlich begann sie dies und jenes zu sehen, was sie vorher nie bemerkt hatte. ›Selbstverständlich‹ hatte Jean nie ein Wort gegen Jack Glover geäußert, und doch war es ihr gelungen, den jungen Mann gegen den Anwalt aufzubringen. Mit einem gewissen Erstaunen machte sie sich klar, daß sie ähnlich über Jack gedacht hatte — und Jean war die Veranlassung dazu gewesen. Aber sie hatte doch nur nett und gut von ihm gesprochen!

Als sie nach Hause kam, hörte sie, daß Jaggs nicht gekommen sei, aber er erschien wenige Minuten nach ihr. Sein triefender Soldatenmantel verriet ihr, daß er den ganzen Abend im Regen zugebracht haben mußte.

»Aber Jaggs«, rief sie mitleidig, »wo haben Sie nur gesteckt?«

»'n bißchen 'rumjeloofen, Miss«, krächzte er. »Hab' mir de kleenen Enten im Park anjesehn.«

»Sie haben erst vor dem Theater und dann vor dem Klub gewartet«, sagte sie vorwurfsvoll.

»Davon weeß ick nischt. Een Theater is jenau wie det andere für mich.«

»Sie müssen sich sofort ausziehen und Ihre Sachen trocknen lassen«, befahl sie, aber das einzige, wozu er sich verstand, war, seinen durchnäßten Mantel abzulegen.

Dann verschwand er in seinem Zimmer, um dort über Dinge nachzudenken, die für ihn von Interesse zu sein schienen. Ein Bett war für ihn aufgestellt worden, aber er hatte es nur einmal benutzt.

Als jedes Geräusch in der Wohnung erstorben und das letzte Licht verlöscht war, öffnete er leise die Tür, setzte einen Stuhl mit dem Rücken gegen die Wohnungstür und verbrachte so die Nacht.

Am Morgen — Lydia schlief noch — war er, wie gewöhnlich, verschwunden.

Kapitel 17

Lydia war die nächsten Tage sehr beschäftigt. Sie hatte das Haus in der Curzon Street gekauft und verbrachte ihre Zeit mit Möbellieferanten, Tapezierern und Dekorateuren.

Die Reise an die Riviera kam gerade in einem günstigen Augenblick. Mrs. Morgan würde die Arbeiten überwachen, so daß ihr neues Heim nach ihrer Rückkehr in zwei Monaten bereit sein würde, die junge Herrin zu empfangen. Zugleich mit anderen Dingen würde dadurch auch die ständige Frage ›Jaggs‹ ein für allemal erledigt sein.

Als er am nächsten Abend kam, sprach sie mit ihm.

»Übrigens, Mr. Jaggs — in der nächsten Woche reise ich nach dem Süden.«

»Nach allem, wat man hört, muß es da sehr fein sein«, brummte Jaggs.

»Wundervoll — nach allem, was man hört«, wiederholte Lydia lächelnd. »Und Sie werden Ferien bekommen, Mr. Jaggs. Was bin ich Ihnen eigentlich schuldig?«

»Der Herr bezahlt mir. Der Rechtsanwalt, wissen Se.«

»Gut, dann muß er Sie auch bezahlen, wenn ich verreist bin.

Ich bin Ihnen so sehr dankbar und möchte Ihnen eine Kleinigkeit schenken; gibt es nichts, was Sie gern haben möchten, Mr. Jaggs?«

Mr. Jaggs fuhr sich durch den Bart, kratzte den Kopf und meinte, daß er ganz gut eine Pfeife gebrauchen könne.

»Sie sollen die schönste Pfeife haben, die ich auftreiben kann«, sagte das junge Mädchen. »Aber ein so unbedeutendes Souvenir!«

Am Abend bezog er pünktlich seinen Posten, war aber am Morgen ihrer Abreise schon verschwunden, obgleich sie sehr zeitig aufgestanden war. Lydia war etwas enttäuscht, denn sie wollte ihm die hübschen Pfeifen, die sie gekauft hatte, selbst geben und hätte ihm gern noch gedankt. Sie hatte das Gefühl, sich dem Mann zuwenig erkenntlich gezeigt zu haben, der ihr zweimal das Leben gerettet hatte.

»Haben Sie ihn denn nicht weggehen sehen?« fragte sie Mrs. Morgan.

»Nein, Miss«, antwortete die rundliche Frau und schüttelte den Kopf. »Ich bin um sechs aufgestanden, aber der Alte war nicht mehr da, nur sein Stuhl stand im Gang — ich glaube, er hat immer auf dem Stuhl geschlafen, wenn er überhaupt zum Schlafen gekommen ist.«

»Der alte Mann tut mir leid. Ich fürchte, ich bin nicht sehr freundlich zu ihm gewesen und verdanke ihm doch so viel.«

»Vielleicht läßt er sich mal wieder sehen«, antwortete Mrs. Morgan hoffnungsvoll. Sie besaß das mütterliche Gefühl dem Alter gegenüber, das einer der Vorzüge ihrer Klasse ist.

Mrs. Morgan bedauerte Lydias Abwesenheit, weil sie dadurch nicht nur ihre junge Herrin, sondern auch den alten Jaggs vorlor. Der Alte ließ sich nicht mehr blicken. Auch auf dem Bahnhof konnte Lydia ihn nicht entdecken.

Sie und Mrs. Cole-Mortimer reisten mit dem Elf-Uhr-Zug. Die ältere Dame hatte vorgeschlagen, eine Nacht in Paris zu bleiben, und Lydia war froh, nach der rauhen Überfahrt nicht noch eine Nacht im Zug verbringen zu müssen.

Der Süden Frankreichs war eine Offenbarung für Lydia. Von einem nassen, kalten Paris kam sie in ein Wunderland von Sonnenschein und sanften Lüften, von den öden Feldern der Champagne in ein halbtropisches Land voller Blumenduft, sah weiße Buchten an der tiefblauen See und einen wolkenlosen Himmel über sich.

Die unvergleichliche Schönheit der Landschaft, der lachende Sonnenschein, die warme, weiche Luft ließen sie kaum zu Atem kommen. Alles war für sie ein Wunder: die Zitronenbäume, deren Äste sich unter der Last der gelben Früchte senkten, die Kletterrosen auf den Mauern, der blendendweiße Staub der Landstraßen, die Pracht der goldenen Mimosen, deren Duft ihre Wangen umfächelte.

Von Nizza fuhren sie im Auto über die Grande Corniche; Mrs. Cole-Mortimer wollte Monte Carlo einen Besuch abstatten. Lydia hatte sich in die Polster des Wagens zurückgelehnt und trank die Schönheit dieser einzigartigen Gegend in sich hinein.

Monte Carlo! Das Städtchen sah so sauber, so frisch aus, als ob es sorgfältig unter Glas gehalten würde. Aber das Kasino enttäuschte sie — ein protziges Gebäude aus Gips und Stuck, das den Eindruck machte, wie eine Ausstellungshalle nur für kurze Zeit errichtet zu sein.

Dann fuhren sie einen Teil des Weges wieder zurück und kamen auf die Halbinsel Cap Martin. Lydia sah wundervolle Villen hinter Pinien und Zypressen versteckt, kleine, schmale Wege, die in geheimnisvolle Schluchten führten. Endlich hielten sie vor einem eleganten Hause, bei dessen Anblick sogar Mrs. Cole-Mortimer einen Ausruf zufriedener Überraschung nicht unterdrükken konnte.

Lydia war im Glauben, es sei Eigentum ihrer Begleiterin.

»Sie sind wirklich zu beneiden, Mrs. Cole-Mortimer«, rief sie entzückt. »Es muß himmlisch sein, hier leben zu können.« Lydia hatte nicht erwartet, Mr. Briggerland und Jean zu finden, die in bequemen Korbsesseln auf der Veranda saßen und auf die See blickten. Mrs. Cole-Mortimer hatte es sorgfältig vermieden, Jean zu erwähnen.

»Hatte ich Ihnen denn nicht erzählt, daß Briggerlands hier sein würden?« rief sie in gemachtem Erstaunen. »Aber natürlich. Jean ist doch zwei Tage vor uns abgereist, und wir sind doch eine so nette, kleine Gesellschaft. Spielen Sie Bridge?«

Lydia spielte nicht Bridge. Sie erklärte sich aber gern bereit, es zu lernen.

Die letzten Tagesstunden verbrachte sie in dem großen Garten, der bis zum Fahrweg am Meeresufer hinabging.

Mrs. Cole-Mortimer war nervös und in gedrückter Stimmung. Sie hatte unangenehme Nachrichten erhalten und wußte nicht, ob sie diese mitteilen sollte. Endlich konnte sie sich nicht mehr zurückhalten und ließ die Bombe platzen.

»Celeste hat mir erzählt, der kleine Junge des Gärtners hat die schwarzen Blattern«, sagte sie kläglich.

Jean war gerade mitten in einer lustigen Geschichte, die sie Lydia erzählte, und unterbrach sich nicht einen Augenblick. Aber der Eindruck auf Mr. Briggerland war, wenigstens für Mrs. Cole-Mortimer, völlig genügend. Er stieß den Stuhl zurück und blinzelte die ›Herrin des Hauses‹ an.

»Blattern?« rief er entsetzt. »Hier — auf Cap Martin? Allmächtiger! Hast du gehört, Jean?«

»Gehört . . . was?« frage sie nachlässig. »Ach, von dem Gärtnerjungen? Aber ja. Die Blattern grassieren an der ganzen italienischen Riviera, und in der vergangenen Woche war sogar die Grenze gesperrt.«

»Aber — aber hier!« stotterte Briggerland.

Lydia sah ihn sprachlos an. Die Angst dieses großen Mannes war deutlich sichtbar. Sein rotbraunes Gesicht hatte sich schmutziggrau gefärbt, und seine Unterlippe zitterte wie die eines erschrockenen Kindes.

»Und warum nicht hier?« fragte Jean kühl. »Das ist doch kein Grund, sich aufzuregen. Sind Sie kürzlich geimpft worden, Lydia?«

»Das letztemal als Baby — und auch da ohne großen Erfolg, wie man mir gesagt hat.«

»Auf jeden Fall liegt das Kind ganz allein in dem kleinen Häuschen und soll heute nacht nach Nizza gebracht werden«, sagte Jean. »Armer kleiner Kerl! Sogar seine Mutter hat ihn im Stich gelassen. Gehen Sie heute abend ins Kasino?«

»Ich weiß nicht recht«, antwortete Lydia. »Ich bin sehr müde, würde aber doch ganz gern hingehen.«

»Dann begleitest du Lydia«, wandte sie sich an ihren Vater, »und du auch, Margaret. Wenn ihr zurückkommt, ist der kleine Patient schon auf dem Weg nach Nizza.«

»Wollen Sie denn nicht mitkommen?« fragte Lydia.

»Nein, ich möchte zu Hause bleiben. Ich habe mir heute morgen den Fuß verstaucht, und er ist noch etwas steif, Vater!«

Ihre Stimme klang scharf, beinahe drohend, wie es Lydia vorkam, und Mr. Briggerland machte eine heroische Anstrengung, seine Fassung wiederzufinden.

»Aber selbstverständlich, Kleine — mit dem größten ... hm ... Vergnügen.«

Während Lydia sich in dem großen Schlafzimmer, dessen Fenster auf die See gingen, umkleidete, sprach Briggerland mit seiner Tochter.

»Warum hast du mir nicht gesagt, daß es Blattern auf Cap Martin gibt?«

»Weil ich es selbst erst erfuhr, als Margaret uns in ihrer rücksichtsvollen Weise die Neuigkeit beibrachte«, antwortete sie kühl. »Allerdings hatte ich eines der Mädchen erzählen hören, daß der Gärtnerjunge krank sei und daß seine Mutter ihn verlassen habe. Das war aber auch alles.«

»Schon der Gedanke an solch eine Krankheit jagt mir Grauen ein«, brummte er. »Warum begleitest du uns nicht — die Sache mit deinem Knöchel stimmt doch nicht?«

»Warum? — Weil ich es vorziehe hierzubleiben.«

»Jean«, sagte er, »ist es nicht besser, wir lassen das Mädel in Ruhe — wenigstens bis die Affäre mit dem wahnsinnigen Arzt etwas vergessen ist?«

Bevor sie antwortete, zog sie die goldene Zigarettendose aus seiner Westentasche, nahm sich eine Zigarette und steckte das Etui wieder zurück.

»Wir können es uns nicht leisten, sie ›in Ruhe zu lassen‹, wie du dich ausdrückst — auch nicht für eine einzige Stunde. Denkst du denn nicht daran, daß ihr Anwalt sie jeden Tag veranlassen kann, ein Testament zu machen, in dem sie ihr Vermögen einem ... Katzenasyl oder Hundeheim vermacht? Wenn es keinen Jack Glover gäbe, könnten wir ruhig noch ein paar Monate warten. Und Glover macht mir noch weniger Sorgen als dieser Jaggs. Es wird dich freuen, wenn ich zugeben muß, daß ich vor dem Alten beinahe Angst habe.«

»Es ist aber doch keiner von beiden hier ...«, begann er.

»Ganz richtig«, sagte Jean. »Keiner von beiden ist hier ... Aber Lydia erhielt kurz vor dem Essen ein Telegramm von Glover, der anfragt, ob er sie nächste Woche aufsuchen kann.«

In diesem Augenblick erschien Lydia in der Tür, und Jean Briggerland musterte sie kritisch.

»Sie sehen entzückend aus, Liebste«, sagte sie und küßte Lydia auf die Wange.

Mr. Briggerland rümpfte ein wenig die Nase — er tat das immer, wenn Jeans Verhalten ihn empörte.

Kapitel 18

Jean Briggerland wartete, bis das Summen des Autos in der Ferne verschwunden war. Dann ging sie auf ihr Zimmer und nahm aus dem Wandschrank einen langen, dichtschließenden Staubmantel. In Mrs. Cole-Mortimers Zimmer hatte sie eine große Flasche Wasserstoffsuperoxyd gesehen, das jedenfalls die Verantwortung für das wundervolle Haar dieser Dame trug, aber zu gleicher Zeit ein starkes Desinfektionsmittel war. Sie goß den halben Inhalt in eine Waschschüssel, gab etwas Wasser hinzu und tauchte ein großes seidenes Tuch in diese Mischung; dann drückte sie es aus und knüpfte das noch feuchte Tuch lose um den Hals. Nun zog sie sich eine Gummibadekappe über den Kopf und lächelte dem merkwürdigen Bild zu, das ihr Spiegel zurückwarf. Ein paar lange Lederhandschuhe vervollständigten ihre Ausrüstung.

Leise schlich sie die teppichbelegte Treppe hinunter. Die Dienstboten waren beim Essen. Jean öffnete die Haustür und ging über den Rasenplatz auf ein Gehölz zu, hinter dem das Häuschen des Gärtners lag.

Ein matter Lichtschein kam aus dem vorhanglosen Fenster des einen der beiden Räume. Jean konnte das Bett und den kleinen Patienten sehen; sonst war das Zimmer leer. Das Mädchen hatte erzählt, die Mutter habe ihr Kind im Stich gelassen, aber das stimmte nicht ganz. Der Arzt hatte die Mutter in eine Isolierbaracke bringen lassen und an ihre Stelle eine Pflegerin geschickt, die in diesem Augenblick unten an der Straße stand und auf die Ankunft des Krankenwagens von Nizza wartete.

Jean öffnete die Tür und zog sich das feuchte Tuch über Mund und Nase. Ohne einen Augenblick zu zögern, hob sie das Kind hoch, wickelte es in sein Laken und trug es ins Herrschaftshaus. Geräuschlos stieg sie die Treppe hinauf und ging direkt in Lydias Zimmer. Es war noch hell genug, um das Bett unterscheiden zu können. Sie schlug die Decken zurück, wickelte das Kind aus und legte es in das Bett. Der kleine Kranke war bewußtlos und hatte keinen Laut von sich gegeben. Die häßlichen Anzeichen der Krankheit waren deutlich sichtbar.

Sie setzte sich und wartete. Ihre beinahe übermenschliche Ruhe wurde auch nicht durch den Gedanken an eine mögliche Entdeckung gestört. Sie hatte alles genau überdacht und auf jede Frage eine Erklärung und Antwort bereit.

Eine halbe Stunde verging. Dann stand sie auf, schlug das Laken um das Kind und trug es wieder ins Gärtnerhäuschen. Als sie durch die Bäume zurückhuschte, hörte die das Surren eines Motors und eilig sich nähernde Schritte. Sie hätte sich keine Minute länger aufhalten dürfen.

Sie ging in Lydias Schlafzimmer, brachte das Bett in Ordnung und zerstäubte etwas von dem zarten Parfüm, das sie auf dem Toilettentisch fand. Dann huschte sie noch einmal in den Garten, streifte Mantel, Kappe und Tuch ab und rollte alles in ein Bündel, das sie durch das Gitter eines offenen Kellerfensters schob. Zuletzt zog sie die Handschuhe ab und warf sie hinterher.

Die Stimmen der Pflegerin und eines Wärters, die den Patienten zum Krankenauto trugen, drangen bis zu ihr.

»Armes Kerlchen«, murmelte sie. »Hoffentlich wird er wieder gesund.«

Und merkwürdigerweise meinte sie es wirklich so.

Es war ein aufregender Abend im Kasino gewesen, und Lydia kam müde, aber glücklich nach Cap Martin zurück. Sie hatte einen Blick in eine ganz neue Welt geworfen und raffte sich auf, obgleich sie im Auto beinahe eingeschlafen wäre, all die neuen Erlebnisse mit der verständnisvollen Jean zu besprechen.

Mrs. Cole-Mortimer zog sich bald zurück. Mr. Briggerland war sofort in sein Schlafzimmer gegangen, und Lydia konnte sich kaum noch aufrecht halten, aber Jean fand kein Ende, bis —

»Seien Sie nicht böse, Jean, aber wenn ich jetzt nicht zu Bett gehe, schlafe ich am Tisch ein.«

»Sie Ärmste!« sagte Jean mitleidig.

Sie legte den Arm um Lydias Hüfte, begleitete sie nach oben und wünschte ihr vor ihrem Ankleidezimmer gute Nacht.

Ein Mädchen hatte das Nachtzeug zu Lydias Überraschung auf eine große, geschnitzte Bank gelegt, und Lydia zog sich schnell aus.

Als sie die Tür zum Schlafzimmer öffnete, ihre Hand lag schon auf dem Lichtschalter, kam ihr ein scharfer, nicht unangenehmer Geruch entgegen. ›Desinfektionsmittel‹, sagte ihr Gehirn mechanisch. Sie schaltete das Licht ein und blieb überrascht stehen. Ihr Bett triefte. Wasser tropfte von der überhängenden Decke auf den Fußboden, auf dem sich schon große Lachen gebildet hatten. Nicht eine einzige trockene Stelle vom Kopf- bis zum Fußende des Bettes. Wer auch der Täter gewesen sein mochte, er hatte seine Arbeit gründlich verrichtet. Decken, Laken, Kopfkissen waren durch und durch naß, und über allem schwebte der scharfe Geruch, den sie schon erkannt hatte, bevor sie noch die leere Flasche mit der Aufschrift ›Wasserstoffsuperoxyd‹ auf dem Boden liegen sah.

Sie starrte sprachlos die Verwüstung an. Es war schon zu spät, um noch nach einem Mädchen zu klingeln. Da fiel ihr die große Bank im Ankleidezimmer mit ihren Decken und Kissen ein.

Wenige Minuten später war sie fest eingeschlafen. Nicht so Miss Briggerland. Eine Zigarette zwischen den Lippen und ein dickes Buch auf den Knien, saß sie in ihrem Bett und las: ›Derartige Krankheitsfälle sind beinahe ohne Ausnahme tödlich. Manchmal kann der Tod so schnell eintreten, daß die Anzeichen der eigentlichen Krankheit kaum sichtbar sind.‹

Sie warf das Buch auf den Boden, drückte sorgfältig ihre Zigarette in der Alabasterschale aus und legte sich in die Kissen.

Kapitel 19

»Oh, Miss«, sagte das Mädchen, als es am nächsten Morgen ein Tischchen mit einer Tasse Schokolade neben Jeans Bett stellte, »haben Sie schon von Mrs. Meredith gehört?«

Jean blinzelte, schlüpfte in den Morgenrock und richtete sich auf.

»Ob ich von Mrs. Meredith gehört habe? Oft genug schon!« sagte sie gähnend.

»Aber was man in der Nacht mit Mrs. Merediths Zimmer gemacht hat?«

Jean war jetzt völlig wach.

»Was ist denn Mrs. Meredith zugestoßen?«

»Jemand hat ihr einen Streich gespielt. Ihr ganzes Bett trieft.«

»Trieft?« wiederholte Jean stirnrunzelnd.

»Ja, Miss«, nickte das Mädchen. »Man muß das Wasser eimerweise auf das Bett geschüttet haben, und das ganze Wasserstoffsuperoxyd von Mrs. Cole-Mortimer ist verbraucht worden, das sie immer zum Händewaschen benutzt.«

Jean setzte sich auf den Rand des Bettes und blickte gedankenvoll auf ihre kleinen, weißen Füße hinunter.

»Wo hat denn Mrs. Meredith geschlafen? Warum hat sie uns nicht geweckt?«

»In ihrem Ankleidezimmer, Miss. Ich glaube, Mrs. Meredith wollte niemand stören.«

»Wer hat sich denn den — Spaß geleistet?«

»Ich habe keine Ahnung, Miss. So ein dummer Streich — ich bin sicher, keines der Mädchen hätte das fertigbekommen, wenigstens die französischen nicht.«

Jean fuhr in die kleinen Pantöffelchen, zog sich einen wärmeren Morgenrock über und ging in Lydias Zimmer.

Das junge Mädchen war beim Ankleiden, und ihre frische, junge Stimme — sie trällerte ein Liedchen vor sich hin — klang Jean schon auf dem Gang entgegen.

Ein Blick auf das Bett genügte. Es war noch feucht, und die leere Wasserstoffsuperoxyd-Flasche sprach für sich selber.

»Was ist denn nun eigentlich passiert, Lydia?«

Beim Klang ihrer Stimme drehte sich Lydia herum.

»Ach, das Bett meinen Sie?« Sie schnitt eine kleine Grimasse. »Das mag der Himmel wissen. Heute morgen kam mir der Gedanke, daß vielleicht jemand mein Zimmer desinfizieren wollte — der kleine Junge, der so schwer krank ist, fiel mir ein — und die Sache etwas übertrieben hat.«

»Und ob das übertrieben ist«, sagte Jean scharf. »Ich bin neugierig, was Mrs. Cole-Mortimer sagen wird. Haben Sie denn keine Idee, wer —«

»Nicht die geringste«, beantwortete Lydia die unvollendete Frage.

»Ich werde zu Mrs. Cole-Mortimer gehen und veranlassen, daß Sie ein anderes Bett bekommen — Sie können auch ein anderes Zimmer haben, wenn Sie wollen«, schlug Jean vor.

Jean ließ Lydia allein, badete und kleidete sich gemächlich an.

Dann suchte sie ihren Vater auf, der im Schatten eines Gebüsches den ›Niçois‹ las.

»Ich habe meinen Plan geändert«, begann sie ohne weitere Vorrede.

Er blickte über seine Brille zu ihr empor.

»Ich wußte gar nicht, daß du überhaupt einen hattest«, erwiderte er sarkastisch.

»Ich hatte die Absicht, mit dir nach London zurückzufahren.«

»Zurück nach London?« wiederholte er überrascht. »Ich dachte, du wolltest noch einen Monat hierbleiben.«

»Wahrscheinlich werde ich das jetzt auch tun.« Sie zog einen Korbsessel heran und setzte sich an seine Seite. »Gib mir eine Zigarette, bitte.«

»Du rauchst in letzter Zeit sehr stark«, sagte er, als er ihr das Etui hinhielt.

»Das weiß ich.«

»Deine Nerven überanstrengt?«

Jean blickte ihn von der Seite an; ihre Lippen kräuselten sich.

»Wäre es so merkwürdig, wenn ich etwas von deiner Zaghaftigkeit geerbt hätte?« fragte sie kühl. Er brummte in seinen Bart hinein. »Nein, meine Nerven machen mir keinen Kummer, aber eine Zigarette hilft mir beim Nachdenken.«

»Zaghaftigkeit — Angst wolltest du sagen!« Mr. Briggerland war sichtlich gekränkt. »Und seit fünf Uhr morgens bin ich schon auf und —« Er brach ab.

»Und?« fragte sie neugierig.

»Ach . . . nichts!«

So saßen die beiden geraume Zeit, jeder mit seinen Gedanken beschäftigt.

»Jean.«

»Ja?« sagte sie, ohne den Kopf zu wenden.

»Hältst du es nicht wirklich für besser, wir geben das — das hier auf und fahren nach London zurück? Lord Stoker wartet ja nur auf dich.«

»Aber ich nicht auf ihn«, versetzte sie entschieden. »Er hat sein Offiziersgehalt, fünfhundert Pfund Zinsen, zwei über und über verschuldete Besitzungen, einen Titel und keinen Verstand. Was nützt mir der Titel? Gar nichts!«

Er kicherte.

»Glaubst du, daß der Anwalt in das Mädel verschossen ist?«

»Jack Glover?«

Mr. Briggerland nickte.

»Ich glaube — ja«, sagte Jean überlegend. »Weißt du, ich habe Jack gern — er ist ein kluger Mensch. Er besitzt all die moralischen Vorzüge, die man so sehr — bei den anderen bewundert. Ich könnte mich sogar in ihn verlieben.«

»Und er?«

»Niemals«, antwortete sie kurz. »Jack wäre glücklich, wenn er mich an derselben Stelle in Old Bailey sehen würde, wo Jim Meredith verurteilt wurde. Nein, über Jacks Gefühle mir gegenüber mache ich mir gar keine Illusionen.«

»Ich nehme an, er ist hinter Lydias Geld her.«

»Mach dich doch nicht lächerlich«, war die ruhige Antwort. »Männer wie Jack machen sich keine Gedanken um das Geld des Mädchens, das sie lieben. Ich wünschte, Lydia wäre tot«, fügte sie ohne jeden Groll hinzu. »Das würde alles so sehr vereinfachen.«

Mr. Briggerland schien etwas hinunterzuschlucken.

»Manchmal kannst du einem einen Schreck einjagen, Jean.«

Das junge Mädchen lachte leise auf.

»Du bist auch nur — halb und halb.« Eine verächtliche Note schwang im Ton ihrer Worte mit. »Du warst völlig bereit, Jim Meredith zu ermorden, wie du auch den armen kleinen Bulford ermordet hast, und doch wimmerst und heulst du, wenn man dir die Dinge beim richtigen Namen nennt. Was macht es aus, ob Lydia jetzt oder in fünfzig Jahren stirbt? — Die Heiligkeit, die Unverletzlichkeit des menschlichen Lebens sind lächerliche Begriffe — erfunden von Feiglingen, die den Tod fürchten — wie du.«

»Und du — fürchtest du ihn nicht?« fragte ihr Vater leise.

»Ich — ich fürchte ein Leben ohne Geld, ich fürchte die endlose Arbeit für einen anspruchsvollen Vorgesetzten, die Fahrten in den überfüllten Bahnen, die ständige Sorge um das tägliche Brot. Bei Nacht und Nebel aufstehen, mein Bett machen, Taschentücher und Blusen selbst waschen, den vorjährigen Hut umgarnieren, daß er aussieht wie ein diesjähriger — das sind die Dinge, die ich fürchte!«

Sie stäubte Asche von ihrem Kleid und stand auf.

»Unser Leben in Ealing habe ich noch nicht vergessen«, sagte sie bedeutungsvoll.

Sie blickte über die Bucht von Monte Carlo, das im Morgensonnenschein herüberschimmerte, nach der smaragdgrünen Spitze von Cap d'Ail, nach Beaulieu, dem in graue Felsen gebetteten Juwel der Côte d'Azur.

»Es stehet geschrieben«, sagte sie schwermütig und ließ ihn mitten in einer Frage stehen, die er an sie richten wollte. Sie schlenderte ins Haus zu Lydia zurück, die in einem neuen, silbergrauen Kleid entzückend aussah.

Kapitel 20

»Haben Sie schon das Rätsel des triefenden Bettes gelöst?« fragte Jean.

Lydia lachte.

»Ich habe mich nicht weiter darum gekümmert«, sagte sie. »Die arme Mrs. Cole-Mortimer war außer sich.«

»Kann ich mir denken — ihr eigenes Daunenbett!«

Dies war auch für Lydia der erste Hinweis, daß die Villa möbliert gemietet worden war.

Kurze Zeit später fuhr sie nach Nizza. Lydia fiel die Bemerkung Jack Glovers über den Chauffeur ein, und sie war überrascht, eine Ähnlichkeit zwischen ihm und dem Taxifahrer zu finden, der sie an jenem Abend vom Theater abgeholt hatte. Allerdings hatte jener einen Schnurrbart, und Jeans Chauffeur war glattrasiert und trug einen kleinen Backenbart — aber eine Ähnlichkeit war unbestreitbar vorhanden.

»Haben Sie Ihren Chauffeur schon lange?« fragte sie, als sie auf der prachtvollen Straße am Meer entlangfuhren.

»Mordon? Oh, ja, sechs oder sieben Jahre«, erwiderte Jean gleichgültig. »Aber nur für unsere Reisen auf dem Kontinent. Er spricht vorzüglich Französisch und ist ein ausgezeichneter Fahrer. Vater hat schon verschiedene Male versucht, ihn zu bewegen, nach England zu kommen, aber Mordon kann London nicht ausstehen — er hat mir erst kürzlich erzählt, daß er in den letzten zehn Jahren nicht mehr in England war.«

Damit war der Fall eigentlich erledigt. Aber Lydia erinnerte sich genau an die Stimme des Taxichauffeurs, und als sie auf der ›Promenade des Anglais‹ ausstiegen, sprach sie Mordon an. Er antwortete französisch; es ist sehr schwierig, wenn nicht unmöglich, Ähnlichkeiten in einer Stimme zu finden, die einmal diese und dann jene Sprache spricht.

Auf der Promenade drängten sich die Spaziergänger, eine Kapelle spielte, und obgleich der Wind etwas kälter als auf Cap Martin war, war die Sonne warm genug, um die vielen Sonnenschirme zu erklären.

Die beiden jungen Mädchen speisten bei ›Negrito‹. Plötzlich kam ein Herr auf ihren Tisch zu, in dem Lydia Mr. Marcus Stepney erkannte. Dieser dunkelhäutige, verbindliche Mann war ihr nicht sympathisch, obgleich sie keinen Grund dafür angeben konnte. Sein Benehmen war einwandfrei und ihr gegenüber immer sehr ehrerbietig.

Wie gewöhnlich war er genau nach den Vorschriften der Mode gekleidet. Mr. Marcus Stepney gehörte zu jenen Männern, die täglich sehr viel Zeit mit der Wahl von Krawatten, Sokken und Oberhemden verbringen. Seine Eleganz und eine gewisse Geschicklichkeit beim Kartenspiel waren sein — Betriebskapital, obgleich Lydia dies natürlich nicht ahnen konnte. Bis jetzt hatte er Glück gehabt; auch nicht der Schatten eines Skandals hatte ihn getroffen, er verkehrte in bester Gesellschaft und wurde immer zum richtigen Zeitpunkt am richtigen Platz gesehen.

Wenn in Aix Hochsaison war, konnte man mit Sicherheit Mr. Stepney im Palace-Hotel finden, und in der Deauville-Woche sah man ihn im Kasino am Bakkarat-Tisch. Nach Schließung der Säle, wenn selbst der Sport-Klub in Monte Carlo seine Tore geschlossen hatte, konnte der unersättliche Spieler immer noch ein kleines Spielchen in Marcus Stepneys Privatsalon im Hotel machen.

Es kann nicht bestritten werden, daß Mr. Stepney Glück, viel Glück hatte. In diesen kleinen Privatsitzungen gewann er zumeist genügend, um die wechselnden Prüfungen der öffentlichen Spieltische aushalten zu können.

»Gehen Sie zum Rennen?« fragte er. Es war Rennwoche in Nizza. »Das trifft sich gut! Darf ich mich Ihnen anschließen? Ich habe drei ganz sichere Tips.«

»Wetten kann ich mir nicht leisten«, antwortete Jean, »ich bin ein armes Mädel. Wenden Sie sich an Lydia, Marcus — sie schwimmt ja im Geld.«

Marcus blickte Lydia prüfend an.

»Machen Sie sich keine Sorgen, wenn Sie kein Geld bei sich haben. Ich habe genug, und Sie können es mir ja später zurückgeben. Ich kann eine Million Franken für Sie gewinnen.«

»Besten Dank«, versetzte Jean kühl, »aber ich glaube nicht, daß Lydia so hoch wetten möchte.«

Ihr Ton sagte dem Mann deutlich, daß er sich auf verbotenen Jagdgründen bewegte, und Marcus grinste verständnisvoll. Trotzdem war es ein ertragreicher Nachmittag für Lydia. Sie kam beträchtlich reicher nach Cap Martin zurück, als sie es verlassen hatte.

»Lydia hat Glück gehabt, wie sie mir erzählte«, sagte Mr. Briggerland zu seiner Tochter.

»Ja. Sie hat ungefähr fünfhundert Pfund gewonnen. Marcus hat nur einen Köder gelegt. Sie hatte keine Ahnung, auf welche Pferde er gesetzt hatte. Nach jedem Rennen erschien er mit ein paar Tausendfrankennoten, und ihre Freude war direkt rührend. Sie hat natürlich keinen Penny gewonnen. Die fünfhundert Pfund waren nichts als ein Lockfischchen — morgen kommt er, um zu sehen, wie fest sie angebissen hat.«

Mr. Marcus Stepney erschien pünktlich, und zwar zu Mr. Briggerlands Verdruß in feierlichem Schwarz. Der ältere Mann war zu einem eiligen Rückzug gezwungen und erschien bald darauf im gebräuchlichen Gesellschaftsanzug.

Marcus Stepneys Benehmen bei Tisch war, wie man es bei einem so vorsichtigen Mann nicht anders erwarten konnte, tadellos. Er widmete sich hauptsächlich Mrs. Cole-Mortimer, aber Jean, die, ohne nach ihm zu blicken, doch jede seiner Bewegungen beobachtete, wußte, daß er nur auf eine günstige Gelegenheit wartete.

Sie bot sich, als die kleine Gesellschaft nach der Mahlzeit auf der Veranda Platz nahm. Der Abend war etwas kühl, aber Mr. Stepney fand Tücher und Pelze für die Damen, und er arrangierte die Stühle so geschickt, daß Lydia etwas abseits saß. Ein leiseres Gespräch mit ihr mußte auch den schärfsten Ohren unverständlich sein.

Jean unterhielt sich mit Mrs. Cole-Mortimer und ihrem Vater und rührte sich nicht, bis sie bei dem gedämpften Schein der Lampe über ihnen bemerkte, daß sich Marcus' Kopf vertraulicher seiner Nachbarin näherte. Jetzt stand sie auf und schlenderte zu ihnen hinüber.

Marcus verfluchte sie nicht; er hielt es für besser, seine Gedanken für sich zu behalten.

Höflich bot er Jean seinen Stuhl an und zog sich einen anderen heran.

»Weiß Miss Briggerland das schon?« fragte Lydia.

»Nein — ich hatte noch keine Gelegenheit, mit ihr darüber zu sprechen«, war seine freundliche Antwort.

»Darf ich es erzählen?«

»Aber selbstverständlich.«

»Mr. Stepney erzählte mir gerade von einer wundervollen Wette, die man morgen machen könnte. Direkt aufregend, Jean! Mr. Stepney ist sicher, daß ich ohne jedes Risiko fünf Millionen Franken gewinnen könnte.«

»Ausgenommen das Risiko einer Million, die Sie wahrscheinlich setzen müssen«, sagte Jean lächelnd. »Nun, werden Sie es wagen?«

Lydia schüttelte den Kopf.

»Erstens habe ich nicht soviel hier in Frankreich, und zweitens würde ich es auch nicht tun, wenn ich das Geld bei mir hätte.«

Jean lächelte über die Enttäuschung, die Mr. Marcus Stepney mannhaft zu verbergen suchte.

Später ging sie mit ihm im Garten auf und ab.

»Marcus«, begann sie, als sie sich außer Hörweite befanden, »Sie sind ein größerer Narr, als ich für möglich gehalten hätte.«

»Wieso?« fragte Marcus, der nicht in bester Laune war.

»So roh und gewöhnlich«, sagte sie verächtlich, »so offensichtlich — Hochstapelei. Für erbärmliche zwanzigtausend Pfund! Abgesehen davon, daß Sie ein junges Mädchen betrogen hätten —«

»Von Betrug kann keine Rede sein«, unterbrach er sie hitzig. »Ich sage Ihnen, Valdau macht unbedingt den Grand Prix.«

»Aber nicht, wenn Lydia auf ihn setzt«, erwiderte Jean trokken, »dann würde er unbedingt — ich weiß ja, wie es gemacht wird — zweiter werden. Sie würden untröstlich und Lydia um eine Million ärmer sein. Nein, Marcus, das ist ordinär.«

»Ich kann bald nicht weiter — wo soll ich das Geld hernehmen?« sagte er kurz, ohne auch nur den Versuch zu machen, seinen Beruf als Glücksritter oder seinen niederträchtigen Plan zu verleugnen.

»Ich habe über Sie nachgedacht, als Sie sich mit Lydia unterhielten — sagen Sie, Marcus, warum heiraten Sie sie nicht?«

Er blieb stehen und blickte betroffen auf sie hinunter.

»Lydia heiraten, Jean — sind Sie wahnsinnig geworden? Sie würde mich niemals heiraten.«

»Und warum denn nicht? Sie müssen es nur richtig anfangen!«

Er schwieg.

»Lydia hat sechshunderttausend Pfund, und zufällig weiß ich, daß sie zweihunderttausend in bar auf der Bank liegen hat.«

»Warum wollen Sie denn, daß ich sie heirate?« fragte er bedeutsam. »Was kommt denn für Sie dabei heraus?«

»Für mich? — An die zweihunderttausend auf der Bank kann man leicht heran, und sie würde Ihnen noch mehr geben —«

»Warum?«

»Um in die Scheidung einzuwilligen«, sagte sie kühl. »Ich kenne Sie sehr genau. Keine Frau könnte es lange mit Ihnen aushalten, ohne ihren Verstand zu verlieren.«

Er kicherte.

»Und dann soll ich Ihnen alles einhändigen?«

»Nein, nein«, verbesserte sie, »ich bin nicht gierig. Nach meiner Erfahrung haben die zu gierigen Menschen meistens Unannehmlichkeiten. Wer ›alles‹ haben will, erhält gewöhnlich die Schachtel, in der ›alles‹ einmal aufbewahrt wurde! Nein, ich bin mit der Hälfte zufrieden.«

Er setzte sich auf eine der Gartenbänke, und Jean folgte seinem Beispiel.

»Wie sollen wir das machen?« fragte er. »Ein Vertrag zwischen Ihnen und mir? Schön sorgfältig ausgearbeitet, schwarz auf weiß, unterzeichnet und gestempelt?«

Ihre melancholischen Augen blickten in die seinen.

»Ich vertraue Ihnen, Marcus«, sagte sie sanft. »Wenn ich Ihnen behilflich bin — und ich verspreche Ihnen, alles zu tun, was in meinen Kräften steht —, habe ich Vertrauen genug zu Ihnen, meinen Anteil zu erhalten.«

Mr. Marcus Stepney fingerte wichtig an Kragen und Krawatte herum.

»Ich habe noch niemals einen Freund hintergangen.« Er hustete leicht. »Menschen, die ehrlich mit mir spielen, werden auch ehrlich bedient.«

»Und das ist sehr verständig, wenigstens soweit mich das angeht«, sagte Jeans seidenweiche Stimme. »Denn falls Sie mir einen — Streich spielen wollen, würde ich der Polizei Namen und Adresse Ihrer Frau übermitteln, die ja noch lebt.«

Er schnappte wie ein Fisch nach Luft.

»Was — was?« stotterte er.

»Wollen wir nicht die Damen wieder aufsuchen?« fragte Jean spöttisch, stand auf und legte ihren Arm in den seinen.

Es gefiel ihr, wie dieser große, starke Mann an ihrer Seite zitterte.

Kapitel 21

Lydia hatte die Empfindung, schon jahrelang in dieser wundervollen Gegend zu leben — in Wirklichkeit waren erst drei Tage seit ihrem Eintreffen auf Cap Martin vergangen —, als Mr. Marcus Stepney ein regelmäßiger Besucher der Villa wurde.

Selbst nicht ganz einwandfreie Menschen gewinnen manchmal bei näherer Bekanntschaft und strafen den ersten Eindruck Lügen.

Mr. Stepney langweilte Lydia niemals. Er hatte einen unerschöpflichen Schatz von Anekdoten und Erinnerungen — nicht eine von ihnen im geringsten Grade anstößig oder fade; er war aber auch Sportsmann, soweit dies die Mode verlangte, und erschien an einem der nächsten Morgen, um Lydia bei ihrem ersten Bade im Mittelmeer Gesellschaft zu leisten.

Die öffentlichen Badeanstalten sind in Monte Carlo nicht vor Mai geöffnet, und Lydia fand das Wasser viel kälter, als sie angenommen hatte. Sie schwammen zu einem verankerten Floß hinaus, als Mr. Briggerland und Jean am Strande erschienen. Jean war direkt vom Haus im Badeanzug gekommen, und Lydia sah ihr bewundernd zu. Das junge Mädchen war eine ausgezeichnete Schwimmerin, sprang aus beinahe jeder Höhe in das Wasser und konnte es beunruhigend lange Zeit unter der Oberfläche aushalten.

»Ich hätte niemals geglaubt, daß Ihr kleiner Körper soviel Kraft und Energie besitzt«, sagte Lydia, als sich Jean mit einem freudigen Aufschrei neben sie auf das Floß zog und sich das Wasser aus den Augen wischte.

»Da oben sitzt jemand in den Büschen, der uns durch sein Glas beobachtet«, sagte Briggerland plötzlich. »Die Sonne spiegelt sich in den Linsen.« Er wies auf einen der Felsen, aber die beiden Mädchen konnten nichts entdecken.

Plötzlich sah Lydia einen Lichtstrahl in dem Grün der Blätter aufblitzen.

»Ich dachte, so etwas kommt nur in den humoristischen Zeitschriften vor«, sagte sie lächelnd und deutete mit dem Finger auf den versteckten Beobachter, aber Jean blieb ernst und durchforschte das helle Grün mit ihren Blicken.

»Vielleicht ein Besucher von Monte Carlo. Die Bewohner von Cap Martin sind viel zu gut erzogen, um sich etwas Derartiges zuschulden kommen zu lassen.«

Auf einen Blick seiner Tochter hin sprang Briggerland wieder ins Wasser und schwamm mit langen, kräftigen Stößen dem Ufer zu.

»Vater will sich die Sache genauer betrachten«, sagte Jean, »und — im Wasser ist es wirklich noch am wärmsten.« Wie ein Seehund ließ sie sich seitwärts in die blauen Fluten gleiten, tauchte bis zum Grund, und Lydia sah sie über den weißen Boden hinweggleiten. Jetzt schoß sie wieder herauf, schüttelte das Wasser vom Kopf, blickte um sich und tauchte von neuem.

In der Zwischenzeit — Lydias Aufmerksamkeit war durch Jeans Schwimmkünste gefesselt — hatte Briggerland das Ufer erreicht; er zog ein Paar Gummischuhe und den Bademantel an und begann, langsam durch die Büsche nach der Höhe zu steigen, von wo das Funkeln der Gläser gekommen war. Als Lydia sich umblickte, war er verschwunden.

»Wo ist Ihr Vater?« fragte sie Jean.

»Dort oben in den Büschen«, fiel Mr. Stepney ein. »Er wird sich wohl auf die Suche nach dem Neugierigen gemacht haben.«

Mr. Stepney war ungewöhnlich still. Das unerwartete Auftauchen von Mr. Briggerland und Tochter hatte ihm einen Teil seiner guten Laune geraubt.

»Kommen Sie ins Wasser, Marcus«, rief Jean und stieß sich mit dem Fuß ab. »Ich möchte einmal sehen, wie Mrs. Meredith taucht.«

»Ich?« rief Lydia überrascht. »Um keinen Preis! Nach Ihrer wunderbaren Leistung würde ich mich nur lächerlich machen.«

»Dann müssen Sie es lernen«, rief Jean. »Stellen Sie sich dicht an den Rand.« Lydia gehorchte.

»Ganz gerade stehen«, kommandierte Jean. »Beide Arme hoch über den Kopf — jetzt —«

Ein scharfer Knall, wie ein Peitschenknall, ließ sich vom Ufer hören, pfeifend sauste etwas an Lydias Kopf vorbei, traf einen der aufrechten Pfosten, zersplitterte eine Ecke und schlug wenige Meter weiter in die See ein.

Lydias Gesicht wurde leichenblaß.

»Was — was war denn das?« stammelte sie. Im gleichen Augenblick fiel ein zweiter Schuß, aber die Kugel mußte hoch über sie hinweggegangen sein. Dann drang ein Schmerzensschrei bis zu ihnen.

Jean wartete nicht länger. Mit hastigen Stößen schwamm sie dem Lande zu. Weniger der Schuß als der Schrei hatte sie beunruhigt, und ohne sich Zeit zu nehmen, Sandalen oder Mantel anzulegen, flog sie den schmalen Pfad empor, auf dem ihr Vater verschwunden war. Jetzt erreichte sie eine kleine Grasfläche, in deren Mitte zwei hohe Pinien wuchsen. Mit dem Rücken gegen einen der Bäume gelehnt, lag die zusammengesunkene Gestalt Mr. Briggerlands. Er atmete stoßweise, war aber bewußtlos. Eine häßliche Wunde zeigte sich an seinem Hinterkopf, und Badeanzug und Mantel waren mit Blut bedeckt.

Jean blickte sich nach dem Angreifer um. Keine Menschenseele war zu entdecken. Nur zwei glänzende Patronenhülsen im Grase sprachen von der Anwesenheit einer dritten Person.

Kapitel 22

Lydia erinnerte sich, nur zweimal in ihrem Leben ohnmächtig geworden zu sein, und beide Male im Lauf der letzten Wochen.

Niemals glaubte sie, die Strecke zwischen Floß und Ufer bezwingen zu können, als sie langsam mit Marcus zurückschwamm. Sie wagte gar nicht daran zu denken, mit welch knapper Not sie dem Tod entgangen war. Wer auch immer gefeuert haben mochte, der Schuß war auf sie gerichtet gewesen, hätte sie töten sollen. Sie glaubte immer noch den Luftzug der Kugel in ihrem Gesicht zu spüren.

»Wer, glauben Sie, kann das gewesen sein?« fragte Stepney,

als er ihr den Strand hinaufhalf. »Vielleicht Militärschießübungen?«

Sie schüttelte langsam den Kopf.

»So, so«, sagte Mr. Stepney sehr nachdenklich, und dann: »Wenn es Ihnen nichts ausmacht, laufe ich schnell hinauf und sehe nach, was vorgefallen ist.«

Er warf sich schnell seinen Mantel um und erreichte den Grasplatz, als Mr. Briggerland gerade die Augen öffnete und verwirrt um sich blickte.

»Helfen Sie mir, Marcus — schnell!« rief Jean.

»Warten Sie einen Augenblick!« Er zog ein seidenes Tuch aus der Tasche. »Erst verbinden!«

»Er hat viel Blut verloren«, sagte sie ruhig, »aber ich glaube nicht, daß der Schädel selbst verletzt ist. Ich habe ganz vorsichtig nachgefühlt.«

Mr. Stepney schauderte.

»Hallo!« sagte Briggerland mühsam. »Der hat mir aber eins versetzt!«

»Wer war es denn?« fragte das junge Mädchen.

»Weiß nicht«, stöhnte er. »Helfen Sie mir auf die Beine, Stepney.«

»Wei ist denn das passiert?«

»Lassen Sie ihn jetzt mit Ihren Fragen in Ruhe«, sagte Jean scharf. »Helfen Sie mir, ihn ins Haus zu bringen.«

Ein Arzt wurde gerufen und nähte die Wunde. Die Verletzung war nicht schwer und der Arzt auch nicht zu neugierig, wie sie entstanden war. In der Nähe Monte Carlos stoßen Ausländern manchmal merkwürdige Dinge zu, und Diskretion in jeder Beziehung kann den medizinischen Beratern nur zum Vorteil gereichen.

Erst am Nachmittag konnte Mr. Briggerland, bequem in Kissen gelehnt, einer mitleidigen Gesellschaft sein Abenteuer berichten.

»Ich hatte das Gefühl, irgend etwas stimmte da nicht«, begann er, »und kletterte vorsichtig nach oben. Plötzlich fiel ein Schuß, ganz dicht bei mir. Ich sprang durch die Büsche und sah, wie der Kerl noch einmal anlegte. Im selben Augenblick war ich schon auf ihm. Sie erinnern sich, der zweite Schuß ging sehr hoch.«

»Was für ein Mensch war es denn?« frage Stepney.

»Ich glaube, ein Italiener. Auf jeden Fall versetzte er mir mit dem Gewehrkolben einen furchtbaren Schlag — und dann weiß ich nichts mehr, bis Jean mich fand.«

»Glauben Sie, er hat auf mich geschossen?« fragte Lydia schaudernd.

»Ganz zweifellos«, antwortete Briggerland. »Ich sah doch, wie er auf Sie zielte.«

»Wie kann ich Ihnen nur danken«, rief das junge Mädchen. »Wie wundervoll von Ihnen, einen bewaffneten Menschen mit den Fäusten anzugreifen.«

Mr. Briggerland schloß die Augen und seufzte.

»Es ist nicht der Rede wert«, sagte er bescheiden.

Kurz vor dem Essen waren er und seine Tochter zum ersten Male nach dem Vorfall allein.

»Was ist vorgefallen?« fragte sie kurz.

»Ich hatte eine kleine Überraschung für dich vorbereitet, Kleine. Ein Plan von mir! Du behauptest doch immer, ich hätte Angst, und da wollte ich dir beweisen —«

»Was ist vorgefallen?« unterbrach sie schroff.

»Also gut — gestern morgen habe ich die ganze Sache vorbereitet. Das Gewehr, ein altes englisches, hatte ich schon vor längerer Zeit in Amiens einem Bauern abgekauft. Ich dachte, eines Tages könnte man es vielleicht gebrauchen, zumal der Mann noch ein Paket Patronen zugab. Und dann habe ich mir gestern morgen — ich konnte nicht mehr schlafen — alles überlegt. Ich kletterte auf den Hügel — das Land gehört übrigens zu dem leerstehenden Haus hier in der Nähe —, fand einen geeigneten Platz, versteckte das Gewehr, wo ich es leicht und schnell wiederfinden konnte, und band eine Brille so an einen Zweig, daß die Gläser von der Sonne getroffen werden mußten.«

»Und dann—?«

»Ich dachte, wir würden gestern schon baden, aber auch heute dauerte es geraume Zeit, bis jemand die Brillengläser entdeckt hatte. Aber sobald ich erst einmal einen Grund hatte, an Land zu gehen und nachzusehen, wer sich da versteckt haben mochte, war der Rest sehr einfach.«

Sie nickte.

»Darum solltе ich sie also auf dem Floß zurückhalten und sich aufrecht hinstellen lassen?«

Jetzt nickte Mr. Briggerland.

»Na, und —?«

»Ich lief auf die kleine Lichtung, nahm das Gewehr und zielte.

Ich bin immer ein guter Schütze gewesen —«

»Heute hast du davon wenig sehen lassen«, unterbrach sie ihn spöttisch. »Und dann erhieltest du, wie ich annehme, einen Schlag auf den Kopf.«

Er nickte und verzog das Gesicht; jede Bewegung seines Kopfes bereitete ihm große Schmerzen.

»Und wer war es?« fragte sie.

Er zuckte die Achseln.

»Frag doch nicht so dumm«, sagte er gereizt. »Ich weiß es nicht, fühlte nicht einmal den Schlag. Ich weiß nur noch, daß ich zielte, und auf einmal wurde alles dunkel um mich herum.«

»Und welche Erklärung würdest du gegeben haben, wenn alles so abgelaufen wäre, wie du es dir ausgemalt hattest?«

»Sehr einfach. Ich war doch auf der Suche nach dem Mann, dessen Gläser wir alle gesehen hatten — dann hätte ich eben einen Schuß gehört, mich durch das Gebüsch gearbeitet und nichts gefunden — nur das Gewehr!«

Jean biß sich nachdenklich auf die Lippen.

»Und du setztest dich der Gefahr aus, von einem Fremden oder einem Bauern gesehen zu werden, setztest dich der Gefahr aus, daß die Polizei da oben herumsucht und eine fahrlässige Tötung, so hätte es ja vielleicht aussehen können, in einen wohlüberlegten Mord umwandelt? Das nennst du Strategie?«

»Ich habe mir die größte Mühe gegeben«, brummte er.

»Tu das bitte nicht wieder, Vater, deine unüberlegte Tollkühnheit macht mir angst, und weiß der Himmel, ich hätte es nie für möglich gehalten, daß ich dich einmal tollkühn nennen würde.«

Mit diesen Worten verließ sie ihn. Die Heldenverehrung Mrs. Cole-Mortimers würde die kleine Wunde schon heilen, die sie seinem Selbstbewußtsein zugefügt hatte.

Der ›Unglücksfall‹ hielt sie alle an diesem Abend zu Hause, und Lydia war nicht traurig darüber. Eine geschnitzte Bank ist keine zu bequeme Schlafgelegenheit, und Lydia freute sich auf ein richtiges, behagliches Bett. Mit Mühe unterdrückte sie ihr Gähnen, bis sich schließlich Mr. Stepney gekränkt empfahl.

Die Nacht war wärmer geworden, der Föhn blies von den Bergen herunter, und die Luft in ihrem Zimmer war beklemmend. Lydia öffnete die große Fenstertür und trat auf den Balkon. Der Mond stand in seinem letzten Viertel, und sein gedämpftes Licht warf unheimliche Schatten in den großen Garten zu ihren Füßen.

Sie lehnte ihre Arme auf die Brüstung und blickte über die See hinweg auf die Lichter von Monte Carlo. Dann glitten ihre Augen über den Park — sie fuhr zusammen. Sie hätte darauf geschworen, im Schatten der Bäume eine Gestalt gesehen zu haben, und hatte sich auch nicht getäuscht.

Die Gestalt trat aus dem Gebüsch heraus, blickte nach rechts und links und schritt vorsichtig über den Rasenplatz. Erst glaubte sie, Marcus Stepney sei zurückgekommen, aber dann kam ihr der Gang des Mannes da unten so bekannt vor. Endlich blieb er unter dem Balkon stehen und blickte zu ihr empor. Lydia schrie leise auf. In dem ungewissen Mondlicht erkannte sie das eisgraue Haar und die buschigen Augenbrauen des Eindringlings.

»Alles in Ordnung, Miss«, flüsterte er heiser. »'s is bloß der alte Jaggs.«

»Ja, was machen Sie denn hier?« flüsterte sie zurück.

»'n bißchen uffpassen, Miss — nur ein bißchen rumsehen!« Und er hinkte in den Schatten zurück.

Kapitel 23

Der alte Jaggs war also in Monte Carlo! Was wollte er hier, und wie konnte er sich mit den Leuten verständigen, die nur französisch sprachen? Ihre Gedanken waren vollauf beschäftigt, bevor sie zu Bett ging.

Die Dämmerung lag noch über der grauen See, als Lydia erwachte. Sie blickte nach der Uhr. Viertel nach fünf. Warum sie plötzlich wach war, konnte sie sich nicht erklären, aber sie dachte mit einem kleinen Schauder an jenen trüben Morgen zurück, als sie sich einem entsetzlichen Tod gegenüber gesehen hatte.

Schlafen war unmöglich; sie schlüpfte in einen warmen Mantel und öffnete die Türen, die auf den Balkon führten. Der Morgen war viel kühler, als sie gedacht hatte, und schnell trat sie in das Zimmer zurück.

Die frischen, reinen Morgenstunden — wenn die ganze Welt

noch im Schlummer liegt und kein Geräusch, keine Bewegung die Gedanken ablenkt — sind für ein ruhiges Überlegen die günstigste Zeit.

Lydia dachte über die letzten Wochen ihres Lebens nach, und zum erstenmal wurde ihr so recht klar, welch ein Wunder sich ereignet hatte. Wie eine Legende aus alten Zeiten — der Sklave war frei geworden, die ringende Künstlerin eine reiche, große Dame. Gedankenlos spielte sie mit dem einfachen Goldreif an ihrer Hand — sie war verheiratet ... und Witwe! Und doch hatte sie das quälende Gefühl, trotz all ihres Reichtums noch nicht den Platz gefunden zu haben, der auf sie wartete. Die Cole-Mortimers und Briggerlands gehörten nicht zu der Idealwelt, die sie sich ausgemalt hatte, und sie selbst fühlte sich nirgends heimisch.

Unmutig zuckte sie die Achseln. Jetzt wanderten ihre Gedanken zu Jack Glover, versuchten dessen feindseliges Auftreten gegen die Briggerlands zu ergründen. Es erschien ihr unnatürlich, daß ein normaler junger Mensch eine so erbitterte Fehde gegen ein junges Mädchen führen sollte, dessen Schönheit ungeteilte Bewunderung einflößte — nur weil sie ihn zurückgewiesen hatte.

Der Gedanke, daß Jack Glover, ein Mann von so starkem Ehrgefühl, sich eine niedrige Handlung zuschulden kommen lassen könnte, war ihr unmöglich. Männer wie er greifen nicht ohne Veranlassung ein junges Mädchen an. Werden sie abgewiesen, so fügen sie sich stillschweigend. Es war beinahe undenkbar, daß Jack Glover keinen anderen Grund für seinen Haß auf Miss Briggerland haben sollte. Und doch war es ihr ebenso unmöglich, die Gründe, die er für sein Verhalten gegeben hatte, anzuerkennen. Wieder war sie auf dem toten Punkt angelangt. Bis zu einer bestimmten Grenze konnte sie an Jacks Urteil glauben — aber nicht darüber hinaus.

Sie badete, kleidete sich an und war schon im Garten, als die aufsteigende Sonne den östlichen Horizont vergoldete. Kein Mensch war zu erblicken, auch die eifrigsten der Dienstboten waren noch nicht aufgestanden, und langsam schlenderte sie die weite Auffahrt zur Straße hinunter. Als sie dort stehenblieb, erschien ein Mann aus dem Wäldchen jenseits der Straße und begann eilig in der Richtung nach Monte Carlo auszuschreiten.

»Mr. Jaggs!« rief sie.

Er beachtete ihren Ruf nicht, schien aber noch eiliger davonzuhinken. Lydia zögerte einen Augenblick und lief dann hinter ihm her. Bei dem Geräusch ihrer eiligen Tritte drehte er sich herum und blieb im Schatten eines Busches stehen. Er sah noch schmutziger als sonst aus; ein weicher Hut, der schon bessere Tage gesehen hatte, saß auf seinem Kopf, und seine Hände steckten in einem Paar ungleicher Handschuhe.

»Juten Morjen, Miss«, grunzte er.

»Warum laufen Sie weg, Mr. Jaggs?« fragte sie atemlos.

»Bin nich wegjeloofen, Miss.« Er blickte sie unter seinen dichten weißen Augenbrauen scharf an. »Nur so'n bißchen rumsehn!«

»Verbringen Sie all Ihre Nächte mit ›ein bißchen umsehen‹?« lächelte sie ihn an.

»Ja, Miss.«

In diesem Augenblick kam ein radfahrender Gendarm in Sicht. Bei ihnen angekommen, sprang er vom Rad.

»Guten Morgen, Madame«, begann er höflich, blickte dann auf ihren Begleiter. »Ist der Mann bei Ihnen angestellt? Ich habe ihn jetzt beinahe jeden Morgen aus Ihrem Grundstück herauskommen sehen.«

»O ja«, sagte sie hastig. »Er ist mein —«

Sie wußte nicht, was sie sagen sollte, aber der alte Jaggs half ihr aus der Verlegenheit.

»Ich mache die Besorgungen für Madame«, erklärte er zu Lydias Verwunderung in tadellosem Französisch, »und bin der Nachtwächter vom Hause.«

»Ja, ja«, brachte das junge Mädchen hervor, das sich kaum von seiner Überraschung erholen konnte. »Monsieur ist unser Nachtwächter.«

»Bien, Madame«, erwiderte der Gendarm. »Verzeihen Sie die Frage, aber es gibt jetzt sehr viel fremde Menschen hier in der Gegend.«

Sie sahen den Beamten davonfahren. Jaggs kicherte.

»Janz jutes Französisch, Miss. Nich wahr?« Und ohne ein weiteres Wort drehte er sich um und hinkte davon.

Sie blickte verblüfft hinter ihm her. Er verbrachte also jede Nacht im Garten oder irgendwo in der Nähe des Hauses! Es gab ihr ein eigenartiges Gefühl von Sicherheit und Ruhe, das zu wissen.

Als sie zurückkam, fand sie die Dienstboten schon auf und bei der Arbeit. Jean war nicht vor dem Frühstück sichtbar, und Lydia hatte so Gelegenheit, mit der französischen Haushälterin zu sprechen, die Mrs. Cole-Mortimer beim Mieten der Villa engagiert hatte. Sie erfuhr verschiedenes, was sie sofort weitererzählte, als Jean am Frühstückstisch erschien.

»Dem Gärtnerjungen geht es bedeutend besser, Jean.«

»Das weiß ich. Ich habe gestern im Krankenhaus angerufen und mich erkundigt.«

Lydia sah sie erstaunt an; das paßte nach ihrer Meinung so gar nicht zu dem jungen Mädchen.

»Die Mutter ist auch in der Isolierbaracke«, fuhr Lydia fort, »und Madame Souviet sagte mir, daß die arme Frau weder Geld noch Freunde habe. Vielleicht fahre ich heute mal hinaus und sehe zu, ob man irgend etwas für sie tun kann.«

»Lassen Sie das lieber, Lydia«, sagte Mrs. Cole-Mortimer nervös. »Wir können froh sein, daß der Kleine endlich weggeschafft worden ist, bevor wir vielleicht noch angesteckt wurden. Man geht doch solchen Dingen möglichst aus dem Wege. Fahren Sie lieber nicht zum Krankenhaus.«

»Ach Unsinn!« fiel Jean ein. »Wenn Lydia gern hinfahren möchte, sehe ich keinen Grund, warum sie das nicht sollte. Die Patienten auf den Isolierstationen kommen nie mit ihren Besuchern in Berührung. Ansteckungsgefahr ist da nicht zu befürchten.«

»Ich stimme mit Mrs. Cole-Mortimer überein«, brummte Briggerland. »Meiner Ansicht nach ist es töricht, sich unnötigen Gefahren auszusetzen. Lassen Sie sich raten, Lydia, und fahren Sie nicht.«

»Ich sprach heute morgen einen Gendarm«, wechselte Lydia das Thema. »Als er von seinem Fahrrad sprang, dachte ich schon, er wollte über die Schießaffäre mit mir reden. Sie haben sich doch mit der Polizei in Verbindung gesetzt?«

». . . hm . . .ja.« Mr. Briggerland blickte nicht von seinem Teller auf. »Selbstverständlich! Waren Sie in Monte Carlo?«

Lydia schüttelte den Kopf.

»Nein, ich konnte nicht schlafen und machte gerade einen Spaziergang, als er vorbeigefahren kam.« Sie erwähnte Mr. Jaggs nicht. »Die Polizei aus Monte Carlo scheint sehr entgegenkommend zu sein.«

»Sehr!« versetzte Briggerland trocken.

»Hat man denn einen Verdacht, wer der Täter sein könnte?« fragte Lydia, die in ihrer Harmlosigkeit bei einem Thema blieb, das Mr. Briggerland äußerst unangenehm war.

»Ja, die Polizei hat verschiedene Personen im Auge, aber ich möchte Ihnen doch raten, über den Vorfall nicht mit den Behörden zu sprechen. Ich habe ihnen nämlich erzählt«, Mr. Briggerland war auf einen guten Gedanken gekommen, »Sie wüßten gar nicht, daß man auf Sie geschossen hat. Wenn Sie nun darüber sprechen, machen Sie mich etwas lächerlich.«

Als Lydia und Mrs. Cole-Mortimer das Frühstückszimmer verlassen hatten, wandte sich Jean ihrem Vater zu.

»Hoffentlich siehst du jetzt langsam ein, wie unsinnig dein ganzer Plan war, der jetzt eine Lüge nach der anderen erfordert. Es ist gar nicht ausgeschlossen, daß Marcus in seiner Dummheit von der Geschichte in Monte Carlo gesprochen hat, und eines Tages werden wir Kriminalbeamte hier haben, die uns fragen, warum wir die Schießerei nicht angezeigt haben.«

»Ja, wenn ich so schlau wäre wie —«

»Aber das bist du nicht«, unterbrach Jean und legte sorgfältig ihre Serviette zusammen. »Du bist der — am wenigsten schlaue Mensch, den ich kenne.«

Kapitel 24

Lydia fand in ihrem Zimmer eines der Mädchen beim Aufräumen.

»Oh, Madame, ich habe ganz vergessen, Ihnen etwas zu sagen — hoffentlich werden Sie mir nicht böse sein.«

»Es ist kaum anzunehmen, daß ich an einem so wunderbaren Morgen böse sein kann«, antwortete Lydia freundlich.

»Es handelt sich nämlich um das hier« — das Mädchen griff in die Schürzentasche und zog einen kleinen, glänzenden Gegenstand heraus, den es Lydia hinreichte.

›Das hier‹ war ein kleines silbernes Kreuz, so klein, daß es mit einem Fünffrankstück bedeckt werden konnte, und durch langes Tragen abgegriffen.

»Als wir gestern morgen das Bettzeug — ich möchte nur wissen, wer diesen Streich ausgeführt hat — herausnahmen, haben wir das hier in den Laken gefunden. Niemand glaubte, daß das armselige Kreuz Ihr Eigentum sein könnte, bis mir heute morgen der Gedanke kam, es wäre vielleicht ein Andenken.«

»Das haben Sie in den Laken gefunden?« fragte Lydia überrascht.

»Ja, Madame.«

»Es gehört mir nicht, aber möglicherweise Mrs. Cole-Mortimer. Ich werde sie nacher fragen.«

Mrs. Cole-Mortimer war fromme Katholikin. Das kleine Kreuzchen konnte eines ihrer geweihten Andenken sein. Lydia steckte es in ihre Handtasche, vergaß aber, mit Mrs. Cole-Mortimer darüber zu sprechen.

Sie fuhr allein nach Nizza. Jean hatte es vorgezogen, zu Hause zu bleiben, und Lydia war über ein so seltenes Alleinsein nicht ungehalten.

Das Krankenhaus lag auf dem Gipfel eines Hügels, und Lydia hatte verschiedene Schwierigkeiten zu überwinden, um außerhalb der Besuchsstunden Einlaß zu erhalten. Nach dem Bericht des Oberarztes befand sich das Kind auf dem Wege der Besserung; die Mutter war noch immer in der Isolierbaracke.

»Darf man sie sehen?«

»Ja, Madame«, entgegnete der zuvorkommende Franzose. »Aber Sie dürfen natürlich nicht in ihre Nähe kommen. Es wird Ihnen fast wie ein Besuch im Gefängnis vorkommen, denn die Patientin steht hinter einem Gitter und Sie hinter einem anderen.«

Lydia wurde in einen Raum geführt, der wirklich an das Sprechzimmer eines Gefängnisses erinnerte. Er war zwar nicht durch zwei Eisengitter abgeteilt, aber zwei hohe Drahtnetze trennten den Besucher vom Patienten. Nach kurzer Zeit brachte eine Nonne die Gärtnersfrau herein, eine große, hagere Frau aus Marseille, die den verwirrenden Dialekt dieser Stadt sprach. Es verging einige Zeit, bis Lydia sich an die hastige, schwerverständliche Sprache gewöhnt hatte.

Ihrem Jungen gehe es ja, die heilige Jungfrau sei gepriesen, besser, aber sie selbst habe so schreckliche Sorgen. Kein Geld für die besondere Nahrung, die ihr verordnet sei, ihr Mann in Paris und schon seit Wochen keine Nachricht, und sie mit all den anderen Kranken zusammen; lebend werde sie hier nicht herauskommen, das wisse sie genau.

Lydia steckte durch das Drahtnetz der Nonne eine Fünfhundertfrankennote zu.

»Und Madame«, jammerte die Frau, »mein armer Kleiner hat das Geschnek der Hochehrwürdigen Mutter von San Supplice verloren! Das kleine Kreuz, das von Seiner Heiligkeit dem Papst selbst geweiht worden ist! Ich hatte meinem Jungen das Kreuzchen gelassen, damit er schneller geheilt würde, und jetzt ist es weg. Ich bin sicher, die Ärzte, die Diebe, haben es ihm weggenommen.«

»Ein Kreuz?« frage Lydia. »Was für ein Kreuz?«

»Ein silbernes, Madame; es war ja nichts wert — an Geld, und doch ist es unschätzbar. Der kleine Xavier —«

»Xavier?« fragte Lydia, die sich erinnerte, ein ›X‹ auf dem kleinen Schmuckstück gesehen zu haben, das man in ihrem Bett gefunden hatte. »Warten Sie einen Augenblick.« Sie öffnete ihre Handtasche und nahm das kleine Kreuzchen heraus, bei dessen Anblick die Frau in Freudentränen ausbrach.

»Das ist es, Madame! Das ist das Kreuz! Wie kann ich Ihnen danken, Madame! Mein Herz ist so voll —«

Der Arzt begleitete Lydia bis an den Wagen, aber sie hörte kaum auf seine Worte — ihre Gedanken waren mit dem Geheimnis beschäftigt, das den unscheinbaren Schmuck umgab.

Das Kreuz gehörte dem kleinen Xavier, war ihm von seiner Mutter in das Bett gelegt worden, als sie glaubte, er liege im Sterben — und war dann in ihrem, Lydias, Bett gefunden worden! Der Kleine mußte also in ihrem Bett gelegen haben! Ihr Fuß stand auf dem Trittbrett des Autos, als ihr ganz plötzlich die Bedeutung des nassen Bettes, der leeren Wasserstoffsuperoxyd-Flasche klar wurde. Xavier war in ihr Bett gelegt worden! Jemand mußte gewußt haben, daß ihr Bett infiziert worden war, hatte Wasser darauf gegossen, um zu verhindern, daß sie sich in das Bett legte. Aber wer? Der alte Jaggs!

Lydia stieg ein und fuhr die Grande Corniche entlang nach Cap Martin zurück.

Wer hatte das Kind in ihr Bett gelegt? Allein hätte es nicht von dem Häuschen im Garten bis in die Villa laufen können — das war ausgeschlossen.

Sie war schon beinahe in Cap Martin, als sie auf dem Boden des Autos ein Paket liegen sah. Sie ließ das Vorderfenster herunter und fragte den Chauffeur. Es war nicht Mordon, sondern ein Mann, den sie zusammen mit dem Wagen gemietet hatte.

»Das Paket ist vom Hospital, Madame«, antwortete er. »Der Portier fragte mich, ob ich von der Villa Casa käme. Es sei von dort etwas zum Desinfizieren geschickt worden; die Rechnung macht sieben Franken, und die habe ich bezahlt.«

Lydia nahm das Paket auf — die Adresse lautete ›Mademoiselle Jean Briggerland‹, und als Absender war das Krankenhaus angegeben.

Sie legte sich in die Kissen des Wagens zurück und schloß die Augen. Es war zu schwierig für sie, im Augenblick eine Lösung des Rätsels zu finden, aber sie war fest entschlossen, der Sache auf den Grund zu gehen.

Jean war nicht zu Hause, als sie zurückkam, und Lydia nahm das Paket mit auf ihr Zimmer. Sie versuchte, sich des Gedankens zu erwehren, daß wirklich ein so abscheuliches Verbrechen gegen sie versucht worden sein könne — und doch sprachen alle Anzeichen dafür. Es mußte irgendeine Erklärung für das Auffinden des kleinen Kreuzes in ihrem Bett gefunden werden. Möglicherweise hatte man es überhaupt erst gesehen, als die durchnäßten Laken schon entfernt worden waren.

Sie läutete nach dem Mädchen.

»Sagen Sie mal«, sprach Lydia sie an, »wo haben Sie das kleine Kreuz eigentlich gefunden?«

»In Ihrem Bett, Madame.«

»Bevor das Bettzeug weggebracht wurde oder nacher?«

»Vorher, Madame«, war die Antwort. »Als wir die Bettdecke zurückschlugen, lag es genau in der Mitte des Lakens.«

Lydia fühlte ihr Herz pochen.

»Danke bestens. Ich habe den Eigentümer des Kreuzes gefunden und es zurückgegeben.«

Sollte sie mit Jean darüber sprechen? Ihr erster Gedanke war, sich dem jungen Mädchen anzuvertrauen. Ihr zweiter ging zu dem alten Jaggs, aber wo konnte sie ihn finden? Er wohnte offenbar in der Nähe Monte Carlos, aber es war kaum anzunehmen, daß sein Name auf der Fremdenliste des kleinen Fürstentums zu finden war.

Sie war noch zu keinem Entschluß gekommen, als Marcus Stepney in der Villa erschien, um sie zum Lunch im ›Café de Paris‹ abzuholen.

Die ganze Angelegenheit war doch so gänzlich unwahrscheinlich, gehörte zu einer unwirklichen Welt — aber lebte sie selbst nicht schon die ganzen letzten Wochen in einer solchen unwahrscheinlichen Welt?

Kapitel 25

Mr. Stepney war ihr etwas nähergerückt. Noch vor einer Woche hätte sie den Gedanken von sich gewiesen, mit ihm zusammen den Lunch einzunehmen, aber jetzt lag die Sache ein wenig anders. Seine Ansichten über Dinge und Menschen waren vernünftiger, als sie erwartet hatte. Lydia glaubte, eine zynische Einstellung bei Stepney zu finden, mußte aber zu ihrer Überraschung feststellen, daß er im großen und ganzen harmlos freundlich dachte. Hätte sie Mr. Marcus Stepney so gut gekannt wie Jean, so hätte sie gewußt, daß er sein Verhalten völlig seiner Umgebung anpaßte. Er war ein Mann, dessen Kapital hauptsächlich in guter Kenntnis der menschlichen Natur und in seiner Geschicklichkeit bestand, allen zu gefallen. Er hätte nie versucht, sie zu verletzen oder zu erschrecken, und glich darin einem tüchtigen Verkäufer, der seine Kunden mit größter Zuvorkommenheit und Umsicht behandelt.

Und er hatte Waren zu verkaufen — an ihm lag es, daß sie dem Käufer gefielen. Und es war beinahe ebenso wichtig, daß der Kauf möglichst bald zum Abschluß kam. Mr. Stepney lebte von einer Woche zur anderen — was sich im nächsten Jahre ereignen konnte, interessierte ihn heute nicht ... Aber er mußte Lydia zu einem schnellen Entschluß treiben.

Beim Lunch erzählte er ihr seine Lebensgeschichte. Daß diese Lebensgeschichte ebenso wechselte wie seine Zuhörer, war selbstverständlich. In diesem Fall war es die Geschichte eines Mannes, der schwer zu kämpfen hatte, dessen Vater unter Hinterlassung großer Schulden gestorben war, eines Mannes, der die Bitterkeit des Daseins ausgekostet hatte. Jean hatte ihm den Lebensweg Lydias sehr genau geschildert, und Mr. Marcus Stepney hatte diese Mitteilungen für seinen eigenen Gebrauch verwendet.

»Wie eigenartig«, rief Lydia, »Ihr Leben ist beinahe so gewesen wie das meine.«

»Und ist das nicht bedeutungsvoll?« fragte Mr. Stepney, in dessen Ton eine leise traurige Note mitschwang. »Ich bin ein sehr einsamer Mensch — habe keine Freunde, mit Ausnahme der Bekanntschaften, die man in den Nachtklubs macht und auf den Plätzen, wo sich die sogenannten guten Kreise treffen; aber derartige Freunde bewegen sich gewöhnlich in einer gekünstelten Atmosphäre, die mich wirklich oft entmutigt.«

»Die Empfindung habe ich auch schon gehabt«, versetzte Lydia mitleidig.

»Wenn ich nur irgendwo Wurzeln schlagen könnte!« Er schüttelte langsam den Kopf. »Ein kleines Häuschen auf dem Lande, ein paar gute Pferde, etwas Landwirtschaft und — eine Frau, die mich versteht . . .«

Ein falscher Schachzug.

»Und ein paar Lieblingshühner, die überall hinter Ihnen herlaufen?« lachte Sie. »Nein, Mr. Stepney, in dieser Rolle kann ich Sie mir nicht vorstellen.«

Er senkte den Blick.

»Es tut mir leid, daß Sie eine solche Meinung von mir haben. Alle Welt hält mich für oberflächlich, für einen Müßiggänger, der an nichts anderem Interesse hat als an den Vergnügungen, die er dem Leben abgewinnen kann.«

»Und einem sehr annehmbaren Leben dazu«, versetzte Lydia kurz. Sie hatte bemerkt, daß eine sentimentale Note in die Unterhaltung kam, und hatte sie mit der besten Waffe vertrieben, die einer Frau zur Verfügung steht.

»Und jetzt erzählen Sie mir alles, was Sie über den marokkanischen Präsidenten wissen, der in Ihrem Hotel abgestiegen ist. Ich habe ihn neulich auf der Promenade bemerkt, und die Zeitungen schreiben ja jeden Tag über ihn.«

Mr. Stepney seufzte tief und teilte ihr auf dem Weg zu den Spielsälen mit, was ihm von dem gefürchteten Muley Hafiz bekannt war. Muley Hafiz war gerade zu dieser Zeit der Löwe der französischen Gesellschaft — sehr zum Ärger der spanischen Regierung, die auf seinen Kopf einen ansehnlichen Preis gesetzt hatte.

Mr. Marcus Stepney war nicht in bester Stimmung, als er Lydia wieder in die Villa Casa zurückbrachte, und Jean bemerkte sofort — Lydia war auf ihr Zimmer gegangen, um sich umzukleiden —, daß seine erste Bemühung um das junge Mädchen recht erfolglos gewesen war.

»Keine Aussicht auf Hochzeitsglocken, Jean«, sagte er.

»Sie lassen sich aber leicht entmutigen«, antwortete Jean, aber Mr. Stepney schüttelte den Kopf.

»Meine liebe Jean, ich kenne die Frauen genausogut wie meine eigene Hand, und ich kann Ihnen nur sagen, daß mit dem jungen Mädchen überhaupt nichts zu wollen ist. Ich bin doch kein Narr.«

Sie sah ihn überlegend an.

»Nein, Sie sind kein Narr und werden wohl kaum in einer solchen Angelegenheit einen Fehler begehen. Ich befürchte, Sie werden zu einem romantischeren Mittel greifen müssen.«

»Was wollen Sie damit sagen?«

»Sie müssen sie entführen, genau wie die Ritter des Mittelalters ihre Herzensdame entführten.«

»Die Ritter des Mittelalters hatten nicht vor Richtern und Geschworenen zu erscheinen und dann sieben Jahre für ihre Sünden in Dartmoor zu sitzen«, sagte er trocken.

Jean saß auf einem niedrigen Korbsessel und schnitzte mit einem kleinen silbernen Taschenmesser an einem Zweig herum — eine Lieblingsbeschäftigung Jeans, wenn sie ihre Gedanken konzentrieren wollte.

»Aber nicht all die schönen Damen des Mittelalters gingen zur Polizei«, sagte sie. »Einige von ihnen fühlten sich ganz glücklich mit ihrem Herrn und Gebieter — besonders diejenigen, die vor dem Gedanken zurückschreckten, daß ihr Unglück in den Sonntagszeitungen veröffentlicht werden könnte. Ich glaube, die meisten Frauen lieben es, beherrscht zu werden.«

»Denken Sie auch so, Jean?«

Seine Stimme klang anders, und hätte sie ihn angeblickt, würde sie ein eigenartiges Licht in seinen Augen gesehen haben.

»Nur eine Theorie«, antwortete sie, »die übrigens durch alle Jahrhunderte hindurch gültig geblieben ist.«

»Ich würde sie und ihr Geld fahrenlassen.« Er sprach schnell, beinahe zusammenhanglos. »Es gibt nur eine Frau für mich, Jean, und ich habe Ihnen das schon einmal gesagt.«

Er beugte sich zu ihr herab und ergriff ihren Arm.

Sie versuchte nicht, ihren Arm zu befreien.

»Nehmen Sie bitte Ihre Hand weg, Marcus.«

»Würde Ihnen das gefallen, Jean? Mein Gott, meine Seligkeit für Sie, Sie — kleine Teufelin!«

»Seien Sie vernünftig«, versetzte sie, aber es waren nicht ihre Worte, die ihn gehorchen ließen.

Zweimal fuhr sie bedächtig mit der scharfen Klinge des kleinen Messerchens über seinen Handrücken. Marcus sprang mit einem Schmerzensschrei zurück.

»Sie — Sie Bestie«, stammelte er.

Jean sah ihn lächelnd an.

»Geben Sie mir bitte Ihr Taschentuch; ich möchte ... mein Messerchen saubermachen.«

Sein Gesicht war grau, und er starrte sie sprachlos an.

Er rührte sich nicht, als sie das Tuch aus seiner Tasche zog, das Messer sorgfältig abwischte und in die Handtasche steckte und dann das Taschentuch in seine Seitentasche schob. Regungslos stand er und starrte sie an, während das Blut von seiner Hand herabtropfte. Erst als sie seinen Blicken schon entschwunden war, riß er das Taschentuch wieder heraus und band es sich um die Hand.

»Ein Teufelsweib«, flüsterte er heiser, beinahe in Tränen, »ein Teufelsweib!«

Kapitel 26

Als Jean Briggerland nach Hause kam, fand sie einen neuen Besucher in der Villa.

Jack Glover war, wie Lydia ihr erzählte, ganz unerwartet von London herübergekommen, und Jack begrüßte Jean mit außergewöhnlicher Liebenswürdigkeit.

»Sie können glücklich sein, in einem solchen Paradies zu leben«, sagte er. »Es regnet ständig in London; ich kann Ihnen gar nicht sagen, wie ungemütlich man sich fühlt. Und Sie sind braungebrannt und hübscher als je, Miss Briggerland.«

»Der Geist des sonnigen Südens ist in Ihr Blut gedrungen, Mr. Glover«, sagte sie sarkastisch. »Ein längerer Aufenthalt an der Riviera würde Sie beinahe menschlich machen.«

»Und was könnte Sie menschlich machen?« war Jacks schnelle Gegenfrage.

»Hoffentlich fangt ihr beide nicht wieder an zu streiten, sobald ihr euch seht«, rief Lydia.

Jean war überrascht durch die Veränderung, die mit Lydia vorgegangen war. Ihre Wangen zeigten frische Farbe, und ihre Stimme klang freudig erregt.

»Ich streite niemals mit Jack«, sagte mit jenem vertraulichen Ton, über den sich Lydia unweigerlich ärgerte. »Jack zieht alle Streitigkeiten an den Haaren herbei und läßt sie dann wieder fallen. Wie lange bleiben Sie hier?«

»Leider nur zwei Tage«, antwortete Jack, »dann muß ich wieder nach London zurück.«

»Haben Sie Mr. Jaggs nicht mitgebracht?« fragte Jean unschuldig.

»Ist er denn nicht hier?« rief Jack überrascht. »Ich habe ihn doch vor einer Woche herübergeschickt.«

»Also hier«, wiederholte Jean bedächtig. »Also hier ist er! Aber natürlich.« Sie nickte. Jetzt wurden ihr verschiedene Vorfälle klar. Der Unbekannte, der das Bett so sorgfältig mit Wasser übergossen hatte, der Unbekannte, der so plötzlich aufgetaucht war und ihren Vater zu Boden geschlagen hatte — das Rätsel war für sie gelöst.

»Oh, Jean«, rief Lydia. »Das hätte ich beinahe vergessen. Das Krankenhaus hatte mir doch ein Paket für Sie mitgegeben.«

»Das Krankenhaus?« wiederholte Jean. »Was für ein Paket?«

»Sachen, die Sie zum Desinfizieren geschickt hatten. Ich will es gleich holen.«

In wenigen Minuten war Lydia mit dem Paket zurück, das sie im Auto gefunden hatte.

»Ach ja«, sagte Jean gleichgültig, »jetzt erinnere ich mich. Es ist eine Decke, die ich der Gärtnersfrau geliehen hatte, als ihr Kind krank wurde.«

Sie gab das Paket einem der Mädchen.

»Bringen Sie es bitte auf mein Zimmer.«

Wenige Augenblicke später ging Jean gleichfalls nach oben. Das Paket lag auf ihrem Bett. Sie riß das Papier auf — und vor ihr lagen weiß und sauber der Staubmantel, den sie in jener Nacht getragen hatte, die Handschuhe, das seidene Halstuch und die Badekappe, die durch die Reinigung die Farbe etwas verloren hatte. Gedankenvoll blickte sie auf diese Dinge.

Dann ging sie langsam über eine Hintertreppe nach unten und

in den Keller, der durch zwei kleine vergitterte Fenster sein Licht empfing. Durch das eine hatte sie in jener Nacht das Bündel geworfen; sie konnte jeden Winkel des Kellers überblicken. Er war leer — wie sie auch erwartet hatte. Alles, was sie hinabgeworfen hatte, war von einem geheimnisvollen Unbekannten aufgelesen und in ihrem Namen zum Desinfizieren geschickt worden.

Sehr langsam und nachdenklich schritt sie die Kellerstufen wieder hinauf und trat in den Garten.

»Jaggs!« sagte sie halblaut. Ihre Stimme klang sanft. »Ich glaube, mein lieber Mr. Jaggs, der Himmel ist der geeignetste Aufenthalt für dich!«

Kapitel 27

»Wer waren denn diese wichtigen Herrschaften, mit denen Jean im Salon verhandelte?« fragte Jack Glover, als Lydias Wagen langsam die steile Straße noch La Turbie hinaufkletterte.

Lydia war bedrückt, und er hatte ihre Verstimmung bemerkt.

»Die arme Jean hat Sorgen«, sagte sie. »Wie es scheint, hat sie vor drei oder vier Jahren eine kleine, unbedeutende Affäre gehabt, und jetzt fängt der Mann an, sie mit Drohbriefen zu belästigen.«

»Arme Seele«, versetzte Jack trocken, »ich hätte angenommen, daß sie die Angelegenheit viel besser ohne Polizei regeln könnte. Es waren wohl Geheimpolizisten. Hat sie kürzlich wieder einen Brief erhalten?«

»Ja, heute morgen — gestern abend in Monte Carlo abgesandt.«

»Da fällt mir übrigens ein: Ist Jean gestern abend nicht auch in Monte Carlo gewesen?« fragte Jack Glover.

Sie sah ihn vorwurfsvoll an.

»Wir alle sind in Monte Carlo gewesen. Seien Sie doch nicht so abscheulich, Mr. Glover. Sie wollen doch wohl nicht behaupten, Daß Jean diesen niederträchtigen Brief selbst geschrieben hätte?«

»War er denn so niederträchtig?«

»Ein schrecklicher Brief — man drohte ihr, sie zu töten. Mr. Briggerland glaubt jetzt, daß die Person, die mich neulich beinahe getötet hätte, in Wirklichkeit auf Jean schießen wollte.«

»Was Sie nicht sagen«, sagte Jack etwas ironisch. »Ich habe überhaupt nichts davon gehört, daß man auf Sie geschossen hat — das klingt ziemlich beunruhigend.«

Lydia erzählte ihm den Vorfall. Aber Jack äußerte sich nicht dazu.

»So, nun erzählen Sie mal die spannende Geschichte von Jeans Todfeind weiter. Wer ist es denn?«

»Sie kennt seinen Namen nicht, war nur einmal in Ägypten mit ihm zusammengetroffen — ein älterer Herr, der ihr ständig überallhin folgte und sie nicht in Ruhe ließ.«

»Kennt seinen Namen nicht, was?« wiederholte Jack kurz. »Sehr bequem!«

»Sie sind direkt gehässig«, sagte Lydia hitzig. »Das arme Mädel, sie war heute morgen so verzweifelt; ich habe sie noch nie in einer solchen Verfassung gesehen.«

»Und wird die Polizei sie nun auf Schritt und Tritt bewachen? Und hat dieser unmögliche Mr. Marcus Stepney auch damit zu tun? Ich habe ihn heute morgen wie einen verwundeten Helden, den Arm in einer Schlinge, spazierengehen sehen.«

»Er hat sich seine Hand verletzt; Mr. Stepney wollte mir ein paar wild wachsende Blumen auf dem Gipfel des —«

Jacks schallendes Gelächter unterbrach sie, und Lydia blickte ihn entrüstet an.

»Sie sind — Sie sind — impertinent«, fuhr sie ihn wütend an. »Ich bedaure es außerordentlich, daß ich Ihre Begleitung überhaupt angenommen habe.«

»Und ich bedaure, mich so kindisch benommen zu haben«, entschuldigte sich der junge Anwalt, »aber der Gedanke erschien mir zu lächerlich, diesen tadellosen Mr. Stepney in Zylinder und Cut wilde Blumen für Sie pflücken zu sehen.«

»Er trägt keinen Zylinder und Cut in Monte Carlo«, widersprach ihm Lydia heftig. »Wir wollen uns ein anderes Gesprächsthema wählen als meine Freunde.«

»Ich habe ja überhaupt noch nicht begonnen, über Ihre Freunde zu sprechen — und, bitte, versuchen Sie nicht, Ihrem Chauffeur zu sagen, daß er wenden soll — die Straße ist viel zu schmal, und er würde mit dem Wagen schon über den Abhang hinweg sein, bevor Sie überhaupt wüßten, was eigentlich los ist . . . Es tut mir leid, wirklich sehr leid, Mrs. Meredith, aber ich glaube beinahe, Jean hat recht, wenn sie behauptet, daß mir der sonnige Süden in den Kopf gestiegen ist. Ich bin wirklich ein bißchen hysterisch — ja, das muß es sein. Das liegt bei uns in der Familie«, schwatzte er weiter; »ich habe 'ne Tante, die in Ohnmacht fällt, wenn sie Erdbeeren sieht, und einen Onkel, dem es genauso geht, wenn eine Katze in sein Zimmer kommt.«

»Hoffentlich besuchen Sie den nicht zu oft«, sagte sie bedeutungsvoll.

»Das haben Sie mir gut gegeben. Aber ich muß wirklich den alten Jaggs warnen, daß man ihn nicht irrtümlicherweise für Jeans älteren Lotario hält. Augenscheinlich hat Jean es darauf abgesehen, dem armen alten Jaggs ein ungemütliches Ende zu bereiten.«

»Warum denken Sie eigentlich so schlecht über Jean?« fragte sie, als sie in La Turbie einfuhren.

»Weil ich eine verbrecherische Veranlagung habe«, antwortete er schnell. »Dieselbe Veranlagung wie Jean Briggerland; nur habe ich einen heiligen Respekt vor Gesetz und Ordnung und ein gesundes Empfinden für Recht und Unrecht. Es gibt Leute, die unglücklich wären, wenn sie einen einzigen Penny besäßen, der nicht ehrlich erworben wäre; und dann gibt es wieder andere, die sind glücklich, solange sie nur Geld haben — wie, woher, ist Nebensache. Ich gehöre zu den ersteren, und Jean — ich weiß wirklich nicht, was Jean glücklich machen könnte.«

»Und was würde Sie glücklich machen? Jean?«

Jack beantwortete diese Frage erst, als sie auf der Veranda des ›National‹ saßen und auf ihren Lunch warteten.

»Jean?« sagte er, als ob diese Frage erst in diesem Augenblick gestellt worden wäre. »Nein, ich möchte Jean nicht haben. Sie ist wundervoll, Mrs. Meredith, wirklich ganz wundervoll. Ich ertappe mich selbst dabei, wie ich in unbeschäftigten Augenblicken an sie denke. Und je mehr ich an sie denke, um so größer wird mein Erstaunen. Lukrezia Borgia war, verglichen mit Jean, ein armes kleines Waisenkind.«

»Also Jean ist Ihrer Überzeugung nach eine Mörderin?«

Sie stellte diese Frage in übertriebenem Ernst, aber Jack lächelte nicht.

»Ganz sicher — auf jeden Fall in Gedanken. Ich weiß nicht, ob sie selbst schon jemand umgebracht hat, aber geplant hat sie schon mehr als einen Mord.«

Lydia seufzte und lehnte sich geduldig in ihren Stuhl zurück.

»Sie wollen also immer noch behaupten, daß sie schwarze Pläne gegen mein junges Leben hat?«

»Ich behaupte es nicht nur, sondern ich kann Ihnen beweisen, daß innerhalb der letzten vier Wochen vier Anschläge auf Ihr Leben verübt worden sind.«

»Also wollen wir die Sache doch einmal endgültig klarstellen«, rief sie. »Nummer eins?«

»Der Vorfall in der Berkeley Street.«

»Wollen Sie mir erklären, durch welches Wunder das Auto gerade im richtigen Moment erscheinen konnte?«

»Sehr einfach«, lächelte er. »Der alte Briggerland stand auf den Stufen vor dem Hause und zündete sich eine Zigarette an. Die Flamme war, wie Jaggs mir erzählte, auffallend hell. Das war das Signal für den Chauffeur des Autos! Der zweite Versuch wurde mit der Unterstützung des wahnsinnigen Arztes unternommen; Briggerland hatte ihn aus der Anstalt entführt und in Ihr Haus gebracht. Auf irgendeine Weise hat er einen Schlüssel von Ihnen in die Hände bekommen, wahrscheinlich mit Jeans Hilfe. Hat sie niemals mit Ihnen über Schlüssel gesprochen?«

»Nein«, antwortete das junge Mädchen, »sie —« Sie unterbrach sich. Ihre Unterhaltung mit Jean über die drei Schlüssel fiel ihr plötzlich ein.

»Sind Sie wirklich ganz sicher?« fragte Jack, der sie genau beobachtet hatte.

»Es ist möglich, daß wir gelegentlich davon gesprochen haben.« Lydia wurde ungeduldig. »Und Nummer drei?«

»Nummer drei war der Versuch«, Jack sprach sehr langsam, »Ihr Bett mit den Bazillen einer entsetzlichen Krankheit zu infizieren.«

»Und Jean sollte das getan haben?« rief Lydia ungläubig. »O nein, das ist doch unmöglich!«

»Das Kind war in Ihrem Bett. Jaggs hat es dort liegen sehen und dann zwei Eimer Wasser über das Bett gegossen, um es Ihnen unmöglich zu machen, darin zu schlafen.«

Eine Zeitlang schwieg sie.

»Und der vierte Versuch war — die Schießerei?«

Er nickte.

»Glauben Sie mir nun?« fragte er.

Aber Lydia schüttelte den Kopf.

»Nein, ich glaube es nicht. Ich sehe, Sie haben alles zusammengetragen, was die arme Jean belasten könnte, und ich bin auch überzeugt, daß Sie glauben, im Recht zu sein.«

»Und das stimmt auch.«

Er nahm einen Feldstecher, der vor ihm auf dem Tisch lag, und sah nach der Straße, die von der See heraufführte. »Mrs. Meredith, ich möchte Sie um etwas bitten. Und wenn Sie meinem Wunsch nachgekommen sind, wäre es mir lieb, wenn Sie mit Jean Briggerland darüber sprechen würden.«

»Und was wäre das?«

»Ich möchte, daß Sie Ihr Testament machen. Es ist mir gleichgültig, wem Sie Ihr Vermögen hinterlassen.«

Sie schnitt eine leichte Grimasse.

»Ein Testament machen? Der Gedanke ist mir nicht sehr angenehm.«

»Es wird noch viel unangenehmer für Sie werden, wenn Sie es nicht tun«, sagte er bedeutungsvoll. »Die Briggerlands sind Ihre gesetzlichen Erben, das wissen Sie doch.«

Sie blickte schnell zu ihm hinüber.

»Das meinen Sie also? Sie glauben, daß alle diese — Vorfälle nur den einen Zweck hatten, mich aus dem Wege zu räumen, damit sie in den Besitz meines Geldes gelangen könnten?«

Er nickte, und Lydia sah ihn verwundert an.

»Wenn Sie nicht ein so — dickköpfiger Anwalt wären, könnte man Sie für einen völlig weltfremden Schriftsteller halten. Aber wenn ich Ihnen damit einen Gefallen tun kann, will ich mein Testament machen. Ich habe nicht die geringste Idee, wem ich mein Geld vermachen könnte. Ich habe doch wohl eine ganze Menge?«

»Sie besitzen genau hundertsechzigtausend Pfund in bar, und darüber muß ich auch mit Ihnen sprechen. Die Summe ist der Ertrag einiger Grundstücksverkäufe, die gerade zur Abwicklung kamen, als Sie das Vermögen erbten. Das Geld liegt auf Ihrem Konto auf der Bank, und jeder, der Ihre Unterschrift beibringen kann, ist in der Lage, jeden Penny dieses Geldes abzuheben. Bei der Gelegenheit möchte ich Ihnen gleich sagen, daß wir auf so etwas vorbereitet sind und daß jeder größere Scheck erst meinem Teilhaber oder mir vorgelegt wird, ehe er zur Auszahlung kommt.«

Und wieder hielt er den Feldstecher vor die Augen und suchte die Krümmungen der Straße ab.

»Erwarten Sie jemand?«

»Ich warte auf Jean«, war seine grimmige Antwort.

»Aber wir haben sie doch —«

»Daß wir sie im eifrigen Gespräch mit dem Polizeibeamten zurückließen, bedingt noch lange nicht, daß sie nicht auch hierherkommen wird, um uns etwas im Auge zu behalten. Jean kann mich nicht besonders gut leiden, wie Sie wissen, und unser Tête-à-tête wird ihr höchst unangenehm sein.«

Man servierte die Suppe, und ihre Unterhaltung wurde für kurze Zeit unterbrochen. Als der Kellner wieder abgeräumt hatte, fragte das junge Mädchen: »Und was soll ich mit dem Geld anfangen? Es wieder anlegen?«

»Selbstverständlich«, erwiderte Jack, »aber das Wichtigste ist, erst einmal ein Testament zu machen.«

Er blickte sich auf der leeren Veranda um, auf der sie als einzige Gäste saßen. Von der Veranda aus führten zwei Türen in den Salon des Hotels, und es fiel ihm auf, daß die eine jetzt nur angelehnt war. Beide waren von dem Kellner geschlossen worden, das wußte er genau.

»Wenn nun jemand einen von mir unterzeichneten Scheck der Bank vorlegt«, fragte sie, »was geschieht dann?«

»Wenn er über eine große Summe lauten würde, ist der Bankier angewiesen, uns zu benachrichtigen, und wahrscheinlich würde einer von uns zur Bank fahren. Wenn dann Rennett oder ich den Scheck für einwandfrei erklären, wird er ausgezahlt. Sie können aber versichert sein, daß ich die Echtheit der Unterschrift mit größter Sorgfalt prüfen würde.«

Und dann sah sie, wie er sich starr aufrichtete und wie seine Augen an der Tür hafteten.

Jack wartete einen Augenblick, stand dann leise auf, ging schnell auf die Tür zu und stieß sie auf ...

Ihm gegenüber stand lächelnd Jean Briggerland.

Kapitel 28

»Wie kommen Sie denn hierher?« fragte Lydia überrascht.

»Ich war in Nizza«, erwiderte das junge Mädchen gleichgültig. »Die Kriminalbeamten mußten dorthin, und ich habe sie hingefahren.«

»Ach so«, sagte Jack, »Sie sind also über die andere Straße hierhergekommen? Ich habe mich schon gewundert, daß ich Ihr Auto nicht gesehen hatte.«

»Sie erwarteten mich also, stimmt es nicht?« lächelte sie, setzte sich an den Tisch und suchte sich einen Pfirsich aus. »Ich bin erst in diesem Augenblick angekommen und war gerade im Begriff, die Tür zu öffnen, als Sie mir beinahe den Kopf eingeschlagen hätten. Was Sie für ein gewalttätiger Mensch sind, Jack! Ich muß Sie wirklich auch in meinen Romanen bringen.«

Glover hatte seine Selbstbeherrschung wiedergefunden.

»Zu all Ihren Verbrechen fügen Sie jetzt auch noch das hinzu, Romane zu schreiben?« sagte er gutgelaunt. »Was ist denn das für ein Buch, Miss Briggerland?«

»Der Titel ist ›Verdächtig‹«, war ihre kühle Antwort, »es wird die Geschichte einer verkannten Seele sein.«

»Ach so, also ein humoristischer Roman«, Jack war bewußt begriffsstutzig. »Ich wußte nicht, daß Sie eine Art Lebensgeschichte schreiben wollen.«

»Aber erzählen Sie mir doch davon, Jean, das ist ja furchtbar interessant«, rief Lydia. »Das erste Wort, das ich davon höre.«

Jean schälte bedächtig ihren Pfirsich und lächelte vergnügt vor sich hin.

Zwei Jahre habe ich gebraucht, bis ich mich endlich dazu entschließen konnte, und ich werde den Roman unserem Freunde Jack widmen. Vor drei oder vier Tagen habe ich begonnen. Sehen Sie sich mal mein Handgelenk an!«

Sie hielt ihre schöne Hand zu Lydia hinüber.

»Ein hübsches Handgelenk«, lachte Lydia, »aber warum soll ich es ansehen?«

»Wenn Sie ein geschultes Auge hätten«, versetzte das junge Mädchen, das sich wieder mit seinem Pfirsich beschäftigte, »würden Sie die kleine Anschwellung bemerken . . . eine Folge vom Schreibkrampf.«

»Die Episode Ihres älteren Verehrers muß doch allein schon ein sehr gutes Kapitel ergeben«, warf Jack ein, »und dann noch ein anderes, daß Kapitel der Unglücksfälle — die müssen doch auch hinein?«

Sie blickte nicht auf.

»Entmutigen Sie mich doch nicht ganz und gar«, sagte sie etwas traurig. »Ich muß doch irgendwie Geld verdienen.«

Was hatte sie gehört? Diese Frage beschäftigte Jack die ganze Zeit über, und er war innerlich verzweifelt, als er sah, wie wenig Einfluß seine Warnung auf Lydia gehabt hatte. Frauen sind geborene Schauspielerinnen, aber in diesem Augenblick verstellte sich Lydia nicht. Sie hatte eine ehrliche Zuneigung zu Jean gefaßt, und Jack sah sehr gut, daß sie alle seine Warnungen als übertrieben und grundlos in den Wind schlug.

Eine Bestätigung dieser Meinung gab ihm Lydia noch selbst, als er sich vor der Villa Casa von ihr verabschiedete. Es gibt kleine Unterlassungssünden, die recht bedeutungsvoll sind, und als Lydia ihn seiner Wege gehen ließ, ohne ihn zum Essen einzuladen, wußte er, daß er in Ungnade gefallen war.

»Wann fahren Sie nach London zurück?« fragte sie.

»Morgen früh, und ich glaube kaum, daß es mir möglich sein wird, noch einmal vorzusprechen.«

Sie bereute ein wenig ihre Unfreundlichkeit, aber Jack hatte sie geärgert, und je überzeugender er gesprochen hatte, um so mehr wurde ihr Widerspruchsgeist gereizt. Noch eine Frage hatte er an sie zu richten, aber er zögerte.

»Und das Testament —«, begann er, brach aber sofort ab, als er den abwehrenden Ausdruck in ihrem Gesicht bemerkte.

Jack war ein sehr verdrießlicher junger Mann, als er zum ›Hôtel de Paris‹ zurückfuhr, und kaum war er gegangen, so bereute Lydia schon ihre Schroffheit. Jack Glover war ihr lieber, als sie sich selbst zugeben wollte, und obwohl er sich nur zwei Tage in Cap Martin aufgehalten hatte, fühlte sie sich etwas vereinsamt, als er gegangen war. Und seine merkwürdigen Ansichten über Jean! Sie schob sie energisch beiseite. Und doch —

Jean ließ Lydia allein, beobachtete sie, wie sie ziellos im Garten auf und ab schlenderte, ahnte etwas von dem, was im Innern des jungen Mädchens vor sich ging. An diesem Abend empfahl sich Lydia ziemlich frühzeitig, ein anderes bedeutungsvolles Zeichen, das Jean sehr gut bemerkte, aber sie hielt das junge Mädchen auch nicht zurück. Sie wollte mit ihrem Vater sprechen.

Verdrossen hörte Mr. Briggerland zu, während Jean ihm erzählte, was sie im Salon des Hotels erlauscht hatte. Sie war schon weit über eine Viertelstunde dort gewesen, bevor sie von Jack entdeckt worden war.

»Ich dachte mir schon lange, daß er ihr zureden würde, ein Testament zu machen«, sagte sie, »und wenn sie auch jetzt davon nichts wissen will, wird sie doch schließlich seinem Rat folgen. Ich glaube aber, wir haben kaum noch eine ganze Woche für uns.«

»Ich nehme an, dein Plan ist wie gewöhnlich fix und fertig«, brummte Mr. Briggerland. »Was hast du vor?«

»Ich habe eigentlich drei Pläne«, sagte Jean nachdenklich. »Zwei gefallen mir besonders gut, weil wir sie ohne Hilfe einer dritten Person verwirklichen können.«

»Ein Plan, bei dem noch ein anderer mithelfen sollte?« fragte Briggerland überrascht. »Ich dächte, ein so geschicktes Mädel wie du —«

»Verschwende deine Ironie nicht mir gegenüber«, erwiderte Jean ruhig. »Die dritte Person, an die ich gedacht hatte, war Marcus Stepney«, und sie berichtete ihrem Vater die Unterhaltung, die sie mit dem Spieler gehabt hatte. Mr. Briggerland zeigte wenig Enthusiasmus.

»Ein Dieb wie Marcus wird sich schon vorm Zahlen drücken, und wenn er dich lange genug hinhalten kann, kannst du hinter deinem Gelde herpfeifen. Und übrigens hat ein Mensch wie er nicht viel Sorge vor einer Anklage wegen Bigamie.«

Jean, die zusammengekauert in einem großen Sessel lag, blickte unter ihren Augenwimpern zu ihrem Vater empor und lachte.

»Er soll Lydia auch gar nicht heiraten, aber ich mußte ihn doch irgendwie ködern, weil er mir in anderer Weise vielleicht noch nützlich sein kann.«

»Woher hat er denn die beiden Wunden über dem Handrükken?« fragte Mr. Briggerland plötzlich.

»Frage ihn doch. Marcus fängt an, etwas ungebärdig zu werden; ich dachte, er habe sich endlich klargemacht, daß ich nicht für die Ehe geschaffen bin. Besonders nicht für die Ehe mit einem Mann, der seinen Lebensunterhalt mit Falschspiel erwirbt.«

»Aber ich bitte dich, Kleine«, rief ihr Vater.

»Tu doch nicht so entsetzt«, rief sie spottend. »Du weißt doch ebensogut wie ich, auf welche Weise Marcus lebt.«

»Der Junge hat dich mächtig gern.«

»Der Junge ist beinahe sechsunddreißig«, sagte sie kurz. »Und diese Art von Jungen sagt mir nicht sonderlich zu. Er kann nützlich sein, das ist alles.« Sie stand auf, reckte die Arme und gähnte.

»Ich gehe auf mein Zimmer und will noch ein wenig an meinem Roman arbeiten. Du paßt doch bestimmt gut auf Mr. Jaggs auf?«

»Woran willst du arbeiten?« wiederholte er.

»An dem Roman, den ich schreibe und der, wie ich annehme, Aufsehen erregen wird.«

»Was ist denn das nun wieder?« fragte Briggerland mißtrauisch. »Ein Roman? Ich wußte nicht, daß du dich mit solchem Unsinn beschäftigst.«

»Es gibt eine Unmenge sehr wichtiger Dinge, von denen du nichts weißt, mein lieber Vater«, sagte sie und ließ ihn verblüfft stehen.

Aber diesmal täuschte Jean ihn nicht. Ein Schreibtisch war in ihrem Zimmer aufgestellt worden, und ein dicker Stoß Schreibpapier wartete auf sie. Jean zog sich einen bequemen Kimono an, setzte sich mit einem leichten Seufzer an den Tisch und begann zu schreiben. Gegen halb drei suchte sie die beschriebenen Bogen zusammen und las sie noch einmal mit einem halb verächtlichen Lächeln durch. Sie war gerade im Begriff, zu Bett zu gehen, als ihr einfiel, daß ihr Vater noch auf seinem Beobachtungsposten war. Leise ging sie nach unten und klopfte an die Tür des Eßzimmers, die sich sofort öffnete. Das Zimmer lag im Dunkeln.

»Warum klopfst du denn?« flüsterte er grollend. »Du hast mir einen mächtigen Schreck eingejagt.«

»Ich zog es vor anzuklopfen, um nicht erschossen zu werden. Hast du etwas gesehen oder gehört?«

Die Glastüren des Speisesaals standen offen. Ihr Vater war im Mantel und hatte in seinem Arm ein Gewehr, wie sie bei dem ungewissen Licht bemerkte, das von außen hereinfiel.

»Nichts«, sagte er. »Der alte Mann ist heute nicht gekommen.«

»Eigentlich habe ich mir das gedacht«, nickte sie.

»Aber wie kann ich denn auf ihn schießen, ohne daß es nachher Unannehmlichkeiten gibt?«

»Sei doch nicht so töricht«, versetzte Jean. »Weiß denn die Polizei nicht ganz genau, daß ein älterer Mann mein Leben bedroht hat, und würde es dann so merkwürdig sein, wenn du auf jemand schießt, den du um das Haus herumschleichen siehst?«

Sie nagte vorwurfsvoll an ihren Lippen.

»Ja, ich glaube, du kannst ruhig zu Bett gehen. Heute nacht kommt er nicht. Dafür aber morgen.«

Sie ging in ihr Zimmer zurück und legte sich zu Bett.

Lydia hatte nicht mehr an Jeans Roman gedacht, bis sie sie am nächsten Vormittag an einem kleinen Tischchen auf dem Rasen eifrig schreiben sah. Es war erst Februar, aber Wind und Sonne waren warm, und Lydia glaubte, niemals ein so schönes Gemälde gesehen zu haben wie das junge Mädchen dort, das inmitten des blühenden Gartens saß.

»Störe ich Sie?«

»Ganz und gar nicht.« Jean legte die Feder nieder und rieb sich ihr Handgelenk. »Das kann mich wirklich ärgern, ich komme gerade zu einer so interessanten Stelle, und mein Handgelenk macht mir scheußliche Schmerzen.«

»Kann ich etwas für Sie tun?«

Jean schüttelte den Kopf.

»Ich sehe eigentlich nicht, wie Sie mir helfen könnten. Höchstens — aber nein, das kann ich nicht verlangen!«

»Worum handelt es sich denn?« fragte Lydia.

Jean zog nachdenklich die Brauen zusammen.

»Vielleicht könnten Sie es ja doch tun, aber ich möchte es eigentlich nicht von Ihnen verlangen. Sehen Sie, Liebste, ich muß ein Kapitel beenden, es soll heute noch nach London gehen. Es liegt mir viel daran, ein Urteil über meine Arbeit von einem Bekannten von mir — er ist Schriftsteller — zu erhalten, aber — nein, damit kann ich Sie doch nicht belästigen.«

»Was ist es denn nun?« lächelte Lydia. »Ich bin sicher, daß Sie nichts Unmögliches von mir verlangen werden.«

»Ich hatte den Gedanken, daß Sie vielleicht nach meinem Diktat schreiben könnten. Es handelt sich ja nur noch um zwei oder drei Seiten«, sagte das junge Mädchen halb zuredend. »Gerade jetzt hat mich mein Roman so sehr gepackt, daß es direkt eine

Schande wäre, wenn ich nicht weiterschreiben könnte.«

»Aber gern will ich das machen«, sagte Lydia. »Ich kann zwar nicht stenografieren, aber das macht doch wohl schließlich nichts?«

»Nein, im Gegenteil, es ist mir sogar ganz angenehm, so schnell kann ich nun doch nicht denken.«

»Wovon handelt es denn?«

»Von einem jungen Mädchen«, erzählte Jean, »das eine große Geldsumme gestohlen hat —«

»Das scheint ja sehr spannend zu sein!« lächelte Lydia.

»... und nach Amerika geflohen ist. Sie genießt ihr Leben, aber immer wieder bedrückt sie der Gedanke an ihr Vergehen. Und endlich entschließt sie sich zu verschwinden, aber die Menschen sollen annehmen, sie habe sich das Leben genommen, sich ertränkt. In Wirklichkeit geht sie ins Kloster. Ich bin gerade bei der Stelle, wo sie ihrem Freund Lebewohl sagt. Wollen Sie sich wirklich von mir quälen lassen?«

»Ich habe mich noch niemals auf eine Arbeit so gefreut wie jetzt«, versetzte Lydia.

Sie setzte sich und nahm den Bleistift, der auf dem Tisch lag.

Jean schlenderte nachdenklich auf dem Rasen hin und her, kam dann zurück und begann langsam zu diktieren.

Wort für Wort schrieb Lydia die aufregende Beschreibung der Gewissensbisse des jungen Mädchens, und jetzt kam die Episode, wo die Heldin den Brief an ihren Freund schreibt.

»Nehmen Sie ein neues Blatt«, sagte Jean; Lydia befand sich auf der Mitte des Bogens. »Ich will da selbst noch etwas einfügen, wenn meine Hand besser ist. Nun schreiben Sie bitte:

›Mein lieber Freund!
Ich weiß nicht, wie es mir möglich ist, Ihnen einen solchen Brief zu schreiben. Ich hatte die Absicht, Ihnen schon neulich, als ich Sie das letztemal sah, zu erzählen, wie unglücklich ich bin. Ihr Verdacht schmerzt mich weniger als Ihre Kenntnis des einen, so bedeutenden Ereignisses in meinem Leben, das nun zu einer unerträglichen Bürde für mich geworden ist. Mein Geld hat mir keine Freude gemacht. Ich habe einen Mann kennengelernt, den ich liebe, aber mit dem eine Verbindung, wie ich sicher weiß, unmöglich ist. Wir sind entschlossen, zusammen zu sterben. — Leben Sie wohl!‹«

»Aber Sie sagten doch, sie wolle verschwinden«, unterbrach Lydia.

»Ich weiß«, nickte Jean. »Sie will ja doch nur den Anschein erwecken —«

»Ach so, ich verstehe schon«, sagte Lydia. »Diktieren Sie weiter.«

»›Vergeben Sie mir den Schritt, den ich vorhabe, den Sie sicherlich als Feigheit betrachten werden, und versuchen Sie, mir ein gutes Andenken zu bewahren. Ihre Freundin —‹

Ich weiß jetzt wirklich nicht«, Jean schürzte nachdenklich ihre Lippen, »ob sie ihren Namen darunter setzen soll oder vielleicht nur die Anfangsbuchstaben.«

»Wie heißt sie denn?«

»Laura Martin. Schreiben Sie nur ›L. M.‹«

»Das sind ja auch meine Initialen«, bemerkte Lydia. »Noch etwas?«

»Ich glaube, das ist für jetzt genug. Ich kann nicht sehr gut diktieren, und Sie haben sehr viel Geduld mit mir gehabt.«

Sie suchte sorgfältig die Bogen zusammen und legte sie in eine kleine Mappe.

»Wissen Sie was, wir wollen heute nachmittag ins Kasino fahren und spielen«, rief Jean. »Ich möchte ein bißchen Abwechslung haben.«

»Aber Ihr Roman? Wollten Sie den nicht noch absenden?«

»Mit dem werde ich mich noch in meinen vier Wänden beschäftigen, und wenn mir das Handgelenk brechen sollte«, rief Jean vergnügt. Sie nahm die Mappe mit auf ihr Zimmer, verschloß die Tür und zog die beschriebenen Bogen hervor. Sorgfältig legte sie das Blatt beiseite, das den Abschiedsbrief enthielt. Die übrigen Bogen packte sie zusammen und brachte sie zu einem abgelegenen Teil des Grundstückes, wo sie einen nach dem anderen verbrannte.

Als Lydia in Begleitung Marcus Stepneys vom Bade zurückkam, trafen sie Jean vor der Tür der Villa.

»Übrigens, Lydia, möchte ich Sie um Jack Glovers Adresse in London bitten.«

Die drei gingen zusammen in das Haus. »Wollen Sie sie mir bitte aufschreiben, hier ist ein Bleistift.« Sie nahm vom Schreibtisch einen Briefumschlag, auf den Lydia in all ihrer Unschuld die gewünschte Adresse schrieb.

In ihrem Zimmer steckte Jean den mit ›L. M.‹ unterzeichneten Brief in den adressierten Umschlag und verschloß ihn sorgfältig. Und in diesem Augenblick war Lydia Meredith dem Tode näher als an jenem Nachmittag, als der Chauffeur Mordon mit seinem großen Fiat auf den Bürgersteig der Berkeley Street gefahren war.

Kapitel 29

Am Abend des folgenden Tages erhielt Lydia ein Telegramm von Jack Glover, das ihr seine Ankunft in London mitteilte.

»Das muß doch eigentlich ein angenehmes Gefühl für Sie sein, Lydia«, sagte Jean, als sie das Telegramm sah, »jemand in London zu haben, der Ihre Interessen wahrnimmt — so eine Art Schutzengel — und dann noch einen anderen Schutzengel, der um Ihre Wohnung in Cap Martin herumschleicht?«

»Sie meinen Jaggs? Haben Sie ihn gesehen?«

»Nein, leider nicht«, sagte das junge Mädchen sanft. »Aber ich möchte es sehr gern. Wissen Sie, wo er in Monte Carlo wohnt?«

Lydia schüttelte den Kopf.

»Hoffentlich bekomme ich ihn zu Gesicht, bevor ich abreise«, sagte Jean. »Er muß wirklich ein interessanter alter Herr sein.«

Mr. Briggerland war es, der als erster Lydias Wächter erspähte. Mr. Briggerland hatte den größten Teil des Tages geschlafen und war gegen ein Uhr morgens ungewöhnlich wach, als er mit dem Gewehr im Arm in seinem Pelzmantel auf der Veranda saß. Viele geheimnisvolle Schatten waren über den Rasenplatz geglitten, aber immer mußte er feststellen, daß es weiter nichts war als die Schatten der schwankenden Äste.

Aber um zwei Uhr sah er aus dem kleinen Gehölz eine Gestalt auftauchen, die sich im Schatten der Gebüsche langsam auf das Haus zu bewegte. Er feuerte nicht, weil es auch einer der Polizeibeamten sein konnte, die versprochen hatten, die Villa Casa im Auge zu behalten.

Leise erhob sich Mr. Briggerland und glitt unhörbar in seinen Gummischuhen bis an das dunklere Ende der Terrasse. Es war wirklich der alte Jaggs; er irrte sich nicht. Ein gebeugter Mann, der vorsichtig über den Rasen zu nach der Rückseite des Hauses hinkte. Mr. Briggerland legte an und zielte sorgfältig . . .

Die beiden jungen Mädchen hörten den Schuß; Lydia sprang aus dem Bett und lief auf den Balkon.

»Alles in Ordnung, Mrs. Meredith«, ließ sich Briggerlands Stimme hören. »Ich glaube, es war ein Einbrecher.«

»Sie haben ihn doch nicht verletzt?« Lydia erinnerte sich mit Angst an die nächtlichen Wanderungen des alten Jaggs.

»Wenn ich ihn auch getroffen habe, entkommen ist er auf jeden Fall. Er muß sich auf die Erde geworfen haben.«

Jean flog im Morgenrock die Treppe hinunter.

»Hast du ihn erwischt?« fragte sie leise.

»Ich hätte darauf schwören können«, erwiderte er flüsternd, »aber der alte Teufel muß etwas gemerkt haben.«

Er hörte, wie Jean heftig atmete.

»Mach bloß keine Geschichten deswegen, Jean. Ich konnte es nicht ändern.«

»Du konntest es nicht ändern!« fauchte sie ihn an. »Du hattest ihn vor der Mündung deines Gewehrs und läßt ihn laufen! Denkst du vielleicht, er wird sich jemals wieder hier sehen lassen? Du — Narr!«

»Nun hör mal zu, meine liebe Jean, das geht mir ein bißchen zu weit —«, begann Mr. Briggerland, aber sie riß ihm das Gewehr aus der Hand, blickte schnell auf den Hahn und lief über den Rasen auf die Bäume zu.

Es hatte sich dort jemand versteckt. Sie fühlte das mit all ihren Sinnen. Plötzlich sah sie eine gebückte Gestalt, riß das Gewehr an die Schulter, aber bevor sie noch abdrücken konnte, wurde es ihr aus der Hand geschlagen.

Ihre Lippen öffneten sich zu einem Hilferuf, aber eine schwere Hand legte sich auf ihren Mund, riß sie herum, daß sie mit dem Rücken gegen den Angreifer fiel. Im nächsten Augenblick legte sich der andere Arm wie eine Klammer um ihren Hals.

»Sag schnell noch ein Gebet«, flüsterte eine Stimme in ihr Ohr, und der Druck auf ihren Hals verstärkte sich.

Verzweifelt wehrte sie sich, aber der Mann hielt sie fest — wie ein Kind — in seinen Armen.

»Du wirst sterben«, zischte es in ihr Ohr. »Wie gefällt dir der Gedanke?«

Und die Finger um ihren Hals krampften sich mehr und mehr zusammen. Vergeblich rang sie nach Luft. Ihre Pulse klopften, und in ihrem Herzen war eine wilde, wahnsinnige Sehnsucht nach dem Leben, gepaart mit unfaßbarem Entsetzen. Sie vernahm noch ganz schwach die Stimme ihres Vaters, der nach ihr rief, und dann verlor sie das Bewußtsein.

In Lydia Merediths Armen kam Jean wieder zu sich. Sie öffnete die Augen und sah das besorgte Gesicht ihres Vaters über sich gebeugt. Ihre Hand tastete nach der Kehle.

»Wie — wie komme ich denn hierher?« fragte sie und versuchte sich aufzurichten.

»Ich war auf der Suche nach dir und fand dich besinnungslos auf der Erde«, erklärte Mr. Briggerland mit schwankender Stimme.

»Hast du den Mann gesehen?«

»Nein, und du? Was ist denn eigentlich vorgefallen?«

»Nichts, gar nichts.« Jean nahm den Rest ihrer Selbstbeherrschung zusammen. »Ich muß ohnmächtig geworden sein. Daß ich mich so albern aufführen konnte!« Sie versuchte zu lächeln.

Unsicher stand sie auf und fühlte wieder an ihren Hals. Lydia beobachtete sie.

»Hat er Sie verletzt?« fragte sie besorgt. »Es ist sicherlich nicht Jaggs gewesen.«

»Aber nein«, lächelte Jean, »Jaggs kann es nicht gewesen sein. Ich glaube, ich lege mich lieber wieder hin.«

Aber sie konnte nicht wieder einschlafen. Zum erstenmal in ihrem so außergewöhnlichen Leben hatte sie Furcht kennengelernt, hatte mit Schaudern die eisige Hand des Todes gespürt. Und immer wieder fühlte sie diesen Schauder, den sie nicht unterdrücken konnte. Sie stand wieder auf, schaltete das Licht aus und trat ans Fenster. Sie wußte, dort unten in der Dunkelheit war ihr Feind.

»Ich fange an, meine Fassung zu verlieren«, murmelte sie.

Es erschien Lydia Meredith unbegreiflich, daß im Äußeren Jean Briggerlands nichts von den Abenteuern in der Nacht zu bemerken war, als sie am nächsten Morgen zum Frühstück herunterkam. Ihre Augen waren klar, ihr Gesicht rosig wie gewöhnlich und ihre feine Ironie genauso witzig wie sonst.

Lydia badete an diesem Morgen nicht, und Mr. Stepney hatte

seine Fahrt nach Cap Martin vergebens gemacht. Ebensowenig hatte sie Neigung, mit ihm zusammen am Nachmittag das Kasino zu besuchen, und Marcus Stepney fing an, sich langsam klarzumachen, daß er seine Zeit unnütz vergeudete.

Jean fand Lydia im Garten. Das junge Mädchen schrieb eifrig und machte auch kein Hehl aus der Art ihrer Arbeit.

»Sie setzen ein Testament auf? Was für ein schrecklicher Gedanke!« sagte Jean und stellte die Tasse Tee, die sie Lydia herausgebracht hatte, auf den Tisch.

»Nicht wahr?« Lydia verzog das Gesicht. »Und noch dazu eine so mühselige Arbeit, Jean. Mit Ausnahme von Ihnen und Mr. Glover kenne ich niemand, dem ich mein Geld hinterlassen möchte.«

»Um Himmels willen, nur mir nicht, sonst denkt vielleicht Jack, daß ich alles versuche, um Ihnen ein vorzeitiges Ende zu verschaffen«, lachte Jean. »Aber warum wollen Sie überhaupt ein Testament machen?«

Die Frage war unnötig, aber Jean war neugierig, welche Antwort sie erhalten würde. Zu ihrer Überraschung wich Lydia der Frage aus.

»Das macht man doch in allen guten Kreisen«, sagte Lydia gutgelaunt. »Aber das Schlimme ist, ich habe nicht das geringste Interesse für irgendeine wohltätige Stiftung. Ich kenne nicht einmal den Namen eines Hundeheimes und möchte übrigens, auch wenn ich ihn wüßte, mein Geld einem solchen Unternehmen nicht verschreiben.«

»Setzen Sie doch Jack Glover als Erben ein«, riet Jean, »oder vielleicht die Rettungsbootgesellschaft.«

Lydia warf mißmutig den Federhalter auf den Tisch.

»Was für ein Unsinn, an solch einem wunderbaren Tag ein Testament aufzusetzen und Anweisungen zu geben, wo man beerdigt zu werden wünscht. Brrr . . . Jean«, fragte sie plötzlich, »war es Mr. Jaggs, den Sie im Garten gesehen hatten?«

Jean schüttelte den Kopf.

»Ich habe niemand gesehen. Ich war auf der Suche nach dem Einbrecher; die Aufregung muß etwas zu groß für mich gewesen sein, und ich fiel dummerweise in Ohnmacht.«

Aber Lydia war noch nicht zufriedengestellt.

»Ich verstehe Mr. Jaggs selbst nicht«, begann sie, aber Jean unterbrach sie mit einem leichten Aufschrei.

Lydia blickte auf und sah, wie ihre Augen blitzten und ihre Lippen sich in einem leichten Lächeln kräuselten.

»Aber natürlich«, sagte Jean halblaut. »Er schlief doch regelmäßig in Ihrer Wohnung, stimmt das nicht?«

»Ja, warum?« fragte Lydia überrascht.

»Oh, was für eine Närrin ich bin, was für eine unglaubliche Närrin!« rief Jean, die einen Augenblick ihre gewohnte Ruhe verlor.

»Ich sehe zwar nicht ein, warum Sie eine Närrin sein wollen, aber vielleicht erzählen Sie es mir.«

Aber Jean lachte statt jeder Antwort.

»Lassen Sie sich nicht stören und machen Sie Ihr Testament fertig, und wenn Sie das hinter sich haben, fahren wir ins Kasino und wollen versuchen, die Glücksnummern zu erwischen. Die arme Mrs. Cole-Mortimer fühlt sich auch ein wenig vernachlässigt, wir sollten uns doch wirklich etwas mehr mit ihr beschäftigen.«

Der Tag und die Nacht verstrichen ohne irgendein unerwartetes Ereignis. Am Abend hatte Jean noch eine kurze Rücksprache mit ihrem französischen Chauffeur und verschwand dann in ihrem Zimmer.

Als Lydia an ihre Tür klopfte, um ihr ›gute Nacht‹ zu wünschen, erhielt sie keine Antwort.

Der Morgen graute, als der alte Jaggs verstohlen aus dem Gebüsch heraustrat, vorsichtig die Straße auf und ab blickte und dann langsam in der Richtung nach Monte Carlo davonschlurfte. Die einzigen Lebewesen, denen er begegnete, waren ein Esel, schwer mit Gemüse beladen, und ein barfüßiger Junge, der ihn führte.

Jaggs war ungefähr eine Meile gelaufen, als er scharf nach rechts einbog und dann einen engen und steilen Saumpfad hinaufkletterte, der zur Bergstraße nach La Turbie führte. Der Junge mit dem Esel ging die Hauptstraße nach der Grande Corniche weiter. Einige Häuser lagen an der Seite der Straße, oft direkt am Abhang, und ihre Fenster blickten Hunderte von Fuß hinunter. Der Eseltreiber blickte in das Tal hinab und bemerkte von Zeit zu Zeit den alten Mann, der unterdessen den Saumpfad verlassen hatte und einen Hügel hinaufkletterte. Sein Ziel war ein verfallenes Häuschen, das an einer der scharfen Kurven der

Straße lag, und der kleine Eseltreiber sah ihn in einer Kelleröffnung verschwinden. Langsam trieb er sein Grautier weiter, bis er endlich das gleiche Haus von der Straße aus erreichte. Er hielt an, knüpfte die Leine an einen Pfosten und klopfte zaghaft.

Eine gutmütige Bäuerin öffnete die Tür und schüttelte den Kopf, als sie die Waren sah, mit denen der Esel beladen war.

»Ich brauche nichts, mein Junge«, sagte sie. »Ich habe meinen eigenen Garten; du bist doch nicht von Monaco?«

»Nein, Signora«, erwiderte der Junge und zeigte mit einem freundlichen Grinsen seine Zähne. »Ich bin von San Remo, aber ich wohne jetzt in Monte Carlo, um Gemüse für meinen Onkel zu verkaufen, und der hat mir gesagt, daß ich hier vielleicht Unterkunft finden könnte.«

Sie blickte ihn unentschlossen an.

»Ich habe ein Zimmer, das ich dir geben könnte, mein Junge, obgleich ich Italiener eigentlich nicht gern habe. Du mußt mir einen Franken pro Nacht zahlen und kannst deinen Esel in der Scheune von meinem Schwager unterbringen — etwas weiter rauf.«

Sie führte ihn ein paar ausgetretene Stufen hinunter in einen winzigen Raum, dessen Fenster auf das Tal hinausging.

»Hier wohnt noch einer«, sagte die Bäuerin. »Ein alter Mann, der den Tag über schläft und nachts ausgeht. Aber er ist ein anständiger Mann«, fügte sie in Verteidigung ihres Mieters hinzu.

»Wo schläft er denn?« fragte der Junge.

»Da!« Die Frau wies auf eine Tür auf der anderen Seite des schmalen Treppenabsatzes. »Er ist gerade nach Hause gekommen, wie ich höre«, und sie lauschte an der Tür.

»Können Sie mir vielleicht das Geld wechseln?« Der Junge hielt ihr eine Fünfzigfrankennote hin, und die Frau zog überrascht die Augenbrauen in die Höhe.

»Solch ein Vermögen!« sagte sie gutgelaunt. »Ich hätte nicht gedacht, daß ein kleiner Junge wie du soviel Geld haben könnte.«

Sie lief nach oben in ihr eigenes Zimmer.

Der Junge wartete, bis ihre schweren Fußtritte auf der Treppe verklangen, und versuchte dann, vorsichtig die Tür des anderen Mieters zu öffnen. Mr. Jaggs hatte sich nicht eingeriegelt; der Lauscher stieß die Tür vorsichtig auf und blickte hinein. Was er sah, mußte ihn zufriedenstellen, denn er schloß sie schnell wieder. Als sich die Tritte des alten Jaggs der Tür näherten, sprang der Eseltreiber eiligst die Treppe empor.

»Ich komme später noch einmal«, sagte er, nachdem er das Wechselgeld erhalten hatte. »Ich muß erst mit meinem Esel nach Monte Carlo hinunter.«

Die Bäuerin blickte dem Jungen und dem Grautier nach und begann ihrem schlafenden Mieter das Frühstück zu bereiten.

Aber der kleine Gemüsehändler ging nicht nach Monte Carlo. Er schlug denselben Weg ein, den er gekommen war, und wenige hundert Meter vor dem Eingang der Villa Casa tauchte Mordon, der Chauffeur, auf und nahm ihm die Zügel aus der Hand.

»Haben Sie herausbekommen, was Sie wollten, Mademoiselle?«

Jean nickte. Unbemerkt betrat sie das Haus durch den Wirtschaftseingang. In ihrem Zimmer legte sie die schwarze Perücke ab und machte sich daran, die dunkle Farbe aus ihrem Gesicht zu entfernen. Sie war von ihrer Morgenarbeit befriedigt.

»Bitte beschäftige dich den ganzen Tag mit Mrs. Meredith«, war der Auftrag, den sie ihrem Vater auf der Treppe zuflüsterte. Sie hatte noch viel zu erledigen. Zuerst fuhr sie zum ›Hôtel de Paris‹ und verschaffte sich dort unter dem Vorwand, einen Brief zu schreiben, einige Bogen und Umschläge des Hotels. Dann mietete sie eine Schreibmaschine, die sie mit in die Villa Casa nahm. Beinahe eine Stunde lang arbeitete sie in ihrem Zimmer, bis der Brief beendigt war. Auch die Unterschrift nahm sehr viel Zeit in Anspruch. Jean hatte lange in Lydias kleinem Schreibtisch zu suchen, bis sie endlich einen Brief von Jack Glover fand — aber diese Unterschrift war bei weitem nicht so einfach wie die Lydias. Und aus Lydia Merediths Scheckbuch wurde vorsichtig aus der Mitte ein Blatt herausgetrennt. Am gleichen Nachmittag fuhr der Chauffeur Mordon nach Nizza; um neun Uhr abends verließ er das Flugzeug in Paris. Am folgenden Morgen wurde bei Mr. Rennett in London ein dringender Brief abgegeben — allerdings nicht von dem Chauffeur persönlich.

Mordon kannte viele Leute in London, und unter ihnen befand sich eine kleine Französin, die den Brief Mr. Charles Rennett überbrachte. Es war ein Brief, der den alten Herrn veranlaßte, sich wiederholt den Kopf zu kratzen, bis er schließlich einen Bogen nahm und an den Direktor von Lydias Bank schrieb: »Der Scheck ist in Ordnung. Bitte auszahlen.«

Kapitel 30

»Böse Krankheiten verlangen böse Mittel!« sagte Jean Briggerland.

Ihr Vater blickte von seinem Buch auf.

»Was hast du denn heute morgen wieder Lydia erzählt?« fragte er. »Daß Glover spielt? Er war doch nur einen Tag hier.«

»Er war lange genug hier, um eine Menge Geld verlieren zu können«, erwiderte Jean. »Natürlich hat er nicht gespielt, infolgedessen auch nicht verloren. Es war nur eine kleine harmlose Bermerkung von mir — man kann nie wissen, wozu das einmal gut sein kann.«

»Hast du denn Lydia aufgebunden, daß er schwer verloren hat?« fragte er schnell.

»Ich bin doch nicht närrisch. Selbstverständlich nicht! Ich habe nur davon gesprochen, daß beinahe alle jungen Leute die gleichen Dummheiten machen und daß eine Spielernatur ohne Rücksicht auf Beruf und gesellschaftliche Stellung ihrer Leidenschaft schließlich doch die Zügel schießen läßt.«

Mr. Briggerland rieb sich das Kinn. Es gab Zeiten, wo Jeans Pläne weit über sein Begriffsvermögen hinausgingen — und die geistige Anstrengung, die seine Tochter manchmal von ihm verlangte, war ihm verhaßt. Nur eines wußte er genau. Jede englische Post brachte Rechnungen und dringende Geldforderungen. Er scheute sich, die Möglichkeiten, die ihm die Zukunft bot, genauer zu betrachten. Mr. Briggerland war in der unglücklichen Lage eines Mannes, der zahlreiche Pensionäre zu unterhalten hat: Männer und Frauen, die ihm in verschiedenster Weise behilflich gewesen waren und deren Treue voll und ganz von der Regelmäßigkeit seiner Zahlungen abhing.

»Schließlich fange ich auch noch an zu spielen«, sagte er stirnrunzelnd. »Wenn du es nicht fertigbringst, irgendwoher zwanzigtausend Pfund in bar aufzutreiben, werden wir in Schwierigkeiten kommen, Jean.«

»Ja, glaubst du denn, das weiß ich nicht?« fragte sie verächtlich. »Gerade weil ich weiß, daß wir Geld so dringend nötig haben, mußte ich mich zu einem mir sehr unangenehmen Schritt entschließen.«

Erschrocken hörte er zu, während sie ihm erzählte, auf welche

Weise sie sich Geld verschaffen wollte.

»Wir geben uns immer mehr in Mordons Hand«, sagte er kopfschüttelnd. »Und das fängt an, mir Sorgen zu machen.«

»Über Mordon brauchst du dir keine Gedanken zu machen.« Ein grausames Lächeln umspielte ihren Mund. »Mordon und ich wollen heiraten.«

Während sie sprach, betrachtete sie aufmerksam die Spitzen ihrer kleinen Schuhe.

Mr. Briggerland sprang auf.

»Was!« kreischte er. »Einen Chauffeur heiraten? Einen Menschen, den ich in der Gosse aufgelesen habe? Du bist verrückt! Der Kerl ist ein Schuft, der schon mehr als einmal den Galgen verdient hat.«

»Na — und wer hat das nicht?« Sie blickte unschuldig zu ihm empor.

»Es ist unglaublich. Es ist Wahnsinn! Wenn ich je hätte denken können —« Es verschlug ihm die Stimme.

Mordon wurde gefährlich. Jean wußte das besser als ihr Vater.

»Nach dem kleinen ›Unfall‹ in der Berkeley Street fing er schon an, lästig zu fallen«, sagte Jean. »Was sagtest du . . . wir geben uns mehr und mehr in seine Hand? Das ist richtig; er hat schon einige Anspielungen gemacht und — das gefällt mir nicht. Als er anfing, etwas — zärtlich zu werden, mußte ich mich fügen. Das war immerhin noch angenehmer, als von ihm verraten zu werden. Ob er das getan hätte, weiß ich nicht, aber höchstwahrscheinlich doch.«

»Wann soll denn dieses interessante Ereignis stattfinden?« fragte Mr. Briggerland mit finsterem Gesicht.

»Meine Hochzeit? In zwei Monaten, glaube ich. Wann ist denn eigentlich Ostern? Weißt du, diese Art Leute verheiratet sich vorzugsweise zu Ostern. Ich habe ihn gebeten, unser Geheimnis zu bewahren und es vor allen Dingen nicht dir gegenüber zu erwähnen. Ich hätte auch nicht davon gesprochen, wenn du nicht die Abhängigkeit erwähnt hättest, in der wir uns Mordon gegenüber befinden.«

»In zwei Monaten?« nickte Mr. Briggerland. »Laß mich wissen, wann du die Sache beendigt sehen willst«, sagte er entschlossen.

»Es wird sehr bald zu Ende sein. Mach dir bitte keine Kopfschmerzen darüber! Und noch eins, Vater: Wenn du heute nacht wieder Mr. Jaggs im Garten sehen solltest, bitte, schieße nicht auf ihn. Der Mann ist außerordentlich nützlich.«

Ihr Vater ließ sich auf den Stuhl fallen.

»Jetzt verstehe ich dich überhaupt nicht mehr«, sagte er hilflos.

Mordon bewohnte zwei Zimmer über der Garage, die von Jeans Zimmer aus zu überblicken war. Spät in der Nacht traf er ein, und ein Licht in seinem Fenster erzählte dem jungen Mädchen alles, was sie zu wissen wünschte.

Mr. Mordon war ein schöner Mann — nach den Anschauungen seiner Kreise. Sein Haar war dunkel und glänzend pomadisiert. Sein Gesicht wies eine gewisse interessante Blässe auf, die ihm selbst am meisten gefiel, und seine Figur wurde von den weiblichen Angestellten vieler Haushaltungen bewundert, die sein Benehmen als kavaliermäßig bezeichneten.

Er hörte die Schritte des jungen Mädchens auf der Treppe und öffnete die Tür.

»Hast du es bekommen?« fragte sie ohne weitere Einleitung.

Jean hatte über ihr Gesellschaftskleid einen dunklen Umhang geworfen, und die Augen des Mannes hingen an ihr.

»Ja, ich habe es — Jean.«

Sie legte den Finger an die Lippen.

»Sei vorsichtig, François«, flüsterte sie.

Obgleich der Mann Englisch ebenso gut wie Französisch sprach, wurde die Unterhaltung französisch weitergeführt. Er nahm eine Handtasche, die auf dem Bett lag, öffnete sie und zog fünf dicke Pakete Tausendfrankenscheine heraus.

»Tausend Scheine in jedem Paket. Fünf Millionen Franken. Einen Teil habe ich in London gewechselt, den anderen in Paris.«

»Und die Frau in London? Ist von der auch ganz bestimmt nichts zu befürchten?«

»Aber nein!« Er lächelte selbstgefällig. »Die wird mich sicherlich nicht verraten, und außerdem kennt sie weder meinen Namen noch meine Adresse. Es ist ein junges Mädchen, das ich bei einem Tanzvergnügen im Schweizer Kellnerklub kennenlernte«, erklärte er. »Einen besonders guten Ruf hat sie auch nicht, und ich glaube, die französische Polizei würde sie gern ausfindig machen, aber — sie ist viel zu gerissen.«

»Was haben Sie ihr — was hast du ihr denn erzählt?« fragte Jean.

»Daß ich zusammen mit Vaud und Monteron ein Ding gedreht habe. Das sind zwei sehr berüchtigte Pariser Gauner, die sie sehr genau kennt. Ich habe ihr fünftausend Franken gegeben.«

»Und alles ging glatt?«

»Wie geschmiert. Ich beobachtete sie, wie sie mit dem Brief vom Anwalt in die Bank ging. Sobald ich das Geld gewechselt hatte, flog ich von Croydon nach Paris und dann weiter nach Marseille.«

»Das hast du sehr gut gemacht, François.« Sie streichelte seine Hand.

Er würde sie festgehalten haben, aber sie wich zurück.

»Vergiß nicht, was du versprochen hast, François«, sagte sie würdevoll, »und ein französischer Kavalier hält immer sein Wort.«

François verbeugte sich.

Er war kein französischer Kavalier, aber es lag ihm sehr viel daran, daß dies junge Mädchen ihn für einen solchen hielt, und so erzählte er ihr Einzelheiten von seinem Herkommen, die scheinbar großen Eindruck auf Jean machten.

»Und willst du mir jetzt noch einen großen Gefallen erweisen?«

»Verlange alles von mir, Jean«, rief er leidenschaftlich, und wieder legte sich eine kleine Hand beschwichtigend auf seine Schulter.

»Dann setz dich bitte hin und schreib; dein Französisch ist viel besser als das meine.«

»Was soll ich schreiben?« fragte er.

Sie hatte noch niemals irgendeinen Beweis seiner Bildung verlangt, und er hatte einen kindlichen Eifer, der Frau, die er liebte, zu beweisen, welche Fähigkeiten er besaß.

»Schreibe ›Mademoiselle‹.« Er gehorchte.

»›Ich bin soeben von London zurückgekommen und habe Madame Meredith eingestanden, daß ich ihre Unterschrift gefälscht und hunderttausend Pfund von der Bank abgehoben —‹«

»Warum soll ich das schreiben, Jean?« fragte er verblüfft.

»Das werde ich dir schon sagen — schreib erst mal weiter, François.«

Und sie diktierte weiter.

»›— und jetzt habe ich erfahren, es ist mir selbst noch unfaßbar, daß Madame Meredith mich liebt. Es gibt hier nur einen Ausweg, und der ist —‹«

»Du willst den Verdacht auf jemand anders lenken?« fragte er verständnislos. »Aber warum soll ich das sagen . . .?«

Sie verschloß seinen Mund mit der Hand.

»Du bist wundervoll, Jean«, sagte er entzückt, als er ihr den Bogen gab. »Wenn man also wirklich die Spuren bis hier verfolgen sollte, dann . . .«

»Dann wird jemand Unannehmlichkeiten haben, aber wir nicht«, und sie steckte den Brief in ihre Handtasche.

Plötzlich, bevor ihr zum Bewußtsein kam, was vorging, hatte er sie in seine Arme gerissen, und seine Lippen lagen auf den ihrigen.

»Jean, Jean!« stammelte er. »Du bist — ich sehne mich nach dir!«

Sie schob ihn sanft zurück, aber ihre Augen blickten hart.

»Sei vernünftig, François, habe doch Geduld!«

Sie schlüpfte durch die Tür, schloß sie hinter sich. Trotz ihrer Erregung warf sie die Tür nicht zu, eilte nicht die Treppe hinunter, sondern ging langsam und bedächtig in das Haus zurück, wo ihre Abwesenheit nicht bemerkt worden war. Das Gesicht, das ihr aus dem Spiegel entgegenblickte, war ruhig und schön wie immer, aber in ihrem Inneren waren alle Teufel losgelassen, begierig, Opfer zu finden. Keinem Mann war es bis jetzt gelungen, in Jean Briggerland Liebe zu erwecken, aber einer hatte es fertiggebracht, einen Haß in ihr zu entfachen, der sie zu verzehren drohte. Von dem Augenblick an, als sie mit einem feuchten Taschentuch über ihre Lippen fuhr, um das zierliche Spitzengewebe, als wäre es vergiftet, dann zum Fenster hinauszuwerfen, war Mordon ein toter Mann.

Kapitel 31

Am nächsten Morgen traf ein Brief von Jack Glover ein. Seine Reise war gut verlaufen, er hatte sich gefreut, Lydia wiederzusehen, und gab der Hoffnung Ausdruck, sie werde an das Testament denken. Lydia dachte nicht über Testamente nach, sondern über eine Entschuldigung, um nach London zurückkehren zu können. Es schien ihr, als ob die Lieblichkeit Monte Carlos mit einem Male verblichen sei, und sie hatte schon beinahe all die Umstände vergessen, die ihr die Reise hierher so willkommen gemacht hatten.

»Zurück nach London, Liebste?« rief Mrs. Cole-Mortimer überrascht. »Das ist aber ein — ein schneller Entschluß . . . In London friert es doch, und der gräßliche Nebel und . . . wirklich, ich kann Sie jetzt noch nicht weglassen!«

Allein der Gedanke an die Möglichkeit einer Abreise regte die ältere Dame auf. Ihre eigene gute Zeit an der Riviera hing völlig von Lydias Anwesenheit ab. Jean hatte ihr diesen Punkt sehr deutlich klargemacht. Sie selbst, so erklärte sie der bekümmerten Dame, war bereit, jeden Augenblick nach London zurückzufahren, und Mrs. Cole-Mortimers weiterer Aufenthalt in der Villa Casa richtete sich nach Lydias Plänen. Mrs. Cole-Mortimer hatte sehr gut verstanden, daß Jeans Kopf es war, nach dem sich die ganze Gesellschaft bewußt oder unbewußt richtete.

Wenn Lydia sich nicht selbst über die eigentlichen Gründe ihrer plötzlichen Sehnsucht nach London klargewesen wäre, hätte sie wohl doch ihre Absicht ausgeführt. Sie fand, daß die Reize Monte Carlos von der Gegenwart eines Mannes abhingen, der doch die größte Entrüstung in ihr entfacht und mit dem sie sich beinahe die ganze Zeit über gezankt hatte. Sie sprach über ihre Unruhe, aber ohne nähere Erklärungen, mit Jean, die sie wie gewöhnlich völlig zu verstehen schien.

»Die Riviera ist beinahe wie türkischer Honig — sehr süß, darf aber nicht im Übermaß genossen werden«, sagte sie. »Bleiben Sie noch eine Woche, und wenn es Ihnen dann nicht mehr gefällt, fahren wir alle zusammen zurück.«

»Aber da störe ich doch auch Ihre Reisepläne«, versetzte Lydia.

»Ganz und gar nicht«, war die Antwort. »Vielleicht denke ich in einer Woche genau wie Sie.«

Eine Woche! Wieviel konnte sich in einer Woche ereignen, dachte Jean. Und tatsächlich trieb von dieser Nacht an die Lage einer Krisis zu, aber nicht in der Weise, wie Jean es erwartet hatte.

Mr. Briggerland, der während ihrer Unterhaltung in die Zeitung geblickt hatte, sah auf.

»In Nizza machen sie jetzt sehr viel Aufhebens von dem Mauren«, sagte er, »aber soviel ich weiß, hat Nizza immer irgendeinen gesellschaftlichen Löwen.«

»Muley Hafiz«, rief Lydia, »ein sehr gut aussehender Mann. Als ich neulich mit Mr. Stepney zusammen speiste, war er in demselben Restaurant.«

»Ich habe kein großes Interesse für Farbige«, warf Jean ein. »Was ist er denn — ein Neger?«

»Aber nein, er ist heller als —« Lydia war im Begriff, ›Ihr Vater‹ zu sagen, hielt es aber für angebrachter, einen besseren Vergleich zu finden. »Er ist heller als die meisten Menschen im Süden Frankreichs, aber ich glaube, alle Mauren von guter Familie sind so. Stimmt das nicht?«

Jean schüttelte den Kopf.

»Für Völkerkunde habe ich nie etwas übriggehabt«, sagte sie gutgelaunt. »Meine Vorstellung von Mauren habe ich von dem alten Shakespeare, und ich habe sie immer für kohlrabenschwarz gehalten; was ist er denn eigentlich? Ich habe noch keine Zeitung gelesen.«

»Er ist der Kronprätendent der Mauren«, erklärte Lydia, »und der französische Senat hat schon eine Menge Unannehmlichkeiten seinetwegen gehabt. Frankreich unterstützt seine Ansprüche, aber Spanien hat für seine Ergreifung eine Belohnung ausgesetzt.«

Jean sah sie belustigt an.

»Merkwürdig, daß Sie soviel Interesse an der internationalen Politik haben. Das kommt wohl daher, daß Sie früher für die Zeitungen gearbeitet haben, Lydia?«

Jean fand aber bald heraus, daß Muley Hafiz von größerem Interesse für sie war, als sie jemals für möglich gehalten hätte. Sie war nach Monte Carlo gefahren, um Einkäufe zu machen. Mentone lag ja näher, aber Jean zog die Fahrt nach dem Fürstentum vor.

Die Spielsäle hatten keine besondere Anziehungskraft für sie, und während Mordon eine Garage aufsuchte, um einen schadhaften Zylinder nachsehen zu lassen, schlenderte sie über die breite Terrasse des Kasinos zum Meer hinunter. Die Badehütten waren zu dieser Jahreszeit noch geschlossen, aber der Weg am Strand entlang war schon immer einer ihrer liebsten Spaziergänge gewesen.

In der Nähe der Hütten ging sie an einer Gruppe dunkelhäutiger Männer in weißen Burnussen vorbei und fragte sich, welcher von ihnen wohl der berühmte Muley Hafiz sein könnte. Einer von ihnen, der ihr durch sein besonders ausgeprägtes Negergesicht auffiel, trug auf seinem wallenden Gewande das Scharlachband der Ehrenlegion. Trotzdem schien er ihr nicht interessant genug, um Muley Hafiz zu sein.

Entfernt von den anderen stand ein hoher Mann von Respekt gebietendem Äußeren am Ufer und blickte auf das sonnenbestrahlte Meer hinaus, als ob er in der Ferne etwas suchte. Ihre Schritte konnte er auf dem weichen Sande nicht gehört haben, und doch mußte er ihre Gegenwart fühlen, denn er drehte sich plötzlich herum. Beim Anblick seines Gesichtes stockte ihr Schritt. Sein Teint war hell, obwohl Augenbrauen und Augen tiefschwarz waren, ebenso sein kleiner Spitzbart. Unter dem Burnus trug er eine dunkelgrüne Jacke, und sie sah schimmernde Ordenszeichen, bevor er das Gewand auf der Brust zusammenzog. Aber seine Augen waren es, die sie im Bann hielten. Groß und schwarz wie die Nacht ... in einem Gesicht von einer so kraftvollen Würde, daß Jean instinktiv fühlte, wer dieser Mann war.

So standen sie sich sekundenlang gegenüber und blickten einander an, dann trat der Maure zur Seite.

»Pardon«, sagte er auf französisch, »hoffentlich habe ich Sie nicht erschreckt.«

Jeans Atem ging schneller. Sie konnte sich nicht erinnern, jemals in ihrem Leben einen Mann getroffen zu haben, der einen so starken Eindruck auf sie gemacht hätte. Sie vergaß ihre Verachtung für farbige Menschen, vergaß alles, mit Ausnahme der beiden dunklen Augen, deren Ausdruck sie einen ihr verwandten Geist ahnen ließ.

»Sie sind Engländerin — natürlich«, sagte er auf englisch.

»Schottin«, lächelte Jean.

»Das ist doch beinahe das gleiche?« Er sprach ohne irgendwelchen Akzent, und seine Stimme kennzeichnete den gebildeten Mann. Er war zurückgetreten, um sie vorbeigehen zu lassen, aber sie blieb stehen.

»Sie sind doch Muley Hafiz?« fragte sie, und er nickte langsam. »Ich habe schon soviel von Ihnen gelesen«, fügte sie hinzu, obwohl sie in Wirklichkeit das erste Wort über ihn von Lydia gehört hatte.

Er lachte und ließ zwei Reihen blendendweißer Zähne sehen.

»Ich glaube, von internationalem Interesse zu sein«, sagte er leichthin und blickte nach seiner Begleitung.

Jean glaubte, er wolle dahin zurückgehen, und wäre weitergegangen, wenn er sie nicht aufgehalten hätte.

»Sie sind die erste englisch sprechende Person, mit der ich seit meinem Aufenthalt in Frankreich einige Worte wechsle — mit Ausnahme des amerikanischen Botschafters«, und er lächelte leise, wie in Erinnerung an eine heitere Episode.

»Sie sprechen beinahe wie ein Engländer.«

»Ich war in Oxford und mein Bruder in Harvard. Mein Vater, der Bruder des verstorbenen Sultans, war sehr fortschrittlich gesinnt und hielt darauf, daß seine Kinder eine europäische Erziehung erhielten. Wollen Sie sich nicht setzen?« fragte er und wies auf den weißen Sand.

Sie zögerte einen Augenblick und ließ sich dann nieder. Mit gekreuzten Beinen nahm er neben ihr Platz.

»Ich bin vier Jahre lang in Frankreich gewesen«, es schien ihm viel daran zu liegen, sie durch seine Unterhaltung festzuhalten, »und spreche beide Sprachen ziemlich gut. Verstehen Sie Arabisch?«

Seine Frage klang ernst, aber seine Augen lachten.

»Nicht sehr gut«, antwortete sie ebenso ernst.

»Bleiben Sie lange an der Riviera?« Es war eine sehr alltägliche Frage, aber die Antwort, die sie erhielt, hatte sie nicht erwartet.

»Ich reise noch heute nacht ab, obgleich das nur wenige Menschen wissen. Sie sind im Besitze eines Staatsgeheimnisses«, fügte er mit freundlichem Spott hinzu.

Und dann begann er ihr von Marokko und von sich selbst zu erzählen und gab ihr mit außergewöhnlichem Gleichmut eine kurze Beschreibung der Familien, die diesen unruhigen Staat beherrscht hatten. Nur beiläufig erwähnte er seinen eigenen Anteil an dem Aufruhr, der beinahe einen europäischen Krieg nach sich gezogen hätte.

»Mein Onkel bemächtigte sich der Herrschaft, müssen Sie wissen.« Er nahm eine Handvoll Sand auf und warf ihn in die Luft. »Er besiegte meinen Vater und tötete ihn, und dann nahmen wir seine beiden Söhne gefangen.«

»Und was geschah mit denen?« fragte Jean neugierig.

»Mit denen? Wir töteten sie«, sagte er leichthin. »Ich ließ sie vor meinem Zelt aufhängen. Sie sind natürlich entsetzt?«

Sie schüttelte den Kopf.

»Glauben Sie daran, daß man seine Feinde töten soll?«

Sie nickte. »Warum nicht? Das ist doch das einfachste Gebot der Logik.«

»Mein Bruder ist zu dem gegenwärtigen Sultan übergelaufen. Sollte ich ihn jemals fassen, werde ich ihn auch aufhängen lassen.«

»Und wenn er Sie fängt?« fragte sie.

»Dann — dann hängt er mich auf«, lächelte er. »Das ist die Spielregel.«

»Wie merkwürdig!« sagte sie halblaut.

»Sie halten es für merkwürdig? Natürlich, vom europäischen Standpunkt aus . . .«

»Nein, nein«, unterbrach sie ihn. »Daran habe ich gar nicht gedacht. Sie sind logisch und handeln logisch. Genauso würde ich meine Feinde aufhängen.«

»Wenn Sie welche hätten!«

Sie nickte.

»Wenn ich welche hätte«, wiederholte sie mit einem harten Lächeln. »Wollen Sie mir bitte noch das eine sagen — wie soll ich Sie anreden: Mr. Muley oder Lord Muley?«

»Sie können mich ›Wesir‹ nennen, wenn Sie unbedingt einen Titel haben müssen«, antwortete er. Und der eigenartige Name klang merkwürdig in seinem Munde.

»Gut, Wesir, wollen Sie mir das eine beantworten: Gesetzt den Fall, jemand hätte etwas, was Sie sehr haben möchten, und gäbe es Ihnen nicht, und Sie hätten die Macht, den Betreffenden zu vernichten, was würden Sie tun?«

»Ihn selbstverständlich vernichten«, entgegnete Muley Hafiz. »Da gibt es doch gar keine Frage.«

Ihre Augen lagen auf seinem Gesicht, und sie runzelte die Stirn, obwohl ihr dies nicht zum Bewußtsein kam.

»Ich freue mich sehr, Sie heute nachmittag getroffen zu haben«, sagte sie. »Es muß ein wundervolles Leben sein in einer solchen Atmosphäre, wo Männer und Frauen nicht durch die lächerlichen Gesetze der westlichen Zivilisation beherrscht werden.«

Er lachte.

»Dann haben Sie also genug von Ihrer westlichen Zivilisation.« Er stand auf und half ihr auf die Füße — seine Hände waren schmal und fein, und ihre Berührung ließ sie schneller atmen. »Sie müssen einmal meine kleine Stadt in den Hügeln besuchen, wo das Schwert Muley Hafiz' das oberste Gesetz ist.«

»Ich wünschte beinahe, ich könnte es«, entgegnete sie und streckte ihre Hand aus.

Er beugte sich über sie in europäischer Manier. Das junge Mädchen an seiner Seite war ein so kleines, zartes Ding, ihr Kopf reichte nicht einmal an seine Schulter.

»Auf Wiedersehen«, stieß sie hastig hervor und ging schnell den Weg zurück, den sie gekommen war.

Muley Hafiz stand regungslos und sah ihr nach, bis sie seinen Blicken entschwand.

Kapitel 32

»Jean!«

Sie blickte sich um und begegnete dem vorwurfsvollen Blick Marcus Stepneys.

»Das übersteigt wirklich alles«, rief er heftig. »Daß Sie eine ganze Menge Dinge fertigbekommen, kann ich mir ja denken, aber sich am hellen Tag hierherzustellen und mit einem Neger zu schwatzen —«

»Wenn ich mich am hellen Tage hierherstelle, um mich mit einem Falschspieler zu unterhalten, mein lieber Marcus, glaube ich tief genug gesunken zu sein.«

»Ein verdammter maurischer Neger«, stieß er hervor. Jeans Augen schauten ihn kalt an.

»Begleiten Sie mich ein Stück und versuchen Sie, wenn es

möglich ist, in einem Ton mit mir zu sprechen, wie Herren ihn Damen gegenüber anzuschlagen haben.«

Marcus Stepney war im Gegensatz zu Jean außer Atem, als sie endlich im ›Café de Paris‹ ankamen, das zu dieser Stunde überfüllt war.

Er fand einen ruhigen Eckplatz, sein Ärger und auch ein Teil seines Mutes waren verflogen.

»Ich habe doch nur Ihr Interesse im Auge, Jean«, sagte er beinahe flehend. »Sie wollen doch nicht, daß man sich in unseren Kreisen erzählt, Sie seien gut Freund mit diesem verwünschten Mohren.«

»Wenn Sie von ›unseren Kreisen‹ sprechen, welche meinen Sie eigentlich?« fragte sie spitz. »Wenn Sie nämlich von Ihren Kreisen sprechen, so können die nicht schlecht genug über mich sprechen. Es würde eine Entwürdigung für mich sein, Marcus, von Ihren Kreisen bewundert zu werden.«

»Aber, ich bitte Sie«, begann er begütigend.

»Ich dachte eigentlich, ich hätte es Ihnen klargemacht —« Spott lag in ihrer Stimme, und er fuhr zusammen — »daß ich es Ihnen nicht gestatte, mein Leben zu leiten oder meine Handlungen zu beurteilen. Der ›Neger‹, den Sie eben erwähnten, war mehr Kavalier, als Sie, lieber Marcus, je sein können. Er stammt von einer edlen Rasse, und das hat Ihnen der Herrgott versagt.«

Der Kellner servierte den Tee, und die Unterhaltung wandte sich gleichgültigen Dingen zu, bis er wieder verschwunden war.

»Ich bin in einer verteufelten Lage«, sagte er entschuldigend. »Habe gestern abend sechstausend Louis verloren.«

»Dann hätten Sie sechstausend wichtige Gründe, um sich mit mir auf guten Fuß zu stellen«, war ihre sanfte Entgegnung.

»Fangen Sie wieder von Lydia an?« fragte er und schüttelte den Kopf.

Jean lachte innerlich, ließ aber von ihrer Heiterkeit nichts merken.

»Versuchen Sie es doch«, sagte sie. »Ich habe Ihnen doch schon einmal auseinandergesetzt, wie es gemacht werden kann.«

»Ich versuche es morgen«, entgegnete er entschlossen. »Abgemacht — ich versuche es morgen!«

›Nicht morgen‹ lag ihr auf der Zunge, aber sie hielt die Worte zurück.

Kurze Zeit später kam Mordon mit dem Auto, um sie abzuholen. Mordon! Sie streckte verärgert ihr kleines Kinn hoch. Und doch fühlte sie sich ungewöhnlich gut gestimmt. Das Zusammentreffen mit dem Mauren war zu einer Art Meilenstein in ihrem Leben geworden, und die Erinnerung daran bestärkte sie in ihren dunklen Plänen.

»Sie sind mit Muley zusammengetroffen?« sagte Lydia. »Wie interessant! Wie ist er denn, Jean? Ist er ein Neger?«

»Nein, ganz und gar nicht, und dazu noch ein auffallend geistreicher Mann.«

»Hm«, brummte ihr Vater. »Wie bist du denn mit ihm zusammengekommen?«

»Ich traf ihn am Strand«, entgegnete Jean kühl, »genauso wie irgendein Backfisch sich einen neuen Verehrer aufgabeln würde.«

Mr. Briggerland war empört.

»Ich kann es nicht vertragen, wenn du in dieser Weise sprichst, Jean. Wer hat dich ihm vorgestellt?«

»Ich habe es dir doch gesagt, ich stellte mich selbst vor. Ich sprach mit ihm, er antwortete, dann setzten wir uns in den Sand und erzählten uns unsere Lebensgeschichte.«

»Sie haben wirklich Unternehmungsgeist, Jean«, rief Lydia bewundernd. Mr. Briggerland wollte noch etwas sagen, hielt es aber für besser, den Mund zu halten.

Am Abend ging die kleine Gesellschaft zu einem großen Konzert ins Kasino, wo eine Loge für sie reserviert war. In der Pause beobachtete Lydia, wie auf der gegenüberliegenden Seite jemand mit so auffallender Ergebenheit in eine Loge begleitet wurde, daß sie auch ohne den roten Fez und den weißen Burnus gewußt hätte, wer dieser verspätete Besucher war.

»Muley Hafiz«, flüsterte sie Jean zu, die sich umwandte.

Muley Hafiz blickte zu ihrer Loge hinüber; seine Augen suchten sofort die des jungen Mädchens, und er verbeugte sich leicht.

»Was, zum Teufel, verbeugt er sich denn?« murrte Mr. Briggerland. »Hoffentlich hast du das nicht beachtet, Jean!«

»Selbstverständlich habe ich ihn gegrüßt«, erwiderte seine Tochter, ohne sich die Mühe zu geben, sich ihrem Vater zuzuwenden. »Sei doch nicht — närrisch, Vater; und wenn er auch kein so netter Mann wäre, hätte ich doch nicht anders handeln dürfen. Ich bin jetzt die beneidenswerteste Frau im Theater, denn ich kenne Muley Hafiz, und er hat sich vor mir verneigt! Ist dir denn nicht klar, welchen gesellschaftlichen Wert die Bekanntschaft eines solchen Mannes hat?«

Jean blickte sich suchend nach Marcus Stepney um und hoffte, er hätte diesen kleinen Zwischenfall bemerkt, aber Marcus war in diesem Augenblick damit beschäftigt, kleine Päckchen von zwölftausend Franken in den Händen des Bankhalters an einem der Spieltische verschwinden zu sehen.

Jean stieg als letzte aus dem Auto, das sie zur Villa zurückgebracht hatte. Mordon kam respektvoll auf sie zu.

»Verzeihen Sie bitte, Mademoiselle. Ich wäre Ihnen dankbar, wenn Sie sich in der Garage die neuen Reifen ansehen wollten. Mir gefallen sie nicht.«

Dies war ein zwischen ihnen verabredetes Zeichen, wenn er sie sprechen wollte.

»Es ist gut, Mordon. Ich komme gleich in die Garage.«

»Was will denn Mordon von dir?« fragte ihr Vater stirnrunzelnd.

»Du hast es doch gehört. Die neuen Reifen passen ihm nicht«, antwortete sie kühl. »Und frag mich bitte nicht soviel. Ich habe entsetzliche Kopfschmerzen und lechze nach einer Tasse Schokolade.«

»Wenn der Kerl unverschämt wird, soll's ihm leid tun«, knurrte Briggerland. »Und noch eins, Jean, diese Heiratsidee von euch —«

Sie blickte ihn nur an, und er hielt es für besser zu schweigen.

»Ich will mich ja nicht in deine Privatangelegenheiten mischen«, sagte er schließlich, »aber allein der Gedanke daran macht mich verrückt.«

Die Garage, ein Ziegelbau, lag an der Seite der Auffahrt, nicht weit von der Villa entfernt. Jean wartete eine Zeitlang, ehe sie hinüberging. Mordon erwartete sie hinter dem offenen Tor der Garage. Der Raum lag im Dunkeln, und sie bemerkte ihn erst, als sie dicht vor ihm stand.

»Komm mit auf mein Zimmer«, sagte er kurz.

»Was willst du denn?«

»Ich muß mit dir sprechen, aber nicht hier.«

»Aber hier ist der einzige Platz, wo ich zu dieser Zeit mit dir sprechen kann, François«, sagte sie vorwurfsvoll. »Denkst du denn nicht daran, daß mein Vater in Rufweite ist und daß jeden

Augenblick Madame Meredith kommen kann? Was sollte ich für einen Grund angeben, in deinem Zimmer zu sein?«

Er schwieg einige Augenblicke.

»Jean, ich mache mir Sorgen.« Seine Stimme klang unruhig. »Ich kann deine Pläne nicht begreifen — sie sind zu hoch für mich, und ich habe doch schon sehr schlaue Menschen kennengelernt. Der große Bersac zum Beispiel . . .«

»Der große Bersac ist tot«, unterbrach sie ihn kühl. »Er war so außerordentlich schlau, daß er mit dem Henker Bekanntschaft machte. Und übrigens ist es wirklich nicht nötig, daß du jetzt schon alle meine Pläne verstehst, François.«

Jean wußte sehr gut, was ihm Sorgen machte, aber sie wartete.

»Ich verstehe den Brief nicht, den ich für dich schreiben mußte, den Brief, in dem ich schrieb, daß Madame Meredith mich liebt. Ich habe lange darüber nachgedacht, Jean, und ich glaube, der Inhalt kann sehr belastend für mich werden.«

Sie lachte sanft.

»Aber François«, sagte sie mit leichtem Spott. »Daß Madame Meredith dich liebt, könnte doch nur deiner zukünftigen Frau gegenüber belastend sein. Und ich habe dich doch gebeten, so zu schreiben.«

Er schwieg wieder.

»Hier kann ich nicht mit dir sprechen«, sagte er beinahe rauh. »Komm mit auf mein Zimmer.«

Sie zögerte. Es lag ein Klang in seiner Stimme, der ihr nicht gefiel.

»Also gut« — und sie folgte ihm die steile Treppe hinauf, die zu seinem Zimmer führte.

Kapitel 33

»Warum sollte ich so schreiben?« Worte und Ton klangen befehlend.

Jean, die die Männer kannte, war sich sofort klar, daß sie ihn nicht länger hinhalten konnte.

»Ich will dir alles erklären, François, aber die Weise, in der du mit mir sprichst, gefällt mir gar nicht. Ich will nicht dich kompromittieren, sondern Madame Meredith.«

»Bitte — in dem Brief gestand ich ein, einen Scheck über fünf Millionen Franken gefälscht zu haben, und erwähnte noch einen einzigen Ausweg, ohne aber zu sagen, worin dieser besteht. Das ist ein sehr gefährliches Schriftstück, Jean, wenn es in andere Hände kommt.« Er sah ihr gerade in die Augen, und Jean ertrug seinen Blick, ohne mit der Wimper zu zucken.

»Morgen wird dir alles klarwerden, François«, sagte sie sanft. »Es liegt wirklich kein Grund zur Sorge für dich vor. Ich möchte diesen unhaltbaren Zuständen ein Ende machen.«

»Mit mir?« fragte er schnell.

»Nein, mit Madame Meredith. Auch ich bin es müde, so lange auf die Hochzeit warten zu müssen, und ich habe die Absicht, meinen Vater zu bitten, daß wir nächste Woche heiraten dürfen. Und, François«, sie senkte verschämt die Augen, »ich habe schon an den englischen Konsul in Nizza geschrieben und ihn gebeten, alle Vorkehrungen zu treffen, daß die Zeremonie nächste Woche stattfinden kann.«

Das blasse Gesicht Mordons überzog sich mit einem dunklen Rot.

»Ist das dein Ernst? Jean, meinst du das wirklich?«

»Aber François«, sagte sie mit leise klagender Stimme. »Wie könnte ich dich in einer Angelegenheit täuschen, die für mich selbst so außerordentlich wichtig ist!«

Er blickte sie verzehrend an, sein Atem ging stoßweise.

»Du gibst mir den Brief zurück, den ich für dich geschrieben habe, Jean?«

»Morgen.«

»Nein, heute noch«, und er ergriff ihre beiden Hände. »Ich bin sicher, ich habe recht. Der Brief ist viel zu gefährlich, Jean; gefährlich für dich und mich — du gibst ihn mir heute noch?«

Sie zauderte.

»Ich habe ihn nicht bei mir«, sagte sie unbedacht. Seine Augen hefteten sich auf die Tasche in ihrer Hand.

»Der Brief ist da drin«, sagte er bestimmt. »Jean, mein Liebling, erfülle meine Bitte. Weißt du, jedesmal, wenn ich an den Brief denke, läuft mir ein Schauder über den Rücken. Ich muß verrückt gewesen sein, als ich ihn schrieb.«

»Ich habe ihn nicht bei mir«, beharrte sie und wich einen Schritt zurück. Aber es war schon zu spät. Er hatte ihr Handgelenk gepackt und riß ihr die Tasche aus der Hand.

»Entschuldige, aber ich weiß, ich bin im Recht«, begann er, aber da fuhr sie wie eine Furie auf ihn zu und entriß ihm die Tasche wieder.

Er starrte sie an, und langsam wich die Farbe aus seinem Gesicht — er war totenblaß.

»Was hast du vor?« sagte er heiser.

»Wir wollen morgen früh darüber sprechen, François.« Mit diesen Worten wandte sie sich der Tür zu.

Ehe sie die Treppe erreicht hatte, hatte er sie gepackt und zog sie wieder in das Zimmer zurück.

»Nein, mein Kind«, zischte er zwischen den Zähnen hervor, »dahinter steckt etwas, was für mich sehr unangenehm sein kann.«

»Laß mich los«, stieß sie atemlos hervor und schlug ihm mit der Faust ins Gesicht.

Beinahe eine Minute lang rangen sie so miteinander; dann öffnete sich die Tür, und Mr. Briggerland stand auf der Schwelle. Bei seinem Anblick gab Mordon das junge Mädchen frei.

»Schuft, verdammter!« knirschte der Alte. Seine Faust schoß vor, und Mordon fiel krachend zu Boden. Einen Augenblick lag er bewegungslos, dann warf er sich auf die Seite und riß einen Revolver aus der Tasche. Bevor er aber freuern konnte, hatte Jean ihm die Waffe entrissen.

»Stehen Sie auf«, befahl Briggerland. »Und jetzt erklären Sie mir mal, mein Freund, was dieser unerhörte Angriff auf Mademoiselle bedeuten soll.«

Mordon stand auf und klopfte sich mechanisch den Staub von seinem Anzug. In seinem Gesicht lag ein Ausdruck, der für Mr. Briggerland nichts Gutes bedeutete. Bevor er aber antworten konnte, begann Jean zu sprechen.

»Vater, du hast kein Recht, François zu schlagen.«

»François!« stieß Briggerland hervor, sein Gesicht war dunkelrot vor Wut.

»Ja — François«, wiederholte sie ruhig. »Damit du es weißt: François und ich heiraten in der nächsten Woche.«

Mr. Briggerland starrte sie entsetzt an.

»Was?« schrie er.

Sie nickte.

»Wir heiraten nächste Woche, und die kleine Szene, die du soeben gesehen hast, hat ganz und gar nichts mit dir zu tun.«

Die Wirkung dieser Worte auf Mordon war erstaunlich. Seine von Haß verzerrten Züge glätteten sich. Er blickte von Jean auf Briggerland, als ob er seinen Ohren nicht trauen könnte.

»François und ich lieben einander«, fuhr Jean leise fort. »Wir stritten uns über eine Kleinigkeit, die außer uns niemand etwas angeht.«

»Du — willst — ihn — nächste — Woche — heiraten?« Mr. Briggerland konnte kaum die Worte hervorbringen. »Niemals, und wenn —«

Jean hob abwehrend die Hand.

»Jedes Wort ist unnötig, Vater«, sagte sie ruhig. »François und ich gehen unseren eigenen Weg. Es tut mir leid, wenn du meinen Schritt mißbilligst, denn du bist mir stets ein gütiger Vater gewesen.«

Dies war der erste leise Hinweis für Mr. Briggerland, daß es vielleicht noch eine andere Erklärung für ihre Worte geben könnte, und er wurde ruhiger.

»Schon gut«, sagte er. »Ich möchte dir nur sagen, daß ich deine wahnwitzige Idee in keiner Weise unterstützen werde. Aber jetzt muß ich darauf bestehen, daß du sofort mit mir in die Villa gehst. Ich kann nicht dulden, daß meine Tochter ins Gerede kommt.«

Sie nickte.

»Ich sehe dich morgen früh, François. Vielleicht fahren wir noch vor dem Frühstück nach Nizza. Ich habe einige Einkäufe zu machen.«

Er verbeugte sich und griff nach dem Revolver, den sie ihm entrissen hatte. Jean sah sich die Verzierungen der Waffe an, den silbernen Beschlag, den geschnitzten Kolben aus Elfenbein.

»Das hier kann ich dir heute nicht mehr anvertrauen.«

Sie sah ihm lächelnd in die Augen. »Gute Nacht, François.«

Mordon beugte sich über ihre Hand und küßte sie.

»Gute Nacht, Jean«, sagte er mit zitternder Stimme. Einen Augenblick ruhten ihre Augen ineinander, dann wandte sie sich ab, als ob sie sich selbst nicht mehr beherrschen könnte, und folgte ihrem Vater.

Zwischen Garage und Villa blieb Jean einen Moment stehen.

»Nimm ihn in Verwahrung.« Es war François Revolver. »Wahrscheinlich ist er geladen. Ich glaube, ich habe auf dem Kolben in Silber eingelegte Initialen gesehen. Wie ich François

Mordon kenne, sind das die seinen.«

»Was soll ich damit anfangen?« fragte er und steckte die Waffe in die Tasche.

Sie lachte.

»Wenn du zu Bett gehst, komm bitte erst in mein Zimmer. Ich habe dir eine ganze Menge zu erzählen.« Dann ging sie in den Salon und unterbrach Mrs. Cole-Mortimer, die einer gelangweilten Lydia Unterricht in Bridge erteilte.

»Wo waren Sie denn, Jean?« Lydia legte die Karten auf den Tisch.

»Ich habe eine Überraschung für Sie vorbereitet, bin aber nicht ganz sicher, ob sie wirklich so interessant sein wird — das hängt nämlich ganz davon ab, ob Ihr junges Herz noch frei ist oder nicht.«

Jean setzte sich zu ihnen.

»Mein junges Herz«, lachte Lydia, »ist vor allen Dingen äußerst gesund. Was ist denn das für eine Überraschung?«

»Sind Sie verliebt?« fragte Jean sie herausfordernd und suchte in einem Handarbeitskörbchen nach einer kleinen Näherei.

»Verliebt — um Gottes willen, nein.«

»Um so besser«, nickte Jean, »dann wird die Überraschung um so reizvoller sein.« Es dauerte einige Augenblicke, bis sie den Faden eingefädelt hatte; dann fuhr sie fort: »Wenn Sie wirklich nicht verliebt sind und setzen sich auf die Liebesbank, werden Sie den Namen Ihres zukünftigen Mannes kennenlernen. Sind Sie aber verliebt, ist die Sache natürlich nicht mehr so einfach.«

»Aber wenn ich nun den Namen meines zukünftigen Mannes gar nicht kennenlernen will?«

»Dann sind Sie ein ungewöhnliches Menschenkind.«

»Wo ist denn diese wunderbare Liebesbank?«

»Jenseits der Grenze, auf dem Wege nach San Remo. Du bist doch schon einmal dort gewesen, Margaret?«

»O ja«, entgegnete Mrs. Cole-Mortimer, die zwar noch nie weit aus Cap Martin herausgekommen war, aber niemals zugegeben hätte, irgend etwas Sehenswertes nicht gesehen zu haben.

»Auf dem Wege nach San Remo«, fuhr Jean fort, »auf einem wilden, unheimlichen Fleck — meilenweit von jeder menschlichen Behausung entfernt.«

»Wollen Sie mich dorthin begleiten?«

Jean schüttelte den Kopf.

»Das würde den Zauber brechen«, erklärte sie feierlich. »Nein, Liebste, wenn Sie eine richtige Sensation erleben wollen, und es ist wirklich der Mühe wert — die Gegend ist eine der wunderbarsten der ganzen Küste —, dann müssen Sie allein fahren.«

Lydia nickte. »Ich will es wagen. Es ist wohl zu weit, um zu laufen?«

»Viel zu weit. Mordon wird Sie hinfahren. Er kennt den Weg sehr gut, und die Strecke verlangt auch einen tüchtigen Fahrer. Wahrscheinlich werden Sie übrigens Vater in San Remo treffen — wolltest du nicht einen Motorradausflug machen, Vater?«

Mr. Briggerland atmete tief auf und nickte. Er fing langsam an zu verstehen.

Kapitel 34

Im Hafen von Monaco lag ein langes, weißes Boot, das den Namen »Jungle Queen« trug. Das Boot gehörte einem verarmten Engländer, der es vermietete und dadurch ein ganz gutes Einkommen hatte.

Mrs. Cole-Mortimer war überrascht, daß der Mietpreis der »Jungle Queen« für zwei Monate verhältnismäßig gering war; als sie nach ihrer Ankunft in Cap Martin das Boot gesehen hatte, wunderte sie sich nicht mehr.

Sie hatte sich eine große und bequeme Jacht vorgestellt und fand ein mittelgroßes Motorboot mit kleiner Kabine. Die Beschreibung des Agenten besagte, daß die »Jungle Queen« vier bequeme Schlafplätze habe. Wie vier Personen, falls sie nicht betäubt oder betrunken waren, in dem Fahrzeug schlafen sollten, war jedoch schwer verständlich. Normalerweise würden es schon zwei Menschen schwierig gefunden haben, in der Kabine ohne allzu große Unbequemlichkeiten zu schlafen.

Auch für Jean war die »Jungle Queen« eine Enttäuschung gewesen. Ihr geschäftiges Gehirn hatte schon einen wunderbaren Weg gefunden, die größte vor ihr liegende Schwierigkeit zu lösen, aber ein Blick auf die »Jungle Queen« verriet ihr, daß das Geld hierfür weggeworfen war.

Mr. Marcus Stepney, der ein leises Interesse für Motorboote

und ein sehr großes für jede Art von Vergnügen hatte, das sich ihm auf Kosten anderer bot, war bis jetzt der einzige Benutzer der »Jungle Queen« gewesen. Beinahe jeden Morgen fuhr er einige Stunden spazieren, gewöhnlich allein, manchmal auch in Begleitung einer neuen Bekanntschaft, von der er sich allerhand Nutzen erhoffte.

Die Geschäfte gingen sehr schlecht; der Zufluß reicher und vertrauensvoller Jugend schien plötzlich eingetrocknet zu sein, und die kleinen Spielpartien in seinem Privatsalon wurden von Tag zu Tag seltener. Seinen Lebensunterhalt schafften sie ihm ja noch, aber das ständige Pech an den öffentlichen Spieltischen verschlang den größten Teil seiner privaten Gewinne. Hinzu kam, daß sein Selbstvertrauen durch Jeans rücksichtsloses Verhalten und Lydias Gleichgültigkeit etwas erschüttert war. Trotzdem hatte er noch nicht die Hoffnung aufgegeben, sich beide jungen Mädchen gefügig zu machen, wenn er nur den richtigen Weg einschlagen würde.

Jean? — Er war auf einen Gedanken gekommen, dessen Ausführung er sich für einen späteren Zeitpunkt vorbehielt.

Und Lydia? — Jeans Vorschlag erschien ihm ganz annehmbar.

Nach einer langen und sehr verlustreichen Nacht im Kasino faßte er Mut und fuhr zur Villa Casa. Er kam sehr früh an, aber Lydia hatte bereits ihr Frühstück beendet und war durch seinen Besuch nicht sehr angenehm überrascht.

»Heute bade ich nicht, Mr. Stepney«, sagte sie, »und Sie sehen auch nicht aus, als ob Ihnen viel daran läge.«

Mr. Stepney war in vollendeter Jachtkleidung: weiße Beinkleider, weiße Schuhe, dunkelblaues Jackett mit Messingknöpfen. Die Mütze des Jachtklubs saß in korrektem Winkel auf seinem schwarzen Haar.

»Sie haben recht, Mrs. Meredith. Ich hatte die Absicht, zum Fischen hinauszufahren, und würde mich sehr freuen, wenn Sie mitleidig genug wären, mir Ihre Gesellschaft zuteil werden zu lassen.«

Sie schüttelte den Kopf.

»Es tut mir sehr leid — ich habe heute vormittag etwas anderes vor.«

»Können Sie das nicht aufschieben?« bat er. »Ich habe schon alle Vorbereitungen getroffen — ein kleines, ausgezeichnetes

Frühstück ist an Bord — und Sie versprachen mir doch, mich gelegentlich beim Fischen zu begleiten.«

»Ich würde wirklich sehr gern mitkommen, aber heute geht es nicht. Ich habe etwas sehr Wichtiges vor.«

»Ich würde Sie zurückbringen, wann Sie wünschen«, bettelte er. »Bitte, kommen Sie doch mit, Mrs. Meredith. Sie verderben mir sonst den ganzen Tag.«

»Ich kann mir nicht denken, daß Lydia einer solchen — Unfreundlichkeit fähig sein sollte«, rief Jean, die gerade hereinkam. »Worum handelt es sich denn, Lydia?«

»Ich soll Mr. Stepney auf der Jacht begleiten.«

Jean lachte.

»Ich freue mich, daß Sie von einer ›Jacht‹ sprechen«, sagte sie trocken, »Sie sind jetzt der zweite Mensch, der dies hochtrabende Wort gebraucht. Der erste war natürlich der Vermieter. Holen Sie Lydia doch morgen ab, Marcus.«

Jeans Augen funkelten belustigt, und Marcus fühlte, daß Jean den eigentlichen Grund seiner Bitte erraten hatte.

»Also gut«, antwortete er in einem Ton, der deutlich verriet, daß er es nichts weniger als ›gut‹ fand.

»Ich habe Sie übrigens heute morgen mit Ihrem gelbgesichtigen Chauffeur durch Nizza fahren sehen, Jean.«

»Waren Sie denn schon so früh auf den Beinen?«

»Angezogen war ich noch nicht; ich sah gerade aus dem Fenster — mein Zimmer geht auf die ›Promenade des Anglais‹. Wissen Sie, ich kann den Menschen nicht ausstehen.«

»Lassen Sie ihn das nur nicht fühlen«, erwiderte Jean kühl. »Er ist sehr empfindlich. Es gibt übrigens eine Menge Menschen, die Sie auch nicht leiden können.«

»Meiner Ansicht nach lassen Sie ihm etwas zuviel Freiheit«, fuhr Mr. Marcus Stepney fort. Er war in schlechter Stimmung, und das Bewußtsein, das junge Mädchen zu reizen, gab ihm Mut. »Gibt man diesen französischen Chauffeuren nur den kleinen Finger, so nehmen sie gleich die ganze Hand.«

»Da haben Sie vielleicht nicht so unrecht«, versetzte Jean nachdenklich. »Was macht denn Ihre Hand, Marcus?«

Marcus brummte etwas vor sich hin und vergrub die Hand in der Tasche seines Jacketts.

»Danke, es wird besser«, sagte er bissig und fuhr wütend nach Monaco und zu der auf ihn wartenden »Jungle Queen« zurück.

»Noch ist nicht aller Tage Abend ...« brummt er, als er den Motor ankurbelte. Das kleine Boot schoß in voller Geschwindigkeit in die See hinaus.

Jeans Unterhaltung mit Mordon war wenig befriedigend verlaufen. Sie hatte seinen Verdacht zum Teil eingeschläfert, aber wieder und immer wieder war der Brief von ihm erwähnt worden, bis sie schließlich versprochen hatte, ihm das Schreiben noch am gleichen Abend zurückzugeben.

»Liebster«, sagte sie ihm, »du bist viel zu ungestüm — dein gallisches Temperament geht mit dir durch. Ich hatte gestern noch eine schreckliche Szene mit meinem Vater. Er will, daß ich unsere Verlobung aufhebe, hat mir erzählt, was meine Freunde in London dazu sagen würden, daß ich gesellschaftlich erledigt wäre.«

»Und du — was hast du ihm geantwortet, Jean?«

»Ich habe ihm ganz ruhig gesagt, daß alle Einwände zwecklos seien.« Ihre Mundwinkel senkten sich traurig. »Ich weiß, daß ich nur mit dir glücklich sein kann, François, und dir zuliebe bin ich bereit, mich zum Gespött von ganz London zu machen.«

Er würde ihre Hand ergriffen haben, obgleich sie auf offener Straße waren, aber Jean lehnte sich in ihre Ecke zurück.

»Sei doch vorsichtig, François«, warnte sie ihn. »Vergiß nicht — es sind ja nur noch wenige Tage.«

»Ich kann es immer noch nicht fassen, Jean«, stammelte er, als der Wagen langsam aus Monte Carlo herauskletterte. Er wich gerade noch einer um die Ecke biegenden Elektrischen aus, fuhr haarscharf an einem ahnungslosen Spaziergänger vorbei, der hinter ihr auftauchte, und bog in die Hauptstraße ein. »Ich kann es immer noch nicht so richtig glauben, Jean, und doch habe ich immer gefühlt, daß sich in meinem Leben noch Großes ereignen würde, und dann, Jean — ich habe soviel für dich aufs Spiel gesetzt. Damals in der Berkeley Street — Madame Meredith würde heute nicht mehr leben, hätte sie der alte Mann nicht im letzten Augenblick beiseite gerissen. Und wartete ich nicht auf dich, als Meredith selbst —«

»Ssssst«, sagte sie leise. »Wir wollen von etwas anderem sprechen.«

»Soll ich mit deinem Vater reden? Es tut mir wirklich leid — du weißt doch — gestern abend«, sagte er, als sie sich der Villa näherten.

»Vater ist mit dem Motorrad unterwegs — nach Italien hinein«, sagte Jean. »Nein, an deiner Stelle würde ich nicht mit ihm sprechen, auch wenn er hier wäre. Er wird schon nach und nach beigeben, François. Du mußt auch begreifen, wie enttäuscht Vater ist. Er hatte immer gehofft, ich würde mich sehr gut verheiraten. Darauf mußt du doch auch etwas Rücksicht nehmen.«

Er nickte zustimmend, fuhr aber nicht bis vor das Haus, sondern hielt vor der Garage an.

»Vergiß nicht — um halb elf mußt du mit Madame Meredith zur Liebesbank fahren — du weißt doch, wo das ist?«

»Ich kenne den Platz sehr gut, man kann dort schlecht wenden — ich werde beinahe bis San Remo weiterfahren müssen. Warum will sie eigentlich zu der Liebesbank? Ich habe immer gedacht, da gingen nur ganz gewöhnliche Leute hin —«

»Das darfst du ihr nicht erzählen«, sagte sie nachdrücklich. »Ich bin ja übrigens auch dort gewesen.«

»Und an wen hast du da gedacht, Jean?«

Sie senkte die Augen.

»Das erzähle ich dir nicht — wenigstens nicht jetzt«, und mit diesen Worten lief sie eilig der Villa zu.

François blickte ihr nach, bis sie im Eingang verschwunden war, und machte sich dann, wie ein Mann, der aus einem Traume auffährt, an die alltägliche Beschäftigung, Benzin aufzufüllen.

Kapitel 35

Lydia zog sich für ihre Fahrt um, als Mrs. Cole-Mortimer in den Salon kam, wo Jean am Schreibtisch saß.

»Von Monte Carlo wird angerufen«, sagte sie. »Jemand möchte Lydia sprechen.«

Jean sprang auf.

»Ich werde an den Apparat gehen.«

Die Stimme am anderen Ende des Drahtes war rauh und ihr unbekannt.

»Ich möchte Mrs. Meredith sprechen.«

»Wer ist denn dort?« fragte Jean.

»Ein Bekannter von Mrs. Meredith. Wollen Sie sie bitte an

den Apparat rufen? Die Angelegenheit ist ziemlich dringend.«

»Es tut mir leid; Madame Meredith ist nicht zu Hause.«

Jean hörte einen ärgerlichen Ausruf.

»Wissen Sie, wohin sie gegangen ist?« fragte die Stimme von neuem.

»Ich glaube, nach Monte Carlo«, war Jeans Antwort.

»Sagen Sie ihr doch bitte, für den Fall, daß ich sie nicht treffe, sie möchte nicht aus dem Hause gehen, bis ich dagewesen bin!«

»Sehr gern«, antwortete Jean höflich und legte den Hörer auf.

»Hat man nach mir telefoniert?«

Lydias Stimme klang vom oberen Stockwerk herunter.

»Ja. Ich glaube, es war Marcus Stepney, der Sie zu sprechen wünschte. Ich habe ihm gesagt, Sie seien schon ausgegangen, oder wollten Sie ihn vielleicht sprechen?«

»Um Gottes willen, nein!« rief Lydia. »Und Sie wollen wirklich nicht mit mir kommen?«

»Ich möchte lieber zu Hause bleiben«, sagte Jean wahrheitsgemäß.

Der Wagen stand vor der Tür, und Mordon, der in seinem hellen Staubmantel sehr gut aussah, öffnete den Schlag.

»Wie lange wird es wohl dauern?« fragte Lydia.

»Ungefähr zwei Stunden, Liebste, und Sie werden hungrig sein, wenn Sie zurückkommen«, rief Jean und küßte sie.

»Vergessen Sie nicht, an den richtigen Mann zu denken«, und sie drohte mit dem Finger.

»Jetzt fange ich selbst an, neugierig zu werden«, antwortete Lydia.

Jean blickte hinter dem Auto her, bis es um die Ecke gebogen war, und ging dann in den Salon. Kaum hatte sie Platz genommen, als das Telefon schon wieder läutete.

»Mrs. Meredith ist nicht nach Monte Carlo gefahren«, sagte dieselbe Stimme. »Ihr Wagen ist nicht auf der Straße gesehen worden.«

»Ist dort Mr. Jaggs?« fragte Jean freundlich.

»Ja, Miss.«

»Mrs. Meredith ist schon wieder zurück. Es tut mir wirklich leid, aber ich dachte, sie sei nach Monte Carlo gefahren. Mrs. Meredith ist auf ihrem Zimmer — sie hat sehr starke Kopfschmerzen. Wollen Sie nicht hierherkommen und mir ihr sprechen?«

Ein kurzes Schweigen und dann: »Ja, ich komme sofort.«

Zwanzig Minuten später stieg der alte Mann vor der Tür aus einem Taxi, und das Mädchen, das ihm die Tür geöffnet hatte, führte ihn in den Salon.

Jean stand auf und blickte auf die gebeugte Gestalt, die ihr gegenüberstand; sah sie prüfend an, von dem grauen Haar bis hinunter zu den staubigen Schuhen. Dann wies sie auf einen Stuhl.

»Nehmen Sie Platz«, forderte sie ihn auf, und der alte Jaggs gehorchte. »Sie haben, wie ich annehme, Mrs. Meredith etwas mitzuteilen.«

»Det möchte ick ihr lieber selber erzählen«, sagte der alte Mann grob.

»Gut, bevor Sie ihr aber überhaupt etwas erzählen, muß ich Ihnen ein Geständnis machen.« Sie lächelte den alten Jaggs an und ließ sich in aller Ruhe gemächlich auf einen Stuhl ihm gegenüber nieder.

Er saß mit dem Rücken gegen das Fenster und drehte seinen zerbeulten Hut in den Händen.

»Ich habe Sie nämlich unter falschen Vorspiegelungen hierhergebracht«, begann Jean, »Mrs. Meredith ist nicht hier.«

»Nicht hier?« fuhr er auf.

»Nein, sie ist mit unserem Chauffeur unterwegs. Aber ich hätte Sie gern gesprochen, Mr. Jaggs, weil —« sie stockte. »Ich weiß, daß Sie ein sehr guter Freund von Madame Meredith sind und nur ihr Interesse im Auge haben. Ich kenne Sie ja nicht weiter«, sie schüttelte den Kopf, »habe aber erfahren, daß Mr. Jack Glover Sie engagiert hat.«

»Wat soll det alles bedeuten?« fragte er rauh. »Wat ham Se mir zu erzählen?«

»Ich weiß wirklich nicht, wie ich beginnen soll.« Sie biß sich auf die Lippen. »Es ist eine so peinliche Angelegenheit, daß ich am liebsten überhaupt nicht darüber sprechen möchte. Aber das Verhalten Mrs. Merediths unserem Chauffeur Mordon gegenüber ist wirklich unpassend, und meiner Meinung nach müßte das Mr. Glover mitgeteilt werden.« Er antwortete nicht, und sie fuhr fort: »So etwas kommt ja vor, ich weiß das sehr gut, aber glücklicherweise habe ich das noch nie miterleben müssen, und dann — Mordon ist ja ein sehr gut aussehender Mensch — und sie ist so jung . . .«

»Wovon reden Sie denn eigentlich?« Seine Stimme klang

scharf und befehlend.

»Ich befürchte, die arme Lydia hat sich in Mordon verliebt.«

Er sprang auf.

»Verdammter Schwindel!« rief er, und sie starrte ihn mit großen Augen an. »Jetzt erzählen Sie mir, wo Lydia Meredith steckt, und merken Sie sich das eine, Jean Briggerland: Ist auch nur ein Haar auf dem Kopfe des jungen Mädchens gekrümmt, dann werde ich beendigen, was ich da draußen begonnen habe«, er wies auf den Garten, »und erwürge Sie mit meinen eigenen Händen.«

Jean blickte ihn verstohlen an und begann an allen Gliedern zu zittern. Plötzlich wandte sie sich um, flog die Treppe hinauf in ihr Zimmer, verschloß die Tür und lehnte sich blaß und schwankend gegen sie. Zum zweitenmal in ihrem Leben lernte Jean Briggerland Furcht kennen.

Dann hörte sie die schnellen Schritte des Mannes auf dem Gang; er klopfte an die Tür.

»Machen Sie auf!«

Für einen Augenblick verlor Jean beinahe ihre Selbstbeherrschung. Wild blickte sie sich in ihrem Zimmer nach einem Weg zur Flucht um . . . dann kam ihr ein Gedanke. Sie eilte in das Badezimmer. Ein großer Schwamm lag auf dem Fensterbrett zum Trocknen, und auf einem Regal neben der Badewanne stand eine Flasche Salmiakgeist. Mit abgewandtem Kopfe goß sie den Inhalt der Flasche auf den Schwamm, schlich dann leise an die Tür, schloß auf und öffnete.

Der alte Mann kam hereingestürzt, aber schon drückte sich der Schwamm gegen sein Gesicht. Die scharfe Flüssigkeit drang in seine Augen, blendete ihn, der betäubende Geruch zwang ihn auf die Knie. Er griff nach ihrer Hand, versuchte sie wegzureißen, aber jetzt legte sich ihr anderer Arm um seinen Hals, und er war machtlos.

Mit einem Schmerzensschrei brach er auf dem Boden zusammen. Im nächsten Augenblick lag sie wie eine Wildkatze auf ihm, ihr Knie zwischen seinen Schultern.

Halb bewußtlos fühlte er, wie seine Hände nach hinten gezogen und zusammengebunden wurden. Sie gebrauchte den seidenen Gürtel ihres Morgenrockes; ihre Arbeit war schnell und gründlich.

Dann legte sie ihn auf den Rücken. Er konnte die Augen nicht öffnen — der Salmiakgeist war hineingedrungen, und die Schmerzen waren furchtbar, beinahe unerträglich. Langsam kam er auf die Füße. Er fühlte, wie sie ihn irgendwo hinführte; plötzlich wurde er auf einen Stuhl gestoßen. Dann ließ sie ihn kurze Zeit allein, kam aber bald wieder zurück und begann auch seine Füße zu fesseln. Es war eine ganz verblüffende Gefangennahme, ausgeführt von einem einzigen Menschen, und noch dazu von einer Frau. Selbst Jean hätte einen so leichten Sieg für unmöglich gehalten.

»Es tut mir wirklich leid, einem alten Mann weh zu tun.« Schneidender Hohn lag in ihrer Stimme. »Wenn Sie mir aber versprechen, nicht zu schreien, will ich Sie nicht knebeln.«

Jetzt hörte er das Geräusch von fließendem Wasser, und dann begann sie, mit einem feuchten Tuch vorsichtig seine Augen zu waschen.

»In ein paar Minuten werden Sie sehen können«, sagte Jeans kühle Stimme, »und in der Zwischenzeit werde ich nach der Polizei telefonieren.«

Trotz aller Schmerzen konnte er ein leises Lachen nicht unterdrücken.

»Sie wollen nach der Polizei schicken, Sie? Kennen Sie mich denn?«

»Ich weiß nur, daß Sie ein garstiger alter Mann sind, der hier eingebrochen ist, während ich ganz allein im Hause war.«

»Sie wissen doch, warum ich gekommen bin?« sagte er nachdrücklich. »Ich bin hierhergekommen, um Mrs. Meredith mitzuteilen, daß man mit einem gefälschten Scheck hunderttausend Pfund von ihrem Bankkonto abgehoben hat.«

»Das ist doch lächerlich«, entgegnete Jean. Sie saß auf dem Rande des Bettes und betrachtete die bedauernswerte Gestalt vor ihr. »Wie könnte denn irgend jemand an Mrs. Merediths Konto herankommen, während ihr guter Freund und Schutzengel, Mr. Jack Glover, in London ist und aufpaßt, daß die Ärmste nicht beraubt wird.«

Der ›alte Jaggs‹ starrte sie mit seinen entzündeten Augen an.

»Sie wissen sehr genau«, sagte er bestimmt, »daß ich Jack Glover bin und seit Lydia Merediths Ankunft Monte Carlo nicht verlassen habe.«

Kapitel 36

Mr. Briggerland hatte für Sport im allgemeinen nicht viel übrig, nur sein hübsches Motorrad machte eine Ausnahme. Es gab ihm nicht nur die Möglichkeit, angenehme Ausflüge zu machen, sondern war ihm auch bei der Ausführung von Jeans Plänen manchmal von großem Nutzen.

Er frühstückte in Mentone und fuhr dann langsam die Steigung nach Grimaldi hinauf, nachdem er die Grenze in Pont St. Louis überschritten hatte. Er hatte den ganzen Vormittag vor sich, Eile war nicht nötig. In Ventimiglia frühstückte er ein zweites Mal . . . der Morgen war frisch und sein Appetit ausgezeichnet. Eine Zigarre zwischen den Zähnen, schlenderte er gemächlich durch die kleine Stadt, kaufte ein paar Andenken und fuhr dann langsam weiter.

Sein Ziel war San Remo. Von dort ging um ein Uhr ein Zug ab, der ihn und seine Maschine nach Monte Carlo bringen würde, wo er die Absicht hatte, den Nachmittag zu verleben. In Pont St. Louis hatte er sich mit einem der Grenzbeamten unterhalten.

»Nein, Monsieur, am Vormittag kommen eigentlich wenig Autos durch. Erst am späten Nachmittag beginnt der Hauptverkehr. Die Zeiten haben sich auch an der Riviera geändert, die meisten Leute gehen jetzt nach Cannes. Die alte Straße ist fast ganz verlassen.«

Gegen elf Uhr erreichte Mr. Briggerland einen bestimmten Platz an der Landstraße und fand auch die Möglichkeit, sein Motorrad unter Olivenbäumen auf dem Hügelabhang zu verstecken. Es war dies ein wunderbar gelegenes Fleckchen zum Ausruhen, und er konnte von hier aus die Straße weithin überblicken.

Auch Lydias Fahrt war angenehm verlaufen. Sie hatte sich kurze Zeit in Mentone aufgehalten und dann in Pont St. Louis, eine Stunde nach Briggerland, die Grenze überschritten.

Die Straße nach San Remo läuft im Schatten steiler Hügel durch ödes Land, dem nicht einmal der arbeitsame Bauer Norditaliens einen Lebensunterhalt abzuringen vermag. Mit Ausnahme vereinzelter Strecken bebauten Landes blicken die Hügel kahl und drohend zur See hinunter.

Die Straße lief dicht an der steinbedeckten Küste entlang; manchmal so dicht, daß der Gischt der Wogen bis an die Fenster des Wagens sprühte.

Dann kletterte das Auto wieder einen dieser zerklüfteten wilden Hügel empor, und Lydia sah Hunderte von Fuß unter sich die Wogen schäumen.

Auf dem Gipfel eines Vorsprungs, der weit in die See hinausreichte, hielt der Wagen.

Hier lief die Straße in einem Halbkreis, so daß Lydia von ihrem Platz aus nicht sehen konnte, woher sie kam und wohin sie führte. Gerade vor ihr wand sie sich um den Fuß eines hohen, überhängenden Felsens, durch den die Straße hindurchzugehen schien. Hinter ihr schien sie zu einer Bucht hinabzutauchen, die aber dem Auge verborgen war.

»Das ist die Liebesbank, Mademoiselle«, sagte Mordon.

Einige Meter unterhalb der Straße lag eine breite Felsenplatte, zu der einige Steinstufen führten. Die Liebesbank war aus dem Felsen herausgehauen, und Lydia setzte sich und ließ die Schönheit der Gegend auf sich wirken. Die Einsamkeit, die Ruhe, die nur durch das sanfte Rauschen der Wogen unter ihr unterbrochen wurde, die Großartigkeit der ganzen Umgebung hielten Lydia in ihrem Bann. Wenige Schritte vor ihr fiel der Felsen steil ab, und das junge Mädchen schauderte zurück, als es einen Blick hinuntergeworfen hatte.

Mordon konnte sie nicht sehen. Er saß auf dem Trittbrett des Wagens und hatte seinen Kopf in die Hände gestützt — im Kampf mit trüben Gedanken. Irgend etwas stimmt nicht, sagte er sich. Er begann unruhig zu werden und zweifelte zum erstenmal an der Aufrichtigkeit der Frau, die für ihn eine Göttin gewesen war.

Er hörte nichts, als Mr. Briggerland geräuschlos hinter dem großen Felsen hervorkam. Mordon drehte ihm den Rücken zu. Plötzlich blickte er sich um.

»Monsieur«, stammelte er und wäre aufgesprungen, wenn ihm Briggerland nicht die Hand auf die Schulter gelegt hätte.

»Bleiben Sie sitzen, François«, sagte er freundlich. »Ich glaube, ich bin gestern abend etwas heftig gewesen.«

»Nein, ich, Monsieur«, entgegnete Mordon heiser. »Es war wirklich unverzeihlich von mir —«

»Ach, Unsinn!« Briggerland klopfte ihm auf die Schulter.

»Was ist denn das für ein Schiff da draußen — ein Kriegsschiff, François?«

François Mordon blickte auf die See, und Briggerland hielt die Mündung des Revolvers mit dem Elfenbeinkolben — er hatte ihn hinter seinem Rücken verborgen gehalten — an François' Schläfe und schoß ihn nieder.

Der Knall des Revolverschusses, der von den Felsen widerhallte, kam zu Lydia wie ein Donnerschlag. Zuerst glaubte sie, ein Reifen sei geplatzt. Sie eilte die Steinstufen hinauf, um zu sehen, was vorgefallen war.

Mr. Briggerland stand mit dem Rücken zum Wagen. Zu seinen Füßen lag der Leichnam des unglücklichen Mordon.

»Mr. ... Brigg ...!« stammelte sie und sah dann den Revolver in seiner Hand. Mit einem Aufschrei warf sie sich beinahe die Stufen hinunter. Briggerland hatte geschossen. Die Kugel riß ihr den Hut vom Kopf. Sie fuhr mit den Händen nach der Stirn, glaubte getroffen zu sein.

Dann schob sich sein dunkles Gesicht über die oberste Stufe; der Revolver war wieder auf sie gerichtet. Einen Augenblick starrte sie in die gutmütigen Augen des Mannes über ihr, dann fühlte sie einen heftigen Stoß, stolperte rückwärts und stürzte über den Abhang in die Tiefe.

Kapitel 37

Wohl niemals hatte Jean Briggerland ein so vollkommenes Bild entsetzter Überraschung gegeben wie in dem Augenblick, in dem der alte Jaggs ihr mitteilte, er sei Jack Glover.

»Sie — Mr. Glover?« rief sie ungläubig.

»Vielleicht sind Sie so freundlich und geben mir die Hände frei«, sagte Jack wütend. »Dann kann ich es Ihnen beweisen.«

Jean, ganz und gar Sanftmut, gehorchte, und endlich stand er stöhnend auf.

»Sie haben mich beinahe geblendet.« Er versuchte in den Spiegel zu blicken.

»Wenn ich gewußt hätte, daß Sie es sind ...«

»Daß ich nicht lache!« fuhr er sie an. »Selbstverständlich wußten Sie sehr gut, wer hinter dem alten Jaggs steckt!« Er nahm die

Perücke ab und riß sich den Bart vom Gesicht.

»War es sehr schmerzhaft?« fragte sie mitleidig.

Statt aller Antwort knurrte Jack vor sich hin.

»Woher sollte ich denn wissen, daß Sie es waren?« fragte sie mit tugendhafter Entrüstung. »Ich hielt Sie für einen gefährlichen alten Mann . . .«

»Ich glaube Ihnen kein Wort, Miss Briggerland«, versetzte Jack. »Sie wußten genau, wer ich war, und ahnten auch, warum ich diese Verkleidung angenommen hatte. Ich stand wenige Meter von Ihnen entfernt, als Ihnen plötzlich klarwurde, daß ich nur in der Maske eines alten Mannes in Lydia Merediths Wohnung schlafen konnte.«

»Aber warum mußten Sie denn überhaupt in ihrer Wohnung schlafen?« fragte sie. »Das macht einen sehr eigenartigen Eindruck.«

»Eine ganz unnötige Frage! Ich verlöre nur meine Zeit, wenn ich sie Ihnen beantworten wollte«, antwortete Jack ernst. »Ich hielt mich in ihrer Wohnung auf, um Lydia Meredith vor Ihren mörderischen Plänen zu schützen!«

»Meinen — mörderischen — Plänen?« wiederholte sie verblüfft. »Sie wissen wohl selbst nicht, was Sie sagen.«

»Das weiß ich sehr genau.« Sein Gesicht war nicht sehr freundlich. »Ich habe genügend Beweise in den Händen, um Ihren Vater und vielleicht auch Sie verhaften zu lassen. Monatelang habe ich mich mit dem ersten Unfall beschäftigt, der Ihnen so gelegen kam — Sie wissen doch, der reiche Australier, der so auffallend plötzlich starb! In dem Meredith-Fall kann ich Ihnen vielleicht nichts nachweisen, kann Sie vielleicht auch nicht wegen Ihrer Angriffe auf Mrs. Meredith hinter Schloß und Riegel bringen, aber ich habe genug Beweise, um Ihren Vater für sein früheres Verbrechen hängen zu lassen.«

Ihr Gesicht war ausdruckslos — wie eine Maske. Niemals zuvor hatte sie sich in solcher Gefahr befunden. Und die ganze Zeit hindurch, während sie ihm mit regungslosem Gesicht in die Augen starrte, waren ihre Gedanken beschäftigt. Die Gedanken glitten in die Vergangenheit zurück, untersuchten jede Einzelheit des Verbrechens, von dem er gesprochen hatte, suchten nach irgendeinem Fehler in dem sorgsam vorbereiteten Plan, der einem braven Menschen ein gewalttätiges Ende bereitet hatte.

»Diese Art Bluff macht keinen Eindruck auf mich«, sagte sie

schließlich. »Ihre Sache muß wirklich recht schwach stehen, wenn Sie sogar Verbrechen erfinden müssen, die ich begangen haben soll.«

»Darüber später. Wo ist Lydia?« sagte er kurz.

»Ich habe Ihnen ja schon gesagt, ich weiß es nicht. Sie ist mit dem Chauffeur unterwegs. Ich erwarte sie bald zurück.«

»Begleitet Ihr Vater Mrs. Meredith?«

Sie schüttelte den Kopf.

»Nein, mein Vater ist schon sehr früh weggefahren. Ich weiß überhaupt nicht, wer Ihnen das Recht gibt, mich zu verhören. Wirklich, Jack Glover, Sie tun beinahe so wichtig wie ein französischer Untersuchungsbeamter«, fügte sie lächelnd hinzu.

»Wie wichtig diese Herren tun, werden Sie vielleicht sehr bald erfahren«, sagte er bedeutungsvoll. »Wo ist Ihr Fahrer Mordon?«

»Er ist nicht hier — ich habe Ihnen doch gesagt, daß er mit Lydia weggefahren ist. Warum fragen Sie?« erkundigte sie sich mit innerer Unruhe. Sie hatte gerade noch im richtigen Augenblick gehandelt. Mordon war also mit der Fälschung in Verbindung gebracht worden!

Seine ersten Worte bestätigten ihre Vermutung.

»Es liegt ein Haftbefehl gegen Mordon vor, der sofort ausgeführt wird, wenn er zurückkommt. Es ist uns gelungen, seine Spur in London aufzufinden und auch die Frau, die den Scheck einkassiert hat. Wir kennen jede seiner Bewegungen von dem Augenblick an, als er Nizza im Flugzeug verließ, bis zu dem Zeitpunkt, als er wieder nach Nizza zurückkam. Die Firmen, bei denen er das Geld wechselte, können beschwören, daß er es gewesen ist.«

Wenn Jack glaubte, Jean Briggerland einzuschüchtern, so irrte er sich. Sie zog die Augenbrauen in die Höhe.

»Ich kann es nicht für möglich halten. Mordon war ein so ehrlicher Mann. Wir vertrauten ihm unbedingt, und niemals hat er unser Vertrauen enttäuscht. Und jetzt, Mr. Glover«, fügte sie kühl hinzu, »möchte ich Sie darauf aufmerksam machen, daß eine Unterredung mit einem Mann in meinem Schlafzimmer nicht dazu dient, dem Dienstpersonal Respekt vor mir einzuflößen. Wollen Sie bitte hinuntergehen und im Salon auf mich warten?«

»Sie werden nicht versuchen, das Haus zu verlassen?«

Jean lachte. »Wirklich, Sie benehmen sich wie einer dieser unfehlbaren Detektive, von denen man in den Magazinen soviel liest«, sagte sie etwas verächtlich. »Sie haben nicht das geringste Recht, mich am Verlassen des Hauses zu hindern, und kein Mensch weiß das besser als Sie. Aber seien Sie unbesorgt, setzen Sie sich auf die Treppe und warten Sie, bis ich herunterkomme.«

Als er verschwunden war, klingelte sie ihrem Mädchen und gab ihm einen Briefumschlag.

»Ich bin im Salon mit Mr. Glover«, sagte sie leise. »Bringen Sie mir den Brief etwas später, und sagen Sie, sie hätten ihn in der Halle gefunden.«

»Ja, Miss.«

Jean kleidete sich gemächlich um; in dem Kampf mit Jack Glover war ihr Kleid zerrissen worden. Jack, der in der Diele auf und ab ging, war schon im Begriff, wieder nach oben zu gehen, als sie ruhig die Treppe herabkam.

»Eines möchte ich gern wissen, Mr. Glover«, sie ging ihm voran in den Salon, »was haben Sie nun vor? — Was wollen Sie unternehmen? Haben Sie die Absicht, Lydia aus — unseren Armen zu reißen? Ich weiß natürlich, daß Sie schrecklich in sie verliebt sind, na . . . und so weiter.«

Er wurde rot. »Ich bin nicht verliebt in Mrs. Meredith.«

»Seien Sie nicht albern«, sagte sie kalt. »Selbstverständlich sind Sie es; das kann doch jeder sehen.«

»Meine erste Aufgabe ist es, wieder in den Besitz des Geldes zu kommen, und Sie werden mir dabei helfen.«

»Natürlich werden wir Ihnen helfen«, stimmte sie ihm bei. »Wenn Mordon wirklich so ein Übeltäter war, muß er die Folgen tragen. Eigentlich halte ich Sie für viel zu geschickt, um sich hierin zu irren. Armer Mordon! Ich möchte wissen, warum er das getan hat; er ist doch so gut Freund mit Lydia, und ernsthaft gesprochen, Mr. Glover, glaube ich wirklich, daß Lydia sich recht unvorsichtig benommen hat.«

»Etwas Ähnliches haben Sie schon einmal gesagt«, antwortete er ruhig. »Vielleicht werden Sie mir jetzt erklären, was Sie damit sagen wollen.«

Sie zuckte die Achseln.

»Die beiden sind ständig zusammen. Erst gestern abend sind sie bis spät in die Nacht hinein im Garten auf und ab gegangen, und ich hatte wirklich Sorge, daß Mrs. Cole-Mortimer es auch bemerken würde ...«

»Das bedeutet, daß Mrs. Cole-Mortimer nichts bemerkt hat. Sie sind wirklich gerissen! Ich glaube Ihnen kein Wort.«

Es wurde an die Tür geklopft, und das Mädchen trat herein.

»Ein Brief für Sie, Miss«, sagte sie. »Er lag auf dem Tisch in der Halle. Haben Sie ihn nicht gesehen?«

»Nein«, entgegnete Jean überrascht, nahm den Brief und öffnete ihn.

Jack sah Schrecken und Erstaunen in ihrem Gesicht.

»Allmächtiger Gott!« stammelte Jean.

»Was ist denn?« sprang er auf.

Sie starrte in den Brief und von dem Brief zu ihm.

»Lesen Sie«, sagte sie mit ersterbender Stimme.

Mademoiselle!
Ich bin soeben von London zurückgekommen und habe Madame Meredith eingestanden, daß ich ihre Unterschrift gefälscht und hunderttausend Pfund von der Bank abgehoben habe. Und jetzt habe ich erfahren, es ist mir selbst noch unfaßbar, daß Madame Meredith micht liebt. Es gibt hier keinen anderen Ausweg, und der ist ...

Jack las den Brief zweimal aufmerksam durch.

»Mordons Handschrift«, sagte er vor sich hin. »Es ist unmöglich, unglaublich! Ich habe doch Mrs. Meredith beinahe die ganze Zeit über beobachtet. Haben Sie auch von ihr einen Brief erhalten?« fragte er plötzlich. »Aber nein, das ist ja unmöglich, ganz unmöglich!«

»Ich bin noch nicht in Lydias Zimmer gewesen. Wollen Sie mit hinaufkommen?«

Er folgte ihr in Lydias Schlafzimmer, und das erste, was sein Auge entdeckte, war ein versiegelter Brief auf dem Tisch in der Nähe des Fensters. Er nahm ihn auf. Der Umschlag, in Lydias Handschrift, trug seine eigene Adresse. Mit zitternder Hand riß er ihn auf.

Sein Gesicht war totenblaß, als er ihn durchflogen hatte.

»Wo sind sie hingefahren?« fragte er.

»Nach San Remo.«

»Im Auto?«

»Natürlich.«

Ohne ein weiteres Wort wandte er sich ab, eilte die Treppe hinab und zum Hause hinaus.

Der Wagen, den er sich nach seiner Ankunft in Monte Carlo gemietet hatte und der dem ›alten Jaggs‹ nachgefahren war, stand in der Nähe des Hauses. Er warf dem Chauffeur einige Worte zu und sprang hinein. Das Auto fuhr durch Mentone und hielt nur einen Augenblick an der Grenze, während Jack mit dem Beamten sprach.

»Ja, eine Dame ist durchgefahren, aber noch nicht zurückgekommen.«

»Wie lange ist das her?«

»Vielleicht eine Stunde; vielleicht auch weniger.«

Mit voller Geschwindigkeit brauste der große Wagen an der Küste entlang, wandte und drehte sich mit den scharfen Krümmungen der Straße, tauchte in die Täler und erstieg die steilen Felsen. Und dann, hinter einer Kurve, sah Jack den Wagen und die Menschen um ihn. Sein Herzschlag drohte zu stocken, als er aus seinem Wagen heraussprang. Er sah zwei italienische Gendarmen, drängte die Umstehenden zur Seite und war in der Mitte der Gruppe. Mordon lag mit dem Gesicht auf der Erde in einer Blutlache — einer der Beamten hielt einen Revolver mit Elfenbeinkolben in der Hand.

»Das ist die Waffe, mit der das Verbrechen begangen wurde«, sagte er auf italienisch. »Drei Schüsse sind abgefeuert. Wem mögen die beiden anderen gegolten haben?«

Jack schwankte und hielt sich am Kotflügel des Autos fest. Seine Augen wanderten zur Öffnung im Steinwall, von der aus die Stufen zu der Liebesbank hinunterführten. Er ging bis an die Brüstung, blickte hinunter, und das erste, was er sah, war ein zerfetzter Hut, der Hut Lydias!

Kapitel 38

Mr. Briggerland, der sich die Zeit im Hafen von Monaco vertrieb, sah die »Jungle Queen« hereinkommen und beobachtete, wie Marcus mit seinen Angelleinen an Land ging.

Er rief ihn an. Mr. Stepney wandte sich um und fuhr bei seinem Anblick zusammen.

»Hallo, Mr. Briggerland«, sagte er mit gepreßter Stimme.

»Nun, waren Sie fischen?« fragte der ältere Mann väterlich.

»Ja.«

»Etwas gefangen?«

Stepney nickte.

»Nur einen.«

»Pech«, lächelte Mr. Briggerland, »aber wo steckt denn Mrs. Meredith — ich dachte, Sie wollten heute zusammen hinausfahren.«

»Mrs. Meredith ist in San Remo«, erwiderte Stepney kurz, und der andere nickte.

»Stimmt ja — das hatte ich ganz vergessen.«

Etwas später kaufte er die Nachmittagsausgabe der ›Niçois‹ und las die ersten Berichte über die Tragödie auf der San-Remo-Straße. Das brachte ihn sofort auf den Nachhauseweg, und er traf in der Villa Casa ein — ein über alle Maßen aufgeregter Mann.

»Das sind ja furchtbare Neuigkeiten, Kleine«, stürzte er in den Salon. Beim Anblick Jack Glovers blieb er regungslos stehen.

»Kommen Sie herein, Briggerland«, sagte Jack kurz. Neben ihm stand ein großer, schlanker Herr, in dem Briggerland einen Inspektor des Präsidiums erkannte. »Wir wünschen Aufschluß von Ihnen, wie und wo Sie den heutigen Tag verbracht haben.«

»Aufschluß von mir?« wiederholte Briggerland entrüstet. »Wollen Sie mich vielleicht mit der furchtbaren Tragödie zusammenbringen?«

»Schon gut, Monsieur«, sagte der Franzose ruhig. »Trotzdem müssen Sie uns mitteilen, wo Sie heute gewesen sind.«

»Das ist sehr einfach. Ich war in San Remo.«

»Per Bahn oder —«

»Nein, auf meinem Motorrad.«

»Wann kamen Sie in San Remo an?«

»Gegen zwölf, vielleicht auch schon einige Minuten früher, so genau kann ich das nicht sagen.«

»Es ist Ihnen bekannt, daß der Mord gegen halb zwölf begangen wurde?« sagte Jack.

»So habe ich es wenigstens in der Zeitung gelesen.«

»Wo haben Sie sich in San Remo aufgehalten?« fragte der Detektiv.

»Erst habe ich in einem Café ein Glas Wein getrunken, danach bummelte ich durch die Stadt, um schließlich im ›Victoria‹ zu speisen. Dann fuhr ich mit dem Ein-Uhr-Zug nach Monte Carlo zurück.«

»Hatten Sie nichts von dem Mord gehört?«

»Kein Wort — nicht ein einziges Wort.«

»Haben Sie das Auto bemerkt?«

Mr. Briggerland schüttelte den Kopf.

»Ich bin lange vor der — armen Lydia abgefahren.«

»War Ihnen etwas von einer Zuneigung zwischen Mordon und Ihrem Gast bekannt?«

»Ich kam überhaupt nicht auf den Gedanken, daß so etwas möglich sein könnte. Hätte ich auch nur den geringsten Verdacht gehabt«, fügte Mr. Briggerland hinzu, »würde ich sofort geeignete Schritte ergriffen und Lydia zur Vernunft gebracht haben.«

»Ihre Tochter behauptet, die beiden seien sehr häufig zusammengewesen. Ist Ihnen das nicht aufgefallen?«

»Bemerkt hatte ich das schon, aber es fiel mir nicht weiter auf. Wissen Sie, meine Tochter und ich sind sehr sozial in unseren Anschauungen. Mordon war beinahe ein Freund von uns; was Ihnen vielleicht übertrieben familiär erscheinen würde, fällt uns, glaube ich, nicht auf. Ich erinnere mich allerdings, Mrs. Meredith und Mordon verschiedene Male im Garten gesehen zu haben.«

»Ist das Ihr Eigentum?« Der Inspektor griff hinter einen Vorhang und brachte ein altes englisches Gewehr zum Vorschein.

»Ja, das gehört mir«, gab Mr. Briggerland ohne jedes Zögern zu. »Ich habe die Waffe in Amiens als eine Erinnerung an unsere tapferen Soldaten —«

»Ich weiß schon und begreife Ihr patriotisches Gefühl, das Sie zu diesem Kauf veranlaßte«, versetzte der Inspektor trocken, »aber wollen Sie mir bitte mitteilen, wo und wann Sie das Gewehr verloren haben?«

»Ich habe nicht die geringste Ahnung«, erwiderte Mr. Briggerland überrascht. »Ich wußte nicht einmal, daß es verloren war — ich hatte das Gewehr wochenlang nicht mehr zu Gesicht bekommen. Sollte vielleicht Mordon — aber nein, ich darf nicht zu schelcht von ihm denken.«

»Was wollten Sie sagen?« frage Jack. »Vielleicht, daß Mordon auf Mrs. Meredith schoß, als sie auf dem Floß stand? Die Mühe kann ich Ihnen ersparen, Briggerland. Sie haben auf Mrs. Meredith geschossen, und ich habe Sie zu Boden geschlagen.«

Mr. Briggerlands Gesicht war eine wirkliche Studie.

»Es ist mir unfaßbar, wie Sie eine so unglaubliche und grundlose Beschuldigung gegen mich erheben können«, erklärte er würdig. »Vielleicht kannst du, mein liebes Kind, mir dies etwas verständlicher machen.«

Seit der Ankunft ihres Vaters hatte Jean noch kein einziges Wort gesprochen. Sie saß kerzengerade mit gefalteten Händen auf einem Stuhl, und ihre traurigen Augen wanderten von dem Inspektor zu Jack und wieder zurück. Sie schüttelte langsam den Kopf.

»Ich kenne das Gewehr nicht, wußte überhaupt nicht, daß du eins besitzt. Aber bitte, Vater, bleib ruhig und beantworte doch alle Fragen, die man an dich richtet. Es liegt mir genausoviel daran wie dir, eine Erklärung dieses furchtbaren Vorfalls zu erhalten. Haben Sie meinem Vater von den Briefen erzählt, die gefunden wurden?«

Der Inspektor schüttelte den Kopf.

»Ich habe Ihren Vater vor seinem Eintreffen hier nicht gesehen.«

»Briefe?« Mr. Briggerland blickte seine Tochter fragend an. »Hat die arme Lydia einen Brief zurückgelassen?«

Sie nickte.

»Mr. Glover wird es dir schon erzählen, Vater. Lydia hat Mordon geliebt. Und was dann vorging, liegt ja ziemlich klar auf der Hand. Sie fuhren heute morgen weg und hatten nicht die Absicht, jemals wiederzukommen —«

»Mrs. Meredith kannte die Liebesbank überhaupt nicht und ist nur auf Zureden von Miss Briggerland dort hingefahren«, sagte Jack ruhig. »Mrs. Cole-Mortimer ist sich über diesen Punkt ganz sicher.«

»Ist ihre Leiche denn gefunden worden?« fragte Mr. Briggerland.

»Bis jetzt nur der Chauffeur«, war die Antwort des Inspektors.

Nach einigen weiteren Fragen zog der Beamte Jack Glover vor die Tür.

»Es hat ganz den Anschein, als ob es sich hier um eines jener Verbrechen aus Leidenschaft handelt, wie sie bei uns leider so häufig vorkommen. Mordon war Franzose. Mit der Polizei hat er schon oft genug zu tun gehabt, wie wir nach seiner Personalbeschreibung in Paris feststellen konnten.«

»Und Sie glauben, es ist keine Hoffnung, Mrs. Meredith —«

»Wir lassen die sehr tiefe Stelle unterhalb des Abhangs mit Grundnetzen absuchen, aber es ist sehr leicht möglich, daß der Körper ins offene Meer getrieben ist. Gegen die Leute hier liegt außer Ihrer Beschuldigung nichts weiter vor. Die Briefe könnten natürlich gefälscht sein, aber Sie sagen doch selbst, daß Sie Mrs. Merediths Handschrift mit Sicherheit erkennen.«

Jack nickte zustimmend.

Sie gingen auf das Auto zu, in dem der Beamte gekommen war, als Jack fragte: »Darf ich den Brief noch einmal sehen?«

Der Inspektor zog ihn aus der Brusttasche, und Jack las ihn von neuem durch.

»Ja, es ist ihre Handschrift.« Plötzlich rief er überrascht aus: »Haben Sie das hier bemerkt?« Er wies auf das kleine Anführungszeichen vor den Worten ›Mein lieber Freund‹.

»Anführungszeichen?« sagte der Beamte verblüfft. »Warum? — Das verstehe ich nicht.«

»Ich hab's!« rief Jack. »Der Roman! Mademoiselle Briggerland erzählte mir, daß sie an einem Roman arbeite, und ich erinnere mich auch, daß sie ihren Schreibkrampf erwähnte. Angenommen, sie hätte einen Teil des Romans Mrs. Meredith diktiert, und weiter angenommen, in diesem Teil käme ein Brief vor — was dann? Mrs. Meredith hätte ganz mechanisch bei Beginn eines Briefes Anführungszeichen gesetzt.«

Der Inspektor nahm ihm den Brief aus der Hand.

»Das ist möglich. Die Handschrift ist ruhig und gleichmäßig — zeigt nicht die geringste Aufregung oder Unsicherheit. Und die Initialen der Heldin der Erzählung können sehr gut ›L. M.‹ gewesen sein. Eine sehr geistreiche Hypothese und nicht ganz unwahrscheinlich. Wenn das Blatt hier aber der Teil eines Manuskriptes sein soll, müssen doch auch andere Bogen vorhanden sein. Soll ich das Haus durchsuchen?«

Jack schüttelte den Kopf.

»Sie ist viel zu gerissen, um so etwas im Hause zu behalten. Sehr wahrscheinlich hat sie alles andere verbrannt.«

»Wo denn?« fragte der Detektiv trocken. »In diesen Häusern gibt es keine Kamine — überall ist Zentralheizung — sie hätte höchstens in die Küche gehen können.«

»Das würde sie niemals tun«, sagte der junge Anwalt nachdenklich. »Nein, sie hat die Papiere im Garten verbrannt.«

Der Inspektor pflichtete ihm bei, und die beiden gingen in den Garten zurück.

Jean war in eifriger Unterhaltung mit ihrem Vater, als sie die beiden Männer zurückkommen sah und beobachtete, wie sie langsam über den Rasen dem Gehölz zuschritten. Sie schienen etwas auf dem Boden zu suchen.

»Jetzt möchte ich wissen, was die vorhaben«, fragte sie stirnrunzelnd.

»Ich werde mal hinausgehen und nachsehen.« Mr. Briggerland stand auf, aber sie hielt ihn fest.

»Glaubst du denn, sie werden es dir erzählen?« fragte sie sarkastisch.

Sie lief auf ihr Zimmer und beobachtete die beiden hinter der Gardine. Jetzt verschwanden sie aus ihrem Gesichtskreis. Jean ging eilig in Lydias Zimmer, von dessen Fenster aus sie ihnen nachblicken konnte. Sie sah, wie sich der Detektiv bückte und etwas vom Boden aufnahm. Jean biß die Zähne zusammen.

Man hatte nur ein Stückchen Papier gefunden, aber es war mit Lydias Handschrift bedeckt, und auch auf den verkohlten Stükken waren die Bleistiftzeichen noch deutlich zu sehen.

»›Laura Martin‹«, entzifferte der Inspektor, »und dann noch ›L. M.‹ — hier sind die Worte ›tragisch‹ und ›Gewissensbisse‹ —«

Die weitere Untersuchung der Asche förderte nichts Wichtiges zutage. Jean sah noch, wie sie die Auffahrt hinuntergingen, und suchte dann ihren Vater wieder auf.

»Ich war furchtbar erschrocken«, sagte sie.

»So siehst du aus!« Mr. Briggerland sah sie scharf an.

»Vater, du mußt dich darauf gefaßt machen, daß die Angelegenheit vielleicht sehr ungünstig für uns endet. Neunundneunzig Chancen, daß man nicht hinter die Wahrheit kommt — aber die hundertste macht mir Sorgen. Wir hätten Lydia ruhiger, in nicht so auffallender Weise, erledigen sollen. Hier war viel zuviel Melodrama und Schießerei, aber ich weiß wirklich nicht, wie wir es sonst hätten machen sollen — Mordon wurde zu gefährlich.«

»Wo ist denn Glover so schnell hergekommen?« fragte ihr Vater.

»Er war ja die ganze Zeit über hier.«

»Was sagst du da?«

Sie nickte.

»Er war der alte Jaggs. Daß ich nicht früher darauf gekommen bin!«

Er setzte die Teetasse nieder und fuhr sich mit seinem seidenen Taschentuch über die Lippen.

»Ich wünschte, die Sache wäre schon erledigt«, sagte er ängstlich. »Es sieht sehr schwarz für uns aus; wir werden noch viele Unannehmlichkeiten haben.«

»Zweifellos«, versetzte sie kühl. »Du kannst doch nicht erwarten, ein Vermögen von über sechshunderttausend Pfund ohne irgendwelche Unbequemlichkeiten in die Hände zu bekommen? Selbstverständlich wird man Verdacht auf uns haben. Aber der Verdacht muß schon sehr begründet sein, um mir Sorgen zu machen. Es wird nicht mehr lange dauern, dann sind wir in ruhigem Fahrwasser — für den ganzen Rest unseres Lebens.«

»Ich will es hoffen«, sagte er, aber ohne große Überzeugung.

Mrs. Cole-Mortimer war durch die ganzen Vorfälle so mitgenommen, daß sie das Bett aufsuchen mußte, aber Jean hatte keine Geduld, sich um sie zu kümmern.

Jean saß mit ihrem Vater bei Tisch, als ein Besucher erschien. Mr. Marcus Stepney.

Es fiel Jean auf, daß Marcus, sonst so korrekt, nicht im Abendanzug war.

»Kann ich Sie einige Augenblicke sprechen, Jean?«

»Was ist denn los? Um was handelt es sich denn?« rief Mr. Briggerland gereizt. »Haben wir denn noch nicht genug Geheimnisse?«

Marcus blickte ihn finster an.

»Darüber können wir später sprechen, wenn es Ihnen recht ist«, sagte er kurz, und Jean, die ihn gespannt beobachtet hatte, stand ohne ein weiteres Wort auf, warf sich ein Tuch über die Schultern und folgte Marcus in den Garten.

Zehn Minuten vergingen, zwanzig, und sie kamen nicht zurück. Mr. Briggerland wurde unruhig. Er stand auf, legte sein Buch beiseite und war schon halb durch das Zimmer, als sich die Tür öffnete. Jack Glover, gefolgt von dem Inspektor, trat zur Tür herein.

Der Franzose ergriff das Wort.

»Monsieur Briggerland, im Namen des Präfekten der Seealpen verhafte ich Sie!«

»Mich verhaften?« rief er mit klappernden Zähnen. »Warum denn — wessen beschuldigt man mich denn?«

»Des Mordes an François Mordon!«

»Unerhört — verdammte Lüge«, schrie Briggerland. »Ich weiß nichts von —« Seine Worte erstarben in einem Röcheln, er starrte an dem Detektiv vorbei.

Lydia Meredith stand auf der Türschwelle.

Kapitel 39

Der Morgen war voller Enttäuschungen für Mr. Stepney; wieder und wieder zog er die Angelleinen leer heraus, bis er sie schließlich mißmutig in das Boot warf.

»Nicht einmal die verdammten Fische wollen anbeißen«, brummte er, und der Doppelsinn seiner Bemerkung heiterte ihn etwas auf. Er war über zehn Meilen von der Küste entfernt, die sich in leichten, verschwommenen Linien vom Horizont abhob. Marcus holte den großen Frühstückskorb aus der Kabine und sah ihn mürrisch an. Zweihundert Franken hatte er bezahlen müssen und wofür? Er schlug den Deckel zurück und war beim Anblick des verlockenden Inhalts geneigt, seine erste Meinung zu ändern. Das Geld war doch nicht so ganz fortgeworfen; der umsichtige Oberkellner seines Hotels hatte sogar zwei halbe Flaschen Champagner einpacken lassen?

Mr. Marcus Stepney aß gemächlich, und als er die erste leere Flasche in die See geworfen hatte, waren seine Stimmung und seine Ansicht über das Leben im allgemeinen bedeutend besser geworden. Er packte die Reste ein, schob den Korb unter einen der Sitze, zog den Anker auf und kurbelte den Motor an.

Der Himmel erschien ihm blauer und die See noch schöner als am Morgen, und sogar seine Meinung über Jean Briggerland besserte sich etwas.

»Kleine Hexe«, sagte er lächelnd vor sich hin.

Dann öffnete er die zweite Flasche Champagner und trank feierlich auf das Wohl von Jean Briggerland. Die Sonne stieg höher, und er wurde schläfrig, war aber vernünftig genug, um sich zu sagen, daß ein Nachmittagsschläfchen mitten im Meer gefährlich sein könnte; er steuerte die »Jungle Queen« auf die nächste Bucht zu, in der Hoffnung, einen guten Landungsplatz zu finden.

In der Nähe der Küste fand er aber etwas viel Besseres. See und Stürme hatten im Lauf der Jahrhunderte eine tiefe Höhlung in eine steile Klippe gefressen, groß genug, um dort die »Jungle Queen« unterbringen, und tief und still genug, um sie dort sicher verankern zu können. Eine Kette kleiner Felsenriffe brach den Ansturm der Wogen, und so lag dieser kleine Hafen ruhig und ungestört. Als er den Anker fallen ließ, sah er in dem kristallklaren Wasser einen Schwarm Fische auffahren. Seine Anglerinstinkte erwachten. Er ließ seine Leine hinunter, setzte sich behaglich in einen der beiden großen Korbstühle und schlummerte ein . . .

Der Knall eines Schusses weckte ihn auf. Ein zweiter, ein dritter folgten kurz hintereinander. Beinahe im gleichen Augenblick fiel etwas von der Klippe herab — das Wasser spritzte hoch auf — und verschwand in der Tiefe.

Marcus war sofort wach und munter und sah die Gestalt einer Frau, die langsam wieder auftauchte. Ihr Gesicht wandte sich ihm zu. Es war Lydia! Ohne einen Augenblick zu zögern, sprang er ins Wasser.

Er hätte besser getan, zu warten, bis sie wieder an die Oberfläche kam, denn er hatte jetzt große Schwierigkeiten, mit seiner Last das Boot zu erreichen. Er ergriff eines der Taue an Bord, schlang es um die Hüfte Lydias und band sie fest. Dann kletterte er selbst ins Boot und zog sie herein. Zuerst glaubte er, sie sei tot; da aber vernahm er ihren leisen Herzschlag. In dem Frühstückskorb fand sich eine Flasche Brandy. Er flößte ihr etwas ein; sie sträubte sich, hustete krampfhaft und öffnete schließlich die Augen.

»Sie sind unter Freunden«, sagte Marcus unnötigerweise.

Langsam richtete sie sich auf und verbarg ihr Gesicht in den Händen. All der Schrecken, das Entsetzen der letzten Minuten waren ihr wieder zu Bewußtsein gekommen.

»Und nun erzählen Sie«, sagte Marcus freundlich. »Was ist denn passiert?«

»Ich weiß es selbst nicht genau«, antwortete sie schwach.

»Aber es war schrecklich, furchtbar!«

Marcus Stepney bot ihr noch etwas Brandy an. Als sie den Kopf schüttelte, trank er selbst.

Lydia fühlte Schmerzen in der linken Schulter. Der Ärmel war zerrissen, und über den Oberarm lief eine häßliche Wunde.

»Das sieht ja wie ein Streifschuß aus«, sagte Marcus Stepney sehr ernst. »Und ich habe auch einen Schuß gehört — ist denn auf Sie geschossen worden?«

Sie nickte.

»Wer?«

»Lydia versuchte, ein Wort herauszubringen. Es war unmöglich. Sie verfiel in einen Weinkrampf.

»Doch nicht Jean?« fragte er gepreßt. Sie schüttelte den Kopf.

»Briggerland?«

Sie nickte.

»Briggerland!« Mr. Stepney pfiff vor sich hin, und Lydia schauerte zusammen. »Wollen machen, daß wir hier herauskommen, sonst ziehen wir uns beide die schönste Erkältung zu. Die Sonne da draußen wird uns schon warm machen.«

Marcus warf den Motor an und fuhr vorsichtig durch die Klippen in die offene See hinaus. Er mußte sehr weit fahren, bevor er die Straße auf der Höhe erkennen konnte. Dann sah er das Auto und einen Gendarmen, der vom Rad stieg und sich über etwas zu beugen schien. Marcus legte das Fernrohr weg und wandte sich dem jungen Mädchen zu.

»Eine faule Geschichte, Mrs. Meredith. Gott sei Dank, daß ich damit nichts zu tun habe.«

»Wo fahren Sie jetzt hin?«

»Erst mal weiter hinaus.« Marcus lächelte etwas. »Aber machen Sie sich keine Sorgen, Mrs. Meredith. Ich möchte hören, was Ihnen zugestoßen ist. Ist es so, wie ich befürchte, so halte ich es in Ihrem Interesse für besser, daß Briggerland Sie vorläufig für tot hält.«

Sie erzählte ihm alles, soweit sie es wußte, und er hörte zu, ohne sie auch nur einmal zu unterbrechen.

»Mordon tot! Sehr faul. Aber wie wollen Briggerlands das alles erklären? Sagen Sie mal«, fügte er lächelnd hinzu, »Sie haben doch wohl nicht einen Brief geschrieben, daß Sie mit Mordon durchgehen wollten?«

Bei diesen Worten fuhr sie hoch.

»Ja, ich habe einen Brief geschrieben«, antwortete sie langsam. »Es war aber kein wirklicher Brief; er kam in einem Roman vor, den Jean mir diktierte.« Sie schloß die Augen. »Wie furchtbar — ich kann es auch jetzt noch nicht glauben.«

»Was war das für ein Roman?« fragte Marcus schnell.

»Eine Geschichte, die sie für ein Londoner Magazin schrieb; sie hatte Schreibkrampf, und ich schrieb für sie nach ihrem Diktat. Es waren ja nur drei oder vier Seiten, aber eine von diesen enthielt einen Brief der Heldin, in dem sie sagte, daß sie verschwinden müsse, weil sie jemand unter ihrem Stande liebe.«

»Allmächtiger!« Marcus war ehrlich entsetzt. »Das hat Jean fertigbekommen?«

Er schien so bestürzt über das Gehörte, daß er lange Zeit kein Wort sagte.

»Ich bin froh, daß ich das weiß.«

»Glauben Sie wirklich, daß Jean die ganze Zeit hindurch versucht hat, mich — umzubringen?« fragte Lydia.

Er nickte.

»Sie hat jeden dazu gebrauchen wollen, sogar mich«, antwortete er bitter. »Ich möchte nicht, daß Sie zu schlecht von mir denken, Mrs. Meredith, aber ich werde Ihnen die Wahrheit erzählen. Der ›kleine gemeinsame Ausflug‹, den ich vorhatte, war als Zwölfhundert-Meilen-Fahrt geplant, und Sie sollten meine Begleiterin sein.«

»Ich?« fragte sie ungläubig.

»Es war ursprünglich Jeans Gedanke, obwohl ich glaube, daß sie zuletzt ihre Meinung geändert hatte oder dachte, ich hätte ihre Vorschläge vergessen. Ich wollte mit Ihnen auf das Meer hinausfahren und Sie dort so lange festhalten, bis Sie einstimmten —« Er schüttelte den Kopf. »Ich glaube doch nicht, daß ich es fertigbekommen hätte.« Er sprach halb zu sich selbst. »Für so einen richtigen Verschwörer fehlt mir noch die Hauptsache. Gott sei Dank habe ich nicht einmal den Versuch gemacht.«

»Nein, Mr. Stepney«, antwortete sie ruhig, »und ich glaube auch nicht, daß Sie Erfolg gehabt hätten.«

Marcus wurde offenherzig und überraschte sie wieder und wieder, als er ihr von seiner Lebensweise erzählte und dabei auch nicht den geringsten Versuch machte, sich zu entschuldigen oder seine Handlungen zu beschönigen.

»Das Wasser ging mir bis an den Hals, und ich glaubte, ich

könnte auf diese Weise leicht zu Geld kommen; das reizte mich. Ich weiß, Sie halten mich für einen ehrlosen Menschen, aber wirklich, Mrs. Meredith, Sie können gar nicht zu schlecht von mir denken.«

Er blickte nach der Küste. Vor ihnen lief die grüne Zunge von Cap Martin in die See hinein.

»Ich glaube, es ist besser, ich bringe Sie nach Nizza. Dort verursachen wir weniger Aufsehen als hier, und vielleicht ist es mir möglich, Ihren alten Mr. Jaggs aufzutreiben. Haben Sie keine Ahnung, wo er zu finden ist? Auf jeden Fall kann ich von dort zur Villa Casa fahren und herausbekommen, was für ein Märchen in der Villa erzählt wird.«

»Und hoffentlich trocknen in der Zwischenzeit auch meine Sachen.« Sie verzog das Gesicht. »Ich glaube, Sie wissen gar nicht, wie unbehaglich ich mich fühle.«

»Sehr genau sogar. Bei jeder Bewegung, die ich mache, läuft mir ein neuer Strom kalten Wassers den Rücken hinunter.«

Gegen halb vier trafen Sie in Nizza ein.

Marcus brachte das junge Mädchen in einem Hotel unter, wechselte selbst seine Kleidung und fuhr mit der »Jungle Queen« nach Monaco zurück, wo er mit Briggerland zusammentraf.

Zwei lange Stunden hindurch kämpfte Marcus Stepney mit seiner Liebe zu einem Mädchen, das eine Mörderin war — und die Liebe gewann.

Als es dunkel wurde, schaffte er Proviant an Bord der »Jungle Queen«, kaufte Benzin und machte sich auf den Weg zum Badeplatz unterhalb der Villa Casa.

»Was wird mit meinem Vater?« fragte Jean, als sie an Bord der kleinen Jacht stieg.

»Ich glaube, er ist verhaftet.«

»Er kann das Gefängnis nicht ausstehen«, versetzte das junge Mädchen gleichmütig. »Und ich auch nicht, Marcus — beeilen Sie sich doch!«

Kapitel
40

Lydia zog in ein ruhiges Hotel in Nizza, wohin Mrs. Cole-Mortimer sie als Gesellschafterin begleitete.

Obgleich Lydia am ersten Tage keine Folgen der schrecklichen Ereignisse verspürte, war sie am nächsten so abgespannt, daß sie sich entschloß, im Bett zu bleiben.

Jack, der dies erwartet hatte, ließ einen Arzt rufen, doch wurde der von Lydia wieder weggeschickt. Bisher hatte sie nur kurz erwähnt, welche Rolle Marcus Stepney bei ihrer Rettung gespielt hatte, aber es genügte doch, um Jack zu veranlassen, in Stepneys Hotel vorzusprechen. Er wollte ihm persönlich danken. Mr. Stepney war jedoch nicht anwesend — er war auch die Nacht über nicht im Hotel gewesen, aber dies behielt der Portier diskret für sich. Auch in den darauffolgenden beiden Tagen wurde das Verschwinden der »Jungle Queen« nicht bemerkt; erst als Mrs. Cole-Mortimer ihre Abrechnung mit Hilfe Jacks in Ordnung brachte, wurde die Jacht erwähnt.

»Die ›Jungle Queen‹ ist doch das Motorboot? Ich habe es im Hafen liegen sehen und dachte, es gehöre Stepney.«

Sein Verdacht war erregt, er sprach noch einmal in Stepneys Hotel vor, diesmal aber in Begleitung eines Beamten. Jetzt erfuhr er, daß Mr. Stepney seit dem Abend von Briggerlands Verhaftung nicht mehr gesehen worden war.

»Auf diese Weise sind sie entwischt«, sagte Jack. »Stepney hatte das Mädel sehr gern, glaube ich.«

Der Kriminalbeamte war verärgert.

»Wenn ich das früher erfahren hätte, würden wir sie schon gefaßt haben. Im Hafen von Villefranche liegen Torpedoboote. Jetzt ist es wohl zu spät.«

»Wo sind sie Ihrer Meinung nach hingefahren?« fragte Jack.

Der Beamte zuckte die Schultern.

»Der Himmel weiß es. Nach Italien oder Spanien, möglicherweise Barcelona. Ich werde an den dortigen Polizeichef telegrafieren.«

Aber die Polizei in Barcelona konnte keine Auskunft geben. Die »Jungle Queen« war dort nicht gesichtet worden. Das Wetter war gut, die See ruhig — alles begünstigte die Flucht.

Die Nachforschungen ergaben, daß Mr. Stepney einige Tage

vor seiner Abreise große Mengen Benzin gekauft und noch am letzten Abend weiteren Betriebsstoff an Bord geschafft hatte. Auch ein großer Vorrat Proviant war auf die Jacht gebracht worden.

Seit dem Mord war schon eine Woche vergangen, als von der spanischen Polizeidirektion in Malaga ein Telegramm einlief. Ein Motorboot, das mit der Beschreibung der »Jungle Queen« übereinstimmte, war dort eingelaufen, hatte Proviant und Betriebsstoff an Bord genommen und war wieder abgefahren, bevor die Hafenpolizei eine nähere Untersuchung vornehmen konnte.

»Sie werden mich für närrisch halten«, sagte Lydia, »aber ich hoffe wirklich, sie entkommt.«

Jack lachte.

»Wenn Sie noch längere Zeit mit Jean Briggerland zusammengeblieben wären, würden Sie zweifellos eine erstklassige Verbrecherin geworden sein. Hoffentlich vergessen Sie nicht, daß sie genau hunderttausend Pfund mitgenommen hat — mit anderen Worten, den sechsten Teil Ihres Vermögens. Übrigens ist Briggerland an die italienischen Behörden ausgeliefert worden. Das Verbrechen wurde auf italienischem Boden begangen, und das rettet seinen Kopf vor der Guillotine.«

Sie schauderte.

»Und war wird aus ihm werden?«

»Lebenslänglich«, war die Antwort, »und ich halte das für noch etwas schlimmer als die Guillotine. Sie sagen, Jean tue Ihnen leid — mir geht es so mit dem alten Briggerland. Wenn er nicht versucht hätte, nach den Wünschen seiner Tochter zu leben, wäre er vielleicht ein sehr angesehenes Mitglied der menschlichen Gesellschaft geworden.«

Sie schlenderten durch die eigenartigen, engen Straßen von Grasse. Jack, der die alte Stadt kannte und liebte, zeigte ihr die Sehenswürdigkeiten.

»Ich glaube, ich muß mich jetzt irgendwo häuslich niederlassen«, sagte Lydia und schnitt eine Grimasse.

»Das glaube ich auch«, erwiderte Jack, »und dann müssen auch noch Ihre Abrechnungen fertiggemacht werden; das Honorar für Ihre Anwälte wird nicht so niedrig sein.«

»Warum sagen Sie das?« Sie blieb stehen und blickte ihn ernst an.

»Ich spreche als Ihr gewinnsüchtiger Anwalt.«

»Sie versuchen, all die Dienste, die Sie mir erwiesen haben, auf eine solche Basis zu stellen? Ich danke Ihnen alles, was ich habe, und mein Vermögen ist das wenigste dabei. Ich verdanke Ihnen dreimal mein Leben.«

»Viermal«, verbesserte er, »und einmal Marcus Stepney.«

»Warum haben Sie das alles für mich getan? Hatten Sie soviel — Interesse für mich?« fragte sie nach kurzer Pause.

»Sehr viel«, erwiderte er. »Vom ersten Augenblick an, als ich Sie aus Mr. Mordons Taxi steigen sah, ganz besonders aber —«

»Nun?« fragte sie.

»Als ich Nacht für Nacht vor Ihrer Zimmertür saß und entdeckte, daß Sie nicht einmal schnarchen«, sagte er schamlos.

Lydia wurde über und über rot.

»Ich hoffe, Sie werden mir gegenüber niemals wieder den alten Jaggs erwähnen. Es war —«

»Was denn?«

»Ich wollte sagen, es war abscheulich, aber das wäre auch nicht wahr«, gab sie freimütig zu. »Es war mir angenehm, Sie in der Nähe zu wissen. Die arme Mrs. Morgan wird untröstlich sein, wenn sie erfährt, daß wir unseren — Hausgenossen verloren haben.«

Sie traten in die Kühle der alten Kathedrale und setzten sich auf eine der Bänke.

»Wie beruhigend doch das Innere einer Kirche auf den Menschen wirkt«, flüsterte er. »Sehen Sie dort das wunderbare Fenster! Wenn ich jemals reich genug wäre, die Frau zu heiraten, die ich liebe, möchte ich in einer Kathedrale wie dieser hier getraut werden — kühl und hoch, voll alter Statuen und mit riesenhohen farbigen Fenstern.«

»Wie reich müßten Sie da sein?« fragte sie.

»So reich, wie sie ist.«

Sie beugte sich zu ihm, ihre Lippen lagen an seinem Ohr.

»Sagen Sie mir, wieviel Geld Sie haben«, flüsterte sie. »Und ich will verschenken, was ich mehr habe als Sie.«

Er ergriff ihre Hand, und so saßen sie still vor dem Altar von Ste. Cathérine, bis die Sonne unterging und eine mißbilligende alte Frau, die das Amt des Kirchenschließers hatte, ihnen vorwurfsvoll auf die Schultern klopfte.

Kapitel 41

»Dort liegt Gibraltar«, Marcus Stepney wies auf eine graue Silhouette, die am Horizont auftauchte. Er war unrasiert und litt unter der Kälte. Der Kragen seines Mantels war hochgeschlagen, und doch zitterte er an allen Gliedern.

Jean schien den plötzlichen Wechsel der Temperatur nicht zu empfinden. Sie saß auf dem Dach der Kabine, das Kinn in die Hand gestützt.

»Sie fahren nicht nach Gibraltar hinein?«

Er schüttelte den Kopf.

»Besser nicht, auch nicht nach Algeciras. Haben Sie den Kerl in Malaga gesehen, der uns vom Hafenkai aus nachbrüllte? Das war ein schlechtes Zeichen. Alle Hafenbehörden werden aufgefordert sein, das Boot festzuhalten.«

»Wie lange können wir noch fahren?«

»Wir haben Betriebsstoff und Vorräte genug, um bis nach Dacca zu kommen. Ungefähr noch acht Tage.«

»An der afrikanischen Küste?«

Er nickte, obgleich sie ihn nicht sehen konnte, da sie ihm den Rücken zuwandte.

»Wo können wir ein Schiff finden, das uns nach Südamerika bringt?« Sie dreht sich ihm zu.

»In Lissabon«, antwortete er überlegend. »Ja, wir könnten Lissabon erreichen, aber der Dampferverkehr ist dort zu groß, und es ist sicher, daß wir bemerkt werden. Dann könnten wir auch nach Las Palmas fahren. Die meisten Südamerika-Schiffe legen dort an, aber an Ihrer Stelle würde ich in Europa bleiben. Nehmen Sie doch mal das Steuer, Jean.«

Sie gehorchte ohne weitere Frage, und er setzte eine Arbeit fort, die durch eine kurze Mahlzeit unterbrochen war: das Übermalen des Schiffskörpers. Eine schwierige Arbeit, die sogar akrobatische Künste verlangte, da er sich weit über die Bordseiten hinaushängen mußte. Er hatte die graue Farbe in Malaga kaufen können, und glücklicherweise waren auch die Flächen nicht so groß, die er zu streichen hatte. Der stumpfe Mast der »Jungle Queen« war schon über Bord gegangen — am Tage nach ihrer Abreise von Cap Martin hatte er ihn mit unsäglicher Mühe abgesägt.

Jean beobachtete ihn kritisch, als er arbeitete. Er war ihr nie so abstoßend vorgekommen wie jetzt, mit seinem acht Tage alten Bart, seinem beschmutzten und zerrissenen Hemd. In dieser Vogelscheuche mit den rauhen und schmutzigen Händen würde niemand den eleganten Lebemann von früher erkannt haben.

Und doch hatte sie Grund, ihm dankbar zu sein. Sein Verhalten ihr gegenüber war in jeder Beziehung einwandfrei. Nicht ein Wort von Liebe war gesprochen worden. Nicht ein einziges Mal waren ihre zukünftigen Pläne erwähnt worden.

»Gesetzt den Fall, wir erreichen unbehelligt Südamerika, was dann, Marcus?« Er blickte überrascht von seiner Arbeit auf.

»Wir heiraten«, antwortete er ruhig, und Jean lachte.

»Und die jetzige Madame Stepney?«

»Sie hat sich von mir scheiden lassen«, war Stepneys unerwartete Antwort. »Ich erhielt die Papiere am Tage unserer Abreise.«

»So, so«, sagte Jean sanft. »Wir heiraten —«

Er blickte wieder zu ihr hinüber und runzelte die Brauen.

»Ist denn das nicht auch Ihre Absicht?«

»Heiraten? Ja, das ist auch meine Meinung. Es scheint mir zwar ein etwas uninteressanter Abschluß zu sein, und doch wird nichts anderes übrigbleiben.«

Marcus hatte sich wieder seiner Arbeit zugewandt und lehnte sich weit über den Bug hinaus. Plötzlich riß sie das Steuer ganz herum, und das Boot legte sich scharf auf die Seite. Einen Augenblick schien es, als ob Marcus Stepney sein Gleichgewicht nicht wiederfinden könnte, aber mit übermenschlicher Anstrengung gelang es ihm, sich in Sicherheit zu bringen, und er starrte sie mit leichenblassem Gesicht an.

»Warum haben Sie das gemacht?« fragte er heiser. »Es fehlte nicht viel, und ich war über Bord.«

»Ein großer Tümmler trieb auf der Oberfläche, schlafend, wie ich glaube«, antwortete sie ruhig. »Es tut mir wirklich sehr leid, Marcus, aber ich habe nicht daran gedacht, daß Sie Ihr Gleichgewicht verlieren könnten.«

Er blickte sich nach dem schlafenden Fisch um, der aber verschwunden war.

»Sie haben mir doch gesagt, ich sollte ihnen möglichst aus dem Wege gehen«, rief sie bedauernd. »Habe ich Sie wirklich in Gefahr gebracht?«

Er fuhr sich mit der Zunge über die trockenen Lippen, nahm

Farbtopf und Pinsel auf und warf sie in die See.

»Wir wollen das lieber lassen, bis wir irgendwo an der Küste sind. Sie haben mir einen heilsamen Schreck eingejagt, Jean.«

»Wenn Sie wüßten, wie leid mir das tut! Kommen Sie her und setzen Sie sich zu mir.«

Sie rückte etwas, um ihm Platz zu machen, und er nahm ihr das Steuerruder aus der Hand.

Am Horizont tauchten jetzt die Gipfel Nordafrikas mit ihren zerrissenen Linien auf.

»Marokko.« Er zeigte auf die Küste. »Ich halte es für besser, Gibraltar links liegen zu lassen und längs der Küste bis nach Tanger zu fahren.«

»Tanger wäre gar nicht so schlecht, wenn wir nicht zwei wären«, fuhr er fort; »wir beide zusammen auf dieser Jacht — das erregt natürlich Verdacht. Man könnte sonst leicht vorgeben, von Gibraltar herübergekommen zu sein. Die Hafenbehörden sind sehr nachlässig.«

»Vielleicht können wir an der Küste landen«, schlug er vor. »Die Landung ist nicht schwierig, wir würden am Strand entlanglaufen und morgens in Tanger eintreffen — alle Sorten Menschen tauchen in Tanger auf, ohne aufzufallen.«

Jean blickte über die See. Ein eigenartiger Ausdruck lag auf ihrem Gesicht.

»Marokko«, sagte sie leise. »Marokko — daran habe ich gar nicht gedacht!«

Kurze Zeit später hatten sie einige sehr unangenehme Minuten durchzumachen. Ein niedriges graues Etwas brauste aus der Dunkelheit heran. Stepney riß das Ruder herum, als das Torpedoboot auf seinem Weg nach Gibraltar an ihnen vorbeischoß.

Er sah die Lichter verschwinden, plötzlich aber drehte das Kriegsschiff bei.

»Sie suchen uns«, sagte Marcus.

Die Dunkelheit war hereingebrochen, und er steuerte direkt auf die Küste zu.

Es konnte kein Zweifel bestehen, daß das Torpedoboot sie suchte. Ein weißer Lichtstrahl schoß von seinem Deck hervor und glitt langsam über die See. Schon glaubten sie, entkommen zu sein, als der Strahl auf das Boot fiel und es festhielt. Eine Sekunde später hatte er sie wieder verloren und begann sein Suchen von neuem. Jetzt hatte er sie wieder, aber — die Luft verdichtete sich, ein Nebel stieg auf. Das blendende Licht des Scheinwerfers war getrübt.

Ein Kanonenschuß dröhnte.

»Zeichen für uns, beizudrehen«, stieß Marcus zwischen den Zähnen hervor.

Er steuerte nach Süden — ein unvorsichtiges Unternehmen, denn er kam in klares Wasser und erreichte den Schutz der Nebelbank gerade, als der Lichtkegel an ihr entlangglitt.

»Sie sind auf der Suche nach uns«, sagte Marcus wieder von neuem.

»Das haben Sie schon einmal gesagt«, war Jeans ruhige Antwort.

»Wahrscheinlich hat das Torpedoboot Nachricht nach Tanger gegeben. Wir dürfen es nicht wagen, mit dem Boot dort einzulaufen«, sagte Stepney, dessen Nerven zu versagen drohten.

»Das da links muß Cutra sein, die spanische Sträflingskolonie.«

Er ließ das Boot langsamer laufen und steuerte vorsichtig parallel der Küste entlang, bis das Blinkfeuer eines Leuchtturms ihnen ihre Position klarer machte.

»Cap Martel! Wir können bald an Land gehen. Ich habe mich drei Monate in Marokko aufgehalten und glaube, man kann ganz bequem am Strand bis nach Tanger laufen.«

Jean ging in die Kabine, brachte, soweit sie konnte, ihre Kleidung in Ordnung, und als der Bug der »Jungle Queen« sacht auf der Sandküste auflief, war sie bereit.

Marcus trug sie ans Land, dann drehte er das Boot nach der See hinaus; das Heck lag noch fest im Ufersand, in vielleicht drei Fuß Wasser. Er sprang an Bord, band das Ruder fest, kurbelte den Motor an und schaltete den Gang ein. Als das Boot sich in Bewegung setzte, sprang er ins Wasser und watete zum Strand zurück. Dort stand er und starrte der »Jungle Queen« nach, die mit immer größer werdender Geschwindigkeit in der Dunkelheit verschwand.

»So, das wäre erledigt«, sagte er erleichtert. »Und jetzt haben wir einen Marsch von ungefähr zehn Meilen vor uns.« Aber er hatte sich verrechnet. Die Entfernung zwischen ihnen und Tanger betrug mehr als fünfundzwanzig Meilen und schloß verschiedene große Umwege in das Land ein. Die Gegend war völlig unbewohnt, mit der einzigen Ausnahme, daß dort zu diesem

Zeitpunkt Muley Hafiz sein Lager aufgeschlagen hatte. Er stand in Verhandlungen mit der spanischen Regierung über einen jener ›ewigen Frieden‹, die, wenn es gutgeht, manchmal sogar Jahre hindurch anhalten.

Muley Hafiz trank seinen Mitternachtskaffee und lauschte den Klängen eines reichverzierten Grammophons, das in der Ecke seines geräumigen Zeltes stand.

Eine Stimme vor dem seidenen Zeltvorhang rief ihn an, und er stellte das Grammophon ab.

»Was gibt es?«

»O Herr, wir haben einen Mann und eine Frau gefangen, die die Küste entlangkamen.«

»Es sind Rifleute — laß sie laufen«, sagte Muley auf arabisch. »Wir wollen Frieden machen, mein Sohn, und keinen Krieg.«

»Herr, es sind Ungläubige — Engländer, glaube ich.«

Muley Hafiz strich seinen kleinen Bart.

»Bringe sie her!«

Und so wurden sie vor Muley Hafiz gebracht — ein Mann in Lumpen und ein junges Mädchen, bei dessen Anblick Muley leicht zusammenfuhr.

»Meine junge Freundin von der Riviera!« rief er erstaunt aus, und das Lächeln, das ihn grüßte, erschien seinem Herzen wie ein Sonnenstrahl.

Er erhob sich. Eine prachtvolle Mannesfigur; Jean blickte ihn bewundernd an.

»Es tut mir leid, wenn meine Leute Sie erschreckt haben sollten. Sie haben nichts zu befürchten, Madame, ich werde Ihnen Soldaten mitgeben, um Sie sicher nach Tanger geleiten zu lassen.« Dann zog er nachdenklich die Brauen zusammen. »Wo kommen Sie her?«

Dem ruhigen Blick dieser klaren Augen gegenüber konnte sie nicht lügen.

»Wir sind mit unserem Boot an der Küste gelandet und haben dann den Weg verloren.«

Er nickte bedächtig.

»Sie müssen die sein, die man sucht«, sagte er. »Einer meiner Spione kam heute nacht von Tanger und erzählte mir, daß die spanische und französische Polizei nach einer Frau suchten, die in Frankreich ein Verbrechen begangen haben soll. Ich kann nicht glauben, daß Sie diese Frau sind — wenn es aber wirklich der Fall ist, würde ich sagen, das Verbrechen ist verzeihlich.«

Er blickte auf Marcus.

»Oder vielleicht«, sagte er langsam, »ist es Ihr Begleiter, nach dem sie fahnden.«

Jean schüttelte den Kopf.

»Nein, mit ihm haben sie nichts zu tun — mich suchen sie.«

Er wies auf ein Kissen.

»Nehmen Sie Platz, bitte«, und setzte sich selbst.

Marcus allein blieb stehen und fragte sich, welches Ende diese eigenartige Situation haben werde.

»Was wollen Sie nun tun, Madame? Wenn Sie nach Tanger gehen, befürchte ich, Sie nicht mehr schützen zu können, aber — dort draußen in den Bergen liegt eine Stadt«, er hob leicht die Hand, »viele Meilen von hier, eine Stadt, umgeben von grünen Hügeln, eine Stadt, wo schöne, kühle Quellen aus dem Boden hervorsprudeln — eine Stadt, in der ich Herr bin.«

Sie atmete tief auf.

»Ich will in die Stadt in den Bergen«, sagte sie leise, »und der Mann hier —« Sie zuckte die Schultern. »Was mit ihm geschieht, kümmert mich nicht.« Mit einem belustigten Lächeln sah sie auf Marcus, der sie fassungslos anstarrte.

»Dann soll man ihn auf den Weg nach Tanger bringen.«

Marcus Stepney ging, aber nicht allein. Er hatte die fünf Millionen Franken bei sich, die das junge Mädchen mit an Bord gebracht hatte. Jean dachte erst an das Geld, als sie schon weit auf dem Weg zur Stadt in den Hügeln war. Doch in diesem Augenblick war Geld ohne Interesse für sie.

BIOGRAPHIEN

ABODAHER, DAVID
Iacocca. Amerikas legendärer Spitzenmanager. 8443 DM 12,80

DUNPHY, EAMON
U 2
9387 DM 20,- Paperback

HANNSMANN, MARGARETE
Pfauenschrei
Die Jahre mit HAP Grieshaber
9431 DM 14.80

JACKSON, MICHAEL
Moonwalk. Mein Leben.
32510 DM 20,– Paperback

KELLEY, KITTY
Frank Sinatra. Ein erstaunliches Leben. 9101 DM 16,80

KISSINGER, HENRY A.
Memoiren 1968-1973. Drei Taschenbücher in einer Kassette. 11327 DM 29,80
Memoiren 1973-1974. Drei Taschenbücher in einer Kassette. Mit Register.11331 DM 29,80

LEAR, AMANDA
Dali. 15 Jahre mit Salvador Dali. 6805 DM 9,80

MACLAINE, SHIRLEY
Zwischenleben. 6769 DM 12,80

OLIVIER, LAURENCE
Bekenntnisse eines Schauspielers. 9154 DM 14,80

PAGNOL, MARCEL
Ganz Persönliches. 9085 DM 12,80

ROSENTHAL, PHILIP
Einmal Legionär. Autobiographischer Bericht. 6679 DM 9,80

STALLER, ILONA
Cicciolina. Bekenntnisse.
9196 DM 8,80

STOKES, H.S.
Yukio Mishima – Leben und Tod.
8585 DM 16,80

GROSS-SCHRIFT

BÖTTCHER, MAXIMILIAN
Krach im Hinterhaus.
Roman. 7249 DM 14,80

BREDOW, ILSE GRÄFIN VON
Deine Keile kriegste doch.
7248 DM 14,80
Kartoffeln mit Stippe.
Eine Kindheit in der märkischen Heide. 7233 DM 12,80

CARTLAND, BARBARA
Herrin der Liebe.
Roman. 7250 DM 12,80

FISCHER, MARIE LOUISE
Süßes Leben, bitteres Leben.
Roman. 7223 DM 8,80

GEISSLER, HORST WOLFRAM
Die Glasharmonika.
Roman. 7236 DM 12,80

GILBRETH, FRANK B./GILBRETH CAREY, ERNESTINE
Im Dutzend billiger.
7211 DM 14,80

HOCKEN, SHEILA
Emma und ich.
7234 DM 12,80

KAYE, M.M.
Tod in Kenia.
Roman. 7251 DM 14,80

KONSALIK, HEINZ G.
Sommerliebe.
Roman. 7229 DM 9,80

KRÜGER, HARDY
Die Frau des Griechen.
7241 DM 12,80

MARSH, NGAIO
Das Todesspiel. 7253 DM 12,80

NICKLISCH, HANS
Vater unser bestes Stück
Eine heitere Familiengeschichte.
7240 DM 12.80

RÖSLER, JO HANNS
An meine Mutter
7203 DM 9.80
Die Reise nach Mallorca. Roman.
7225 DM 14,80
Lachen Sie mit Jo Hanns Rösler.
7243 DM 12,80
Wohin sind all die Jahre
Heitere Erzählungen
7213 DM 12.80
Wohin sind all die Tage...
7238 DM 12,80

SEGAL, ERICH
Oliver's Story.
Roman. 7210 DM 7,80

TIBBER, ROBERT
Die lieben Patienten.
Heiterer Roman. 7208 DM 8,80
Heirate keinen Arzt.
Heiterer Roman. 7219 DM 8,80
Kleiner Kummer – großer Kummer.
Heiterer Roman. 7218 DM 7,80

WODEHOUSE, P. G.
Keine Zeit für Jeeves.
Heiterer Roman. 7232 DM 9,80

SATIREN, PARODIEN, HUMOR

BREINHOLST, WILLY
Ende gut... 39 heitere Geschichten. 8463 DM 7,80

CLAUS, UTA/KUTSCHERA, ROLF
Total tote Hose. 8576 DM 7,80

ENDRIKAT, FRED
Das große Endrikat Buch.
9168 DM 9,80

ERHARDT, HEINZ
Das große Heinz Erhardt Buch.
6678 DM 12,80

ERHARDT, HEINZ/TETSCHE
Satierliches. Mit 40 farbigen Zeichnungen. 6879 DM 9,80

HEIMERAN, ERNST
Das große Ernst Heimeran Buch.
9105 DM 9,80

HINES & BROWN
Miss Murphy's Gesetze.
8534 DM 6,80

JEAN-CHARLES
Die Knilche von der letzten Bank.
6371 DM 7,80

JUDENMANN, FRANZ XAVER
Der schweingehabte Glückspilz.
Stilblüten aus Schulaufsätzen.
8609 DM 7,80

LE BLANC, THOMAS
Murphys Gesetze für Beamte.
8995 DM 7,80

MORGENSTERN, CHRISTIAN
Das kleine Christian Morgenstern Buch. 9138 DM 9,80

MURPHYS GOLFGESETZE.
9296 DM 7,80

RÖSLER, JO HANNS
Das große Jo Hanns Rösler Buch.
9121 DM 9,80

ROSENBERG, LEIBL/KANIA, THOMAS
Das Dingsbuch ist da!
8452 DM 8,80